KB260906

잃어버린 언어들

잃어버린 언어들

잃어버린 언어들

정진홍 산문집

당대

잃어버린 언어들

ⓒ 정진홍

지은이/정진홍
펴낸이/박미옥
펴낸곳/도서출판 당대

제1판 제1쇄 인쇄 2004년 2월 20일
제1판 제1쇄 발행 2004년 3월 3일

등록/1995년 4월 21일(제10 - 1149호)
주소/서울시 마포구 연남동 509 - 2, 3층 ⑨121 - 240
전화/323 - 1316 팩스/323 - 1317
e-mail/dangbi@chollian.net

머리말

언어는 살아 있습니다. 그래서 언어는 현실도 낳고 꿈도 낳고 회상도 낳습니다. 우리 모두 익히 아는 '언어는 존재의 집'이라는 표현을 빌린다면 '언어는 존재를 낳는 어머니'라고 하는 편이 그 살아 있음을 더 잘 묘사하는 것이라고 할 수도 있습니다.

그런데 언어는 살아 있기 때문에 스스로 자라기도 합니다. 그러다가 때로 감기에 걸릴 수도 있습니다. 몹시 앓을 때가 있습니다. 언어가 그저 사물이라면 이럴 수 없습니다. 그러한 사물을 살아 있다고 묘사하는 것은 좀 어색한 일이기 때문입니다. 그러나 언어는 살아 있습니다. 그래서 질병뿐만 아니라 가해져 생긴 상처를 지니고 아파하기도 합니다. 어떤 경우에는 유행병 앓듯이 건강하지 않은 언어들이 무수하게 늘어나기도 합니다. 다 자란 언어는 점차 늙어가기도 합니다. 쇠약해지고 무기력해집니다. 마침내 무수히 많은 언어의 죽음을 눈으로 확인하기도 합니다. 언어는 살아 있는 것이어서 그러합니다.

그러고 보면 언어가 잊혀질 수도 있다는 사실 또한 낯선 풍경일 까닭이 없습니다. 그것은 언어의 잃음과 다르지 않습니다. 오래 만나지 못한 언어는 오래 만나지 못한 사람이 마음에서 서서히 퇴색하듯이 그렇게 사라집니다. 겨우 깊은 회상 속에 떠오르면서 "나도 언어였소. 당신이 그처럼 사랑하던!" 하고 말하는 언어와 부닥칠 경우도 있습니다. 우리는 그때마다 깜짝 놀랍니다. 그러나 잊어, 아예 잃어, 끝내 만나지 못하는 언어들도 있습니다.

그런데 생각해 보면 언어의 잊음과 그래서 일어나는 언어의 잃음은 새 언어의 출생과 이어지는 현상이기도 합니다. 앞서 말씀드렸듯이 언어는 존재를 낳습니다. 그런데 언어를 낳는 것은 인간입니다. 인간은 언어를 선행(先行)합니다. 그렇다면 이제까지 말씀드린 모든 언어현상은 인간에 의하여 빚어지는 것이라고 해야 옳습니다. 저는 그렇게 생각합니다. 언어에 존재를 담는 것도, 언어를 병들게 하고 죽게 하는 것도, 언어를 잊고 또 잃어 그 빈 공간을 메우려 새 언어를 낳는 것도 인간이 하는 일입니다. 인간이 없으면 언어도 없습니다. 그 역은 참이 아닙니다.

그런데 저는 공부를 하면서 지금 여기에서의 내 물음을 정직하게 묻기 위해서는 그 물음을 온전히 담을 수 있는 새 언어가 절실하게 요청된다고 하는 것을 '터득'하였습니다. 기존의 개념들이 더 이상 적합성을 발휘하지 못할 때 마땅히 우리는 '낡은 언어'를 버리고 '새 언어'를 우리 물음을 담는 그릇으로 마련하지 않으면 아니 된다고 생각했습니다. '새 언어 낳기'는 제가 이해한 이른바 '학문'의 실제적이고 종국적인 목적이라고 여기게 되었습니다. 이를 위한 노력, 이를 실제로 실현시키지 못하는 고뇌, 그것으로 점철된 것이 저에게는 제가 학문에 몸담고 있던 '온 세월'이었다고 말씀드리고 싶습니다.

그렇게 살아오는 과정에서 병든 언어, 낡은 언어, 잊혀지는 언어 등에 대한 관심이 없었던 것은 아니지만 실은 심각하지 않았습니다. 언어도 생명이라면 적자생존의 원칙은 이 자리에서도 예외일 수 없는 것이라고 생각하곤 했습니다. 참 차디찬 생각입니다. 개념의 역사성을 말하면서 그 당연한 현상에 대하여 조금도 주목할 필요조차 느끼지 않았습니다. 질병이든 낡아감이든 잊혀짐이든 잃음이든 상관이 없었습니다. 그런 어떤 지경에 빠져들 수밖에 없는 언어라면 그 언어는 그래야 마땅한 언어였으리라고 판단하기도 했습니다.

알 수 없습니다. 세월은 사람을 아주 많이 다르게 합니다. 저는 어느 날, 서서히 그리고 거의 착실하게, 저 자신이 까맣게 잊어 이제 잃어버린 언어들에 대한 향수를 저도 모르게 제 의식 속에 감추고 있었음을 감지해 가고 있었습니다. 사물에 대한 이른바 분석적이고 비판적인 탐구적 과정의 언어는 여전히 새 언어를 모색하느라 바빴습니다. 하지만 저항할 수 없는 현실로 다가오는 늙음과 그래서 이어지는 죽음의 그림자를 의식하는 언저리에서는 뜻밖에도 새 언어의 차디참보다 잊어 잃어버렸던 언어가 회상 속에서 되살아나는 따뜻함이 저도 모르게 그렇게 편할 수가 없었습니다.

삶은 학문보다 큽니다. 잊어 잃어버린 언어들에 대한 회상은 그렇다고 하는 것을 제게 가르쳐주고 있습니다. 새 언어를 낳는 학문하는 자리를 버리거나 그런 삶을 의도적으로 낯가림할 필요는 없습니다. 차디찬 이성으로 그 자리는 그렇게 완성되어야 합니다. 하지만 그럴 수 있는 바탕은 아무래도 잃어버린 언어들에 대한 향수가 낳는 새로운 현실이라고 해도 좋을 듯합니다.

여러 해 동안 여기저기 산만한 주제들을 가지고 쓴 글들을 모아 한데 엮었습니다. 수필도 아니고 산문도 아니고 비평도 아니고 논문도 아닙니다. 그야말로 잡글입니다. 그러면서도 이 작업을 하면서 제가 발견한 것은 소리 없이 제 안에 감추어져 있던 잊어 잃어버린 언어에 대한 향수였습니다. 사는 이야기를, 혼자 하는 이야기를, 늙음 이야기를, 죽음 이야기를, 그리고 제가 공부한 것이 종교학이라서 어쩔 수 없이 커다란 양으로 담긴 종교 이야기를, 그것도 그리스도교를 중심으로 하면서 저는 새 언어를 발언하려 하기보다 글들의 행간에 그리고 글들의 저변에 이제는 잃어버린 언어에의 향수를 담뿍 담고 발언하려 하고 있음을 저 스스로 확인한 것입니다. 겨우 따뜻함을 사랑하게 되었다고 해도 좋을는지요. 아니면 겨우 학문함의 참뜻을 짐작하게 되었다고 해야 좋을는지요. 그러므로 이 책은 결국 '잃어버린 언어들'의 모음이라고 해도 좋을 듯합니다.

그런데 모아놓고 보니 언어는 역시 살아 있는 실체입니다. 이 글들이 제게 공감하고 항변하고 질책하고 부끄러워합니다. 저에게도 그러한데 이 글을 읽으시는 분들께는 오죽하겠습니까? 하지만 그래서 '서로' 행복할 수도 있는 것이 아니겠는지요. 결국 그 어수선한 티격태격 속에서 우리는 외롭지 않을 수 있을 것이니까요. 그것이 살아 있는 언어의 모습이고 또한 삶의 모습이라고 생각합니다. 당연히 그 안에 학문 또한 자리하고 있을 것입니다.

이전에 제 책『경험과 기억: 종교문화의 틈 읽기』(2003)를 내주신 당대에서 이번에도 이 글들을 모아 이렇게 잘 다듬어주셨습니다. 잃어버린 언어 중에서 찾아낸 '희생'이라는 말로 겨우 묘사할 수 있을 박미옥 사장님, 김천희 부장님, 그밖에 애써주신 여러분의 노고에 무어라 감사의 말씀을 올려야 할지 모르겠습니다.

이제는 좀 발언을 해도 좋을 듯합니다. 새 언어를 낳으려 애써 진통하지 않아도, 잃어버린 언어에 대한 회상을 굳이 감추지 않아도, 그저 숨쉬듯 제 이야기를 할 수 있을 것 같기 때문입니다. 그러고 보면 참으로 고마운 분들 속에서 저는 살아왔습니다. 다시 한번 감사를 드립니다.

2004년 2월

정진홍

차 례

새벽 이야기

준비된 이별이 아름답다

집, 돌아갈 곳의 의미론

하루 일이 끝나면 저는 늘 서둘러 집으로 갑니다. 뉘엿뉘엿 해가 질 녘이면, 그래서 서서히 땅거미가 질 무렵이면, 저는 마치 집에 급한 일이라도 있듯이 하던 일을 부지런히 마무리하고 집으로 향합니다. 그래야 마음이 놓입니다. 어렸을 때도 그랬고 지금도 그러합니다. '귀가강박증(歸家強迫症)'이라고 해도 좋을 제 이러한 모습은 쉬 가시지 않을 듯합니다. 그도 그럴 것이 참 이상스러운 일입니다만 집에 돌아와 있는데도 집에 빨리 가야 할 것 같기만 하기 때문입니다.

저 스스로 진단컨대 이러한 제 모습이 까닭 없이 이루

어진 것은 아닙니다. 돌아보면 그것은 집을 잃어버린 상처가 아물지 않았기 때문이라고 할 수 있습니다. 6·25전쟁 때 일입니다. 저는 그때 모든 것을 잃었습니다. 남향 마루가 늘 따뜻하여 겨울에도 친구들과 어울려 공부도 하고 놀기도 하던 집이었는데, 언제나 새벽 일찍 일어나시던 아버님께서 책을 읽으시던 서재는 동향에다 남쪽에도 창이 있던 집이었는데, 부엌으로 나가는 문이 꽤 커서 겸상뿐만 아니라 두레상도 드나들던 집이었는데, 술래잡기를 하면서 호두나무를 돌아 헛간 구석에 숨으면 언제나 강아지가 쫓아다녀 들키곤 하던 집이었는데, 누이들이 봉숭아물을 손톱에 들일 때면 훼방을 놓으며 채송화와 맨드라미 사이로 빨간 잠자리를 따라다니던 집이었는데, 그 집은 전쟁 때문에 다시 돌아가지 못하는 집이 되어버렸습니다.

그 집이 아직 거기 있는지 어떤지 저는 알지 못합니다. 분명한 것은 다만 전쟁은 저를 그 집으로 돌아가지 못하게 했고, 저는 그렇게 그 집으로 돌아갈 수 없었다는 사실, 그리고 아버님은 그 집으로 돌아오시지 않았고, 제가 있는 곳으로도 오시지 않았다는 사실입니다. 그 뒤로 저는 주검조차 남기지 않으신 ‘아버님의 상실’과 끝내 돌아갈 수 없는 곳이 되어버린 ‘집의 상실’이 한데 뒤엉켜 빚은 ‘집에의 그리움’을 평생 지니게 되었습니다. 그래서 어둠이 깔리는 저녁이 되면 저는 ‘돌아갈 집 없음’과 ‘집으로 돌아가야 함’ 사이에서 시리게 저린 외로움에 늘 쫓기는 병을 앓기 시작한 것입니다.

물론 ‘돌아가지 못할 집’만을 지니고 제 삶을 살아온 것은 아닙니다. 저는 무수한 집들을 ‘가지고’ 살았습니다. 지금은 아파트에 살고 있지만 방이 다섯에 부엌이 셋인 집 한구석에서 살기도 했고, 마당에 잔디도 깔고 좋아하는 꽃나무들을 철 따라 심던 집에서도 살았습니다. 그렇게 옮겨 다니기를 열 번도 더 했습니다. 그 집마다 심은 추억들이 결코 가난하지 않습니다. 그 집마다 다른 별빛과 다른 햇빛과 다른 바람과 다른 그늘들이 어른거리는 것을 잊을 수 없습니다. 그 집들 속에서 저는 제각기 다른 삶의 결을 길쌈하면서 지냈습니다. 그렇다면 이제 해가 질 때면 쫓기는 ‘집에 돌아가야 한다’는 초조도 까맣게 잊을 만합니다. 돌아갈 집이 있으니까요.

그런데 저는 여전히 집에 가야 하는 서두름을
버리지 못하고 있습니다. '돌아갈 수 없었던 집'은,
그래서 제가 '잃어버린 집'은, 그저 단순한 집이
아니었음에 틀림없습니다. 그것은 '건물'이 아니
었습니다. 어쩌면 제 삶의 온갖 의미가 분출하던 곳, 그
래서 마침내 제 삶의 모든 겪음이 거기 되돌아가 비로소
보람으로 익는 마지막 자리, 그것이었는지도 모릅니다. 분
명합니다. 그랬던 것 같습니다. 그것은 내 삶의 '중심', 그
렇게 말할 수 있는 것인데, 집의 상실은 결국 내 삶의 중심
을 잃은 것과 다르지 않은 셈입니다.

집은 그렇습니다. 그것은 내 '삶이 비롯된 자리'입니다.
그래야 합니다. 집은 또한 내 '삶이 돌아갈 마지막 자리'입
니다. 그래야 합니다. 그러한 집의 상실은 삶의 처절한 방
황, 삶의 덧없는 유실입니다. 슬프고 가엾은 삶은 그런 모
습으로 자기를 드러냅니다. '돌아갈 집 없음', 그것은 아예
저주입니다. 집은 우리에게 이러합니다. 그것이 집입니다.
집은 '돌아가야 할 곳'입니다. 그것은 기둥과 벽과 천장과
문과 창문으로 이루어진 구조물만이 아닙니다. 그것이 아

무리 현란하고 편리하게 삶을 담는다 할지라도, 그것이 지니는 상징성이 아무리 풍요롭다 할지라도, '돌아갈 곳'의 의미론을 스스로 드러내지 않는다면 그것은 집이 아닙니다. 집일 수 없습니다.

그런데 다행히 저는 아직 '집으로 돌아가야 한다'는 생각을 버리지 못합니다. 그것은 '집에 돌아갈 수 없음'에도 불구하고 바로 그 '상실의 의식'에 의해 지탱되는 여전히 '돌아가야 할 집'이 제게 살아 있음을 보여주는 것이기도 합니다. 그것은 역설적인 축복입니다. 제가 어서 집으로 돌아가야 한다고 느끼는 한, 제게는 분명히 그러한 집이 언제나 있을 것이기 때문입니다.

그러고 보면 저는 집을 잃어버린 적이 없습니다. 그렇게 말할 수 있습니다. 그렇지 않았다면 오늘도 땅거미가 지는 황혼에 집에 가야 한다는 초조에 쫓길 까닭이 없습니다. 제게는 아직 이르지 않았지만 곧 다다를 집이 있음에 틀림없습니다.

집은 이러합니다.

계절과 정직

　　　　　겨울이 갔고, 봄이 왔고, 그리고 이제
바야흐로 초여름에 들어서고 있습니다. 기상이변이다, 지
구의 온난화다 말이 많지만 계절의 질서가 무너진 것 같
지는 않습니다. 여전히 철은 정직합니다. 그러한 '정직'을
문화권에 따라 '코스모스'라 부르기도 했고, '천도(天道)'라
부르기도 했습니다. 비록 그러한 표현의 차이는 있지만 그
것을 삶의 규범으로 삼아 그것에 맞추어 살아가고자 한
모습은 조금도 서로 다르지 않습니다. 코스모스 곧 질서에
따라 사는 것이 사람다운 삶이고, 천도 곧 하늘이 마련한
원칙을 따라 사는 것이 또한 그러하다는 것을 주장한 것

인데, 다른 말로 하면 그것이 곧 '정직한 삶'인 것입니다.

그렇다면 우리는 '정직하지 않은 삶'이란 어떤 것인지도 말할 수 있습니다. 그것은 철이 안 난 삶을 일컫는 것입니다. 봄인지 겨울인지 철을 분간 못하는 것입니다. 당연히 그러한 삶에 맞추어 살 분명한 준거가 있을 수 없습니다. 겨울이 겨울인 줄 알아야 추위를 막는 겹옷을 입을 텐데, 그것을 모르니 홑옷을 입고 나섭니다. 자연히 여름에 외투를 입고 나설 수도 있음을 짐작하기 어렵지 않습니다. 사실을 사실대로 알지 못하기 때문에 어떤 사실을 그대로 전할 수도 없습니다. 그러한 사람이 하는 말이 한결같이 '정직하지 않은 말', 곧 거짓말이 되는 것은 자명합니다.

그러나 이래서 생기는 '정직하지 않은 삶'은 아직 희망이 있습니다. 철이 들면 사물을 분간할 수 있을 것이고, 그렇게 되면 사실을 사실대로 말할 수 있게 될 것이기 때문입니다. 하지만 때로 우리는 전혀 다른 모습을 봅니다. 의도적으로 사실을 왜곡하는 경우가 그렇습니다. 지금 자기가 이야기하는 사실을 네모진 것이라고 주장하는데 실은 자기도 그것이 둥근 것인 줄 압니다. 그렇지만 그렇게 이야기하면, 사실을 사실대로 말하면, 자기는 엄청난 손해를 봅니다. 그러므로 둥근 것을 네모진 것이라고 우깁니다. 참 고약한 일입니다. 문제는 바로 이러한 '부정직'입니다.

이러한 부정직은 다만 원칙에서 일탈한 모습으로 끝나지 않습니다. 아예 그 원칙 자체를 파괴해 버립니다. 코스모스가 깨지고, 천도가 무너집니다. 원칙 없는 사회가 되어버립니다. 봄이 있는 것도 아니고 겨울이 있는 것도 아닙니다. 자기가 주장하면 겨울도 여름이 됩니다. 거짓말은 뜻밖에도 이만큼의 '위력'을 지닙니다. 그 거짓말이 '힘'과 결탁되면 그것은 못할 짓이 없습니다. 황제가 검은 백조를 보았노라고 말하면 사람들은 너도나도 검은 백조의 아름다움을 칭송하는 것이 '힘있는 부정직'이 낳는 현실입니다. 세상은 엉망이 됩니다. 인식의 준거도 없고, 판단의 기준도 없습니다. 끊임없이 속을 뿐인데, 믿을 것이 없으니 속는 줄 알면서도 믿으며 살 수밖에 없습니다. 산이라 해서 갔는데 바다이고, 떡이라 해서 먹으려 했더니 돌덩이입니다. '거짓말의 문화'는 이러합니다. 부정직의 일상화는 아예 삶 자체를 배신합니다.

불행히도 우리는 오늘 우리 사회에서 바로 이러한 현상을 실감합니다. 다스림은 다스림을 빙자한 거짓을 일상화하고 있습니다. 법은 법을 빙자한 거짓을 마찬가지로 흩날리고 있습니다. 경제도 교육도 종교조차 다르지 않습니다. 약속을 몇 번 지키지는 못했어도 거짓말을 한 적은 없다는 어느 정치가의 발언에서 우리는 부정직과 정직이 어떤 모습으로 우리 사회에 있는지를 판단할 수 있는 전형을 봅니다. 거듭 말하지만 이것은 참담한 상황입니다. 부정직이 힘과 유착하는 것으로 멈추지 않고, 이제는 부정직 자체를 지적 논리가 동원되어 정당화시키는 모습도 일상화되고 있습니다. 정당 대변인들의 성명을 보고 있노라면 흔한 말로 '공부한 것'이 한이 됩니다. 이렇게 되면 부정직을 제어할 어떤 것도 이제는 없게 됩니다. 더 교묘하고 더 기막힌 부정직을 스스로 '창조'하는 일 말고는 살길이 없기 때문입니다.

그래서 그런지 이제는 '정직하자'라는 가르침은 아무 데도 없습니다. '거짓말하지 말아라' 하는 것은 모든 부모와 스승이 자식과 학생을 가르치면서 하는 처음 발언이었습니다. 그래서 어렸을 때부터 사실을 사실대로 이야기해서는 안 될 경우와 직면하여 과연 정직해야 할 것인가 아니면 부정직해야 할 것인가 하는 것을 고뇌하면서 우리의 윤리적 감성이 깨어나기 시작했습니다. 정직함이란 삶의 기본이었기 때문입니다. 이러한 생각은 회상 속의 과거를 미화하는 잘못된 의식 탓일까요? 정말 그럴까요? 아니면 정직이라는 덕목이 너무 단순하고 소박해서 오늘의 문화 속에서는 전혀 타당성을 가지지 못한 덕목임을 감지하지 못하는 진부하고 유치한 의식 탓일까요?

아직 계절은 여전한데, 그렇다면 정직도 여전히 우리의 기본적인 덕목으로 있어야 합니다. 천도를 훼손하는 일은 차마 사람이 할 일이 아닙니다.

약속에 대하여

저 오늘 오전 11시까지 세종로에 가야 합니다. 약속이 있기 때문입니다. 할 수 있으면 이 글을 그 전에 다 쓸 수 있었으면 좋겠습니다. 그런데 이 글도 약속을 한 글입니다. 뿐만 아니라 모든 약속이 그렇듯이 이 약속도 지켜야 할 날짜가 있습니다.

제가 하는 일은, 그리고 생각해 보면 살아가는 일은, 거의 모두 약속으로 이루어져 있습니다. 거미줄처럼 매듭으로 이어진 약속들이 곧 삶의 얼개입니다. 저는 약속의 이쪽 끝에 있고, 저쪽 끝에는 저와 더불어 사는 '사람'이 있습니다. 그 사람도 저와 맺은 약속이 있습니다. 사람 사이

에는 약속이 흐릅니다. 약속은 관계이고, 바로 그 관계의
숨결입니다.

하기야 제가 직장에서 하는 일도 모두 약속입니다. 학
생들을 만나고 가르치고 평가하고 제 공부를 하는 것들도
약속임에 틀림없습니다. 하지만 저는 그것까지 약속이라
고 부르고 싶지는 않습니다. 그것은 틀지어진 삶을 살아가
면서 그 안에서 생긴 의무이기 때문입니다.

의무와 약속은 사뭇 다릅니다. 무엇보다도 약
속은 자유로운 결정입니다. 약속하는 한쪽이 억지
로 하는 것이라면 이미 그것은 약속이 아닙니다.
협박이거나 강제거나 그런 것일 터인데, 그것을 약속이라
이를 수는 없습니다. 약속은 자유로운 결단에 의해 이루어
지는 것입니다.

약속은 바로 그러한 이유 때문에 자기와 자기와의 관
계로부터 비롯되는 것이라고 해야 옳습니다. 약속은 비록
다른 사람과 맺는 것이지만 실은 자기가 자기에게 하는
결단입니다. 그러므로 약속은 자기가 자기에게 지니고 있
는 신실함을 바탕으로 하여 비로소 이루어지는 것입니다.

약속이 기능적인 의무가 아닌 것은 이 때문입니다. 약속은 특정한 기술을 요구하지 않습니다. 약속의 수행은 보상을 생산하지도 않습니다. 여러 가지 약속이 있지만 약속의 내용은 그리 중요하지 않습니다. 약속은 이행 여부만이 중요합니다. 그리고 자기에 대한 자신의 신뢰가 분명하게 이루어질 때 비로소 이루어집니다. 그것은 결코 의무의 수행이 아닙니다. 아무튼 약속을 했으면 반드시 지켜야 합니다. 지키지 못할 것은 아예 약속이 아닙니다.

상황이 달라질 수도 있습니다. 그래서 이미 한 약속이 무의미해질 수도 있고, 약속을 지키지 못할 수도 있습니다. 더 나아가 약속을 지키지 않은 것이 더 잘된 일이라는 판단을 할 수도 있습니다. 불가항력적인 일이 약속의 이행을 방해할 수도 있습니다. 이래저래 약속을 지키지 않거나 약속이 지켜지지 않는 경우가 드물지 않습니다.

하지만 어떤 경우에도 약속의 파기를 다른 것으로 대체할 수는 없습니다. 맺은 약속은 없어지지만 깨진 약속은 그 모습 그대로 남습니다. 그런데 그것은 결국 제가 그 '사람'을 깨트린 것이고, 동시에 제가 제 모습을 깨트린 것과 다르지 않습니다. 약속의 파기는 그것이 어떤 까닭으로부터 비롯된 것이든 결과적으로 사람들간의 관계를 엉망으로 만들면서 사람으로서의 존귀함을 양쪽 모두 상하게 합니다.

그런데 약속을 반드시 지킬 수 있는 가능성이 사람에게 없는 것은 아닙니다. 대체로 약속의 파기는 약속을 맺던 때와 다른 새로운 상황의 펼침 때문에 일어납니다. 이 사람과 이미 약속을 했는데 저 사람이 나타나 아무래도 뒷사람과 약속을 하는 것이 낫겠다고 판단하게 되면 먼저 사람과 맺은 약속을 지키지 않게 됩니다. 그런데 그것은 결국 약속한 상대방보다 자신을 더 귀하게 여기기 때문에 일어나는 일입니다. 그러한 경우의 울을 크게 잡아보면 게을러 약속을 지키지 못하는 것도 이 울 속에 들어야 마땅합니다. 이러한 모습들을 보면 대체로 사람들은 자기에게 유리한 경우에만 약속을 지키는 듯합니다. 그리고 조금이라도 자기에게 보탬이 되는 일이 아니면 어떤 약속도 맺으려 하지 않는 듯합니다. 그렇기 때문에 약속을 지킬 수 있는 길은 분명합니다. 자기가 손해를 보면 지킬 수 없는 약속이란, 감히 단언컨대, 거의 없습니다.

바로 이러한 사실 때문에 '약속의 윤리'를 엄격하게 마련한다 해도 전혀 잘못된 것이 아닙니다. 약속을 지키지 않는 것은 잘못된 것, 그것은 상대방을 사람으로 여기지 않는 오만하고 방자한 짓, 그리고 그렇기 때문에 그것은 결국 자기 무덤을 파는 일이라고 분명하게 발언하고 이를 계속 강조해도 좋습니다. 흔히 약속이란 불가피하게 깨질 수도 있는 것, 근원적으로 불확실한 것이 삶인 만큼 약속의 파기는 일어날 수밖에 없는 것, 약속의 불가피한 파기가 흔히 있을 수 있다는 사실을 인정하지 못하는 것은 아직 삶이 얼마나 취약한 것인지를 모르는 소치라는 것, 사실은 그래서 약속은 본디 하지 않는 것이 가장 현명한 삶의 태도라는 것, 따라서 약속은 지키지 못했지만 거짓말은 하지 않았다는 논리를 구사하는 일 등으로 약속의 폐기를 정당화하는 논리는 단단히 응징되어야 합니다. 약속은 얼마든지 지켜질 수 있기 때문입니다. 자기를 희생한다면 이루어지지 못할 약속은 없습니다.

그러나 이 또한 약속을 지키지 않는 것과 다르지 않게

오만한 발언입니다. 제 약속을 회상하면 그렇다고 하는 사실이 절실해집니다. 저는 회갑이 되면 아내와 함께 멀리 이 나라 저 나라 여행을 다니자고 약속을 했습니다. 저는 아내에게, 아내는 저에게, 그렇게 손가락을 걸며 약속을 했습니다. 하지만 그 나이에 이르기도 전에 아내는 자기 혼자 돌아오지 못할 아주 먼 여행길을 떠났습니다. 그리고 저는 여기 머물러 있습니다.

약속을 지킬 수 있는 것은 축복입니다. 그것은 신이 허락하는 한에서 이루어지는 것입니다. 약속을 지키지 않는다고 질책하는 일도, 약속을 지키지 않고도 온갖 변명으로 자기를 합리화하는 일도, 모두 아무런 의미가 없습니다. 신이 허락하지 않으시면 이루어질 수 있는 약속은 없습니다. 그러므로 약속의 진정한 윤리는 그렇다고 하는 사실을 승인하는 겸손한 태도로 약속을 지켜 그것이 신의 축복이라는 것을 실증하는 삶을 살아가는 것, 그것입니다.

저 서둘러 나가야겠습니다. 글쓰기도 거의 끝났습니다. 신이 축복하시면 11시 약속을 지킬 수 있을 듯합니다. 그 축복을 확인하기 위해서라도 지금 막 나서야겠습니다.

청빈

　　'청빈선언 대행진'이라는 '행사'가 있었습니다. 모든 언론매체들이 한결같이 감동스러운 일로 보도했기 때문에 모르시는 분이 없을 듯합니다. 더구나 가톨릭의 빈민사목위원회가 한 일이기 때문에 성당에 다니시는 분은 누구나 이 일을 잘 알고 계실 것입니다. 참으로 적절한 때, 적절한 주제를 가지고 사람들에게 깊은 자성을 할 수 있도록 해주신 귀한 행사라고 생각합니다.

　　저는 이 일에 참여하지도 못했고, 그 행사에서 발표한 선언문 전문도 읽지 못했습니다. 그러나 여러 신문에 발표된 자료들을 보면서 이 일을 주최한 분들이 얼마나 뚜렷하게 옳은 마음으로, 그리고 얼마나 단단히 다짐하면서 이 일을 하셨는가 하는 것을 알 수 있었습니다.

그런데 '청빈'이란 실상 오늘 우리의 사회에서 거의 불가능한 현실을 일컫는 말입니다. 왜냐하면 그것은 그저 상식적으로 우리가 알고 있는 그러한 가난이 아니기 때문입니다. 그것은 결코 가난할 수 없는데 가난하게 사는 가난, 가난하게 살되 그것이 남을 위해서 사는 삶이어서 불가피하게 가난하게 된 가난, 그런 것을 뜻하는 것입니다. 그러니 이러한 가난이 현실적으로 있을 까닭이 없습니다.

청빈이란 것을 이렇게 이해하면 그것은 우선 부유함이 전제되지 않고는 이루어질 수 없는 덕목입니다. 실제로 부자이어야 비로소 이루어질 수 있는 것일 뿐만 아니라 그렇지 않다 할지라도 부자일 수 있는 가능성을 충분히 갖추고 있는데 그러한 조건을 누리지 않아 지니는 가난을 뜻하기 때문에 어떤 형태로든 적어도 개념적으로 부유함을 전제하지 않을 수 없습니다. 부를 포기하는 일, 부유하게 될 수 있는 조건을 버리는 일을 먼저 해야 이루어지는 것이 청빈인 것입니다. 그러므로 처음부터 아예 가진 것이

없는 그야말로 가난한 사람의 가난은 그저 가난이지 청빈
이 아닙니다.

그렇다면 청빈을 주장하고, 강조하고, 그것을 꼭 지켜
야 하는 덕목으로 요청하는 것은 따지고 보면 부자들이
하는 주장이고 강조이고 요청입니다. 아니면 충분히 부자
일 수 있는 조건을 다 갖춘 사람들이 할 수 있는 것입니다.
그렇기 때문에 '청빈하게 살자!'는 선언은 얼핏 들으면 누
구에게나 타당한 보편적인 진리를 말씀하는 것 같아도 그
렇지 않습니다. 부유한 사람들의 언어이고 그들의 덕목이
며 그들만이 할 수 있는 요청입니다. 그래서 그 말을 알아
듣지 못하는 사람들이 많습니다. 생각해 보십시다. "교회
의 모든 구성원들이 청빈을 생활화하여 가난한 이들을 끌
어안자"고 말할 때 그것을 알아들을 수 있는 사람은 부자
이겠습니까, 가난한 사람이겠습니까? 가난한 사람은 그저
가난할 뿐 '맑은 가난'이나 '탁한 가난'을 구분할 여유가 없
습니다. 바로 그것이 가난입니다. 적어도 가난을 범주화할
정도라면 이미 그는 꽤 많이 가지고 있어 결코 가난하지
않은 사람입니다. 그러니 가난한 사람은 앞의 선언을 알아

들을 수 없습니다. 겨우 알아듣는다면 '그것은 내게 하는 말은 아니로구나!' 하는 것뿐입니다.

그런데 바로 그렇기 때문에 청빈을 주장하는 일은 근원적으로 부유한 사람에 대한 도덕적인 질책이고 그들로 하여금 책임 있는 주체이기를 요청하는 것이라고 말하면서 그것이 부유한 사람의 언어인 것은 부유한 사람들을 향해 발언되는 것이기 때문에 어쩔 수 없는 것이라고 말할 수도 있습니다. 옳은 말씀입니다. 그러나 그렇게 발언되는 부유한 자의 언어는 뜻밖에도 그들의 부를 정당화해 줍니다. 스스로 청빈을 주장할 만큼 도덕적 각성을 가지고 아프게 삶을 살아가고 있다는 것을 드러내주면서 바로 그 주장 때문에 존경을 받게 됩니다. 그리고 그 존경 속에서 청빈은 드높고 귀한 덕목으로 여전히 흩날립니다. 하지만 현실적으로 달라지는 것은 아무것도 없습니다. 그 선언은 다만 그저 가난한 사람들의 부자에 대한, 또는 부자일 수 있는 분들에 대한 존경만을 부풀릴 뿐입니다. 그리고 그저 가난한 사람들은 바로 그 존경심 속에서 자신이 청빈할 수 있는 부조차 가지지 못한 것에 대한 새로운 죄의식을 지닙니다. "청빈은 남을 위해서가 아니라 자신의 구원을 위해서도 필요한 미덕"이라고 하는 말을 들을 때, 그저 가난한 사람은 그 말을 잘 알아들을 수 없지만 알아듣는다 해도 '그것은 청빈할 수 있는 부도 가지지 못한 나는 구원조차 받을 수 없다는 말이구나!' 하고 이해하면서 괴로워할 수밖에 없습니다.

따지고 보면 청빈을 이야기하는 것은 부를 이야기하는 것입니다. 그것은 결코 가난을 이야기하는 것이 아닙니다. 부자로서 어떻게 살아가야 할 것인가 하는 것을 논의하는 부의 덕목, 부자의 윤리를 이야기하는 것입니다. 그 맥락에서 등장하는 가난한 사람은 다만 그 윤리나 덕목의 완성을 위한 수단적인 가치밖에 되지 않습니다. 그러므로 청빈을 이야기하는 것은 결국 가난이 목적이 아니라 부가 목적입니다. 그런데 부자가 부를 이야기하는 것은 아무 의미도 없습니다. 그것은 좋은 경우 자기정당화이고 나쁜 경우 위선일 수밖에 없기 때문입니다. 부자가 부를 말하는 것은 언제나 그러합니다. 그러므로 부에 대한 발언은 가난한 사람만이 할 수 있는 일입니다. 가난의 언어만이 부를 말할 수 있습니다. 그때 비로소 부를 인식할 수 있는 거리도, 부자에 대하여 규범적 판단을 할 수 있는 준거도 생기기 때문입니다. 그리고 그때 가난의 언어는 결코 '청빈이라고 수식된 가난도, 그렇게 수식된 청빈지향적인 부'도 발언하지 않을 듯합니다. 그저 가난과 부를 수식 없이 소박하게 대놓고 말할 듯합니다. 어쩌면 "가난이면 가난이고 부면 부지 어떻게 그리 비비 꼬인 청빈이라는 말이 있나? 그 말은 너무 어렵다!"고 말할지도 모릅니다.

모처럼 감동적인 '청빈의 행진'과 '청빈운동선언문'의 발표를 겪으며 이러한 '삐뚤어진' 말씀을 드려 죄송합니다. 저는 지금 우리 현실에서 이러한 행진도 선언도 없었으면 어쩔 뻔했나 하는 생각을 하면서 이 일이 예사로울 수 없는 귀한 일임을 조금도 부정하고 싶지 않습니다. 제발 이 선언문이 주장한 한마디 한마디의 말씀들을 우리의 가슴에 깊이 간직하고 우리의 일상이 조금씩이라도 변화되기를 바라 마지않습니다. 그러나 그 선언문에 "빈곤현실에 대한 사회적 관심의 빈곤"이라는 표현이 있듯이 제게는

'도덕성 회복운동의 도덕성'의 문제가 늘 마음 한구석에서 사라지지 않습니다. 이번 일도 그러합니다. 이 사건을 다룬 어느 신문기사는 이 일을 보도하면서 다음과 같은 문구를 삽입했습니다. "북한 동포의 굶주림의 고통을 함께 나눈다는 취지로 마련됐던 '옥수수죽 먹기' 모임도 호텔에서 열렸다."

불행하게도 청빈의 발언에서 부자의 언어만 들을 뿐 아직 듣지 못한 가난의 언어가 발언되기를 기다리는 이 어리석음을 그저 웃어주시기 바랍니다.

준비된 이별이 아름답다

어떻게 하시겠습니까? 이제 가을도, 그 찬란한 하늘과 풍요로운 들판도 거의 퇴색하는 계절입니다. 곧 잿빛 짙은 겨울이 올 텐데, 미루고 미루어오던 긴 여행의 출발을 이제는 조금 서두르셔야 하지 않겠습니까? 언제 떠날 작정이십니까?

이런 말씀 드려 죄송합니다. 떠날 날, 미리 정해 놓지 않으신 것 잘 압니다. 세상 온갖 일 다 미루어 짐작하고, 헤아려 살피고 다듬어, 이제까지 참 지혜롭게 가을 끝자락까지 오신 것 모르지 않습니다. 그러니 비록 새 여행길, 그 출발날짜가 정해지지 않았다 해서 아무런 마련도 하지 않으셨으리라 생각하지는 않습니다.

하지만 이 '끝 길' 떠나는 일, 참 예사롭지 않습니다. 떠나기는 떠나야 하는데 그날을 내가 결정할 수 없다 보니 답답하고 불안하지 않을 수 없습니다. 게다가 살다 보면 자꾸 내일보다 모레가 좋고, 내년보다 후년이 기다려지고, 그러다 마지막 여행을 위해 괴나리짐 챙기는 일 잊기가 십상입니다. 아직 멀었으니까요, 아직.

겨우, 때로 몸이 말해 주고, 마음이 가끔 느끼게 해주어 떠날 날 머지않았음을 아주 짐작 못하는 것은 아니지만, 왜 이리 판단이 간사한지요. 그 말과 느낌이 사뭇 착각인 듯하고, 진실이라 해도 곧 아니게 될 것 같기만 하니 말입니다. 그러다 보면 몸이 이제는 내 말 안 듣고 마음 또한 몸을 따르지 못하는 지경에 이르는데, 그런 것을 숱하게 빤히 보는데, 그런데도 짐 챙겨 불현듯 지장 없이 떠나는 채비하기가 왜 이리 귀찮은지요. 나는 아니니까요, 나는.

그래도 어쩌겠습니까? 떠나야 마땅할 일이니 준비하고 기다려 언제라도 출발이 괜찮도록 해야 하지 않겠습니까? 어떻게 하시겠습니까?

바꾸어 입으실 속옷 따로 간수하셨습니까? 와이셔츠도 바지도 다려놓으셨겠습니다만 가끔 속옷 챙기는 일을 소홀히 할 때가 많습니다. 이번에는 부인 신세지시지 않는 것 어떨까요. 가족 아무도 모르게 그렇게 나 자신이 좋아하고 내가 즐기는 옷을 준비하시는 것이 좋을 듯합니다. 혼자 떠나야 하는 여행이니까요.

서랍 정리하셨습니까? 자질구레한 메모쪽지들, 써지지 않는 볼펜들, 곰상스레 아꼈던 귀한 것들, 먼지는 털었지만 그때 버렸어야 했는데 그냥 가지고 계신 지저분한 것들, 이제 치우셔야지요. 언제 갑자기 떠날지 알 수 없으니까요. 자칫 자식이 보고 얼굴 붉힐 거리들은 없으신지요.

수첩, 다 살펴셨겠죠? 빡빡한 일정표, 이제 아무 소용 없습니다. 떠나야 하니까요. 떠나면 할 수 없는데 하기로 작정하고 아직 못한 많은 일들, 어서 해치우든지 취소를 하든지 다른 사람에게 부탁을 하셔야지요. 아무것도 정리하지 않은 채 먼 길 떠난 친구들, 참 우리 욕 많이 했지요. 그럴 수밖에 없었습니다. 약속 깨지고, 신용 잃고, 하던 일 망치고, 그러지 않으셨습니까? 떠난 친구는 편하겠지만. 할 것은 서둘러 하고, 못할 것은 서둘러 못한다고 해야지요.

아직 맺힌 것 있으세요. 억울하고 분한 것, 섭섭한 것, 괴로운 것 있으세요? 당연하죠. 적지 않죠. 하지만 풀으셔야지요. 날짜여유가 없습니다. 후회되신다고 하셨습니까? 사랑하지 못한 거요? 지금 하세요, 마음껏. 지금 사랑하지 못하면 영원히 하지 못합니다. 사랑 아껴서 무엇에 쓰시겠습니까? 홀로 떠나야 하는 여행을 출발해야 하는데요.

이제 짐 챙기고 마음 다듬으셨으면, 언제라도 자신 있게 떠날 준비가 되셨으면, 조용히, 정말 출발하시기 전에 나 자신을 용서하세요. 사느라고 애썼다고, 고맙다고, 나한테 말씀하시고, 나를 사랑해 주세요. 마지막 여행은 내가 나 자신과 떠나는 여행이니까요. 그리고 그 여행, 행복해야 하니까요.

음식윤리

몇 해 전 가을 일입니다. 한국식생활문화학회에서 학술발표회를 하면서 저한테 주제발표를 해달라는 부탁을 해왔습니다. 그 말씀을 듣는 순간 그야말로 '주소를 잘못 알고 보낸 편지'를 받는 느낌이었습니다. 저는 종교학을 공부하는 사람이지 식생활문화와는 아무 상관이 없기 때문입니다. 그런데 말씀인즉 그 학회가 다루려는 것은 '종교와 식생활문화'이니 그러한 주제로 개괄적인 이야기를 해줄 수 없느냐는 것이었습니다. 그때에야 저는 좀 짐작이 되는 것이 있었습니다. 여러 종교들은 독특한 음식규제들을 가지고 있습니다. 음식금기가 있는 것이지요. 그래서 저는 그러한 것이 중요한 내용이라면 자료를 좀 다듬어 말씀을 드릴 수 있겠노라는 답변을 했습니다. 제가 맡아야 하는 그러한 개괄적인 이야기 다음에는 한국 사찰음식의 전통과 영양에 대한 연구 등의 발표가 뒤따른 다는 설명까지 듣고 보니 참 까맣게 잊었거나 무관심했던 종교영역 중의 한 분야를 그 학회에서 다루고 있구나 하 는 생각이 들면서 그 학회에 대한 고마움은 물론 우리 종 교학회의 게으름에 대한 부끄러움이 새삼 솟았습니다. 종 교에 대한 크고 대단한 개념들을 휘날리는 많은 논의들은 분분한데 실제 삶과 연결되어 있는 작은 현실에 대해서는 이렇게 마음을 쓰지 않고 있으니 학문한다는 일이 참 떳 떳하지 못하다는 생각조차 들었습니다.

아무튼 발표를 준비하기 위하여 그때부터 이제까지 관 심을 기울이지 않던 ‘종교와 식생활문화’에 대한 자료를 모으고 그것을 발표할 수 있는 내용으로 다듬기 위하여 꽤 많은 시간을 썼습니다. 그리고 어찌 됐든 발표를 마칠 수 있었습니다. 그런데 저는 이 과정에서 전혀 예상하지 못했던 사실을 발견했습니다. 처음에는 단순히 ‘어느 종교가 어떤 음식금기를 계율로 지니고 있고, 그 역사적 종교적 의미는 대체로 어떠한 것이다' 하는 것을 정리하려 했었는데 막상 자료를 뒤지다 보니 그것보다 더 중요하다고 여겨지는 사실을 발견하게 된 것입니다. 그것은 다른 것이 아닙니다. 뜻밖에도 많은 신화들이 음식기원을 이야기하고 있는데 그 이야기가 가지고 있는 공통점이 눈에 두드러지는 것이었습니다.

신화는 의식의 가장 깊은 속에서 발언되는 것이라고 사람들은 말합니다. 그 이야기가 말하고 있는 것이 사실이냐 아니냐 하는 것 이전에 그것은 인간의 경험이 순수하게 고백된 내용이라는 거지요. 그래서 아예 어떤 신화학자는 신화를 '역사가 쓰는 시'라고 말하기도 합니다. 빡빡한 삶에다 여운을 깃들이게 하고 여백을 만들어 의미가 넘실거리게 하는 것을 시라고 한다면, 신화가 바로 그러한 시로 역사 속에서 자리잡고 있다는 겁니다. 저는 이러한 신화설명이 참 마음에 듭니다. 그러므로 신화들이 '음식이란 이렇게 비롯된 것이다' 하고 말하는 그 이야기들은 음식에 대한 가장 순수한 의미를 담고 있을 것임에 틀림없습니다.

　그런데 여러 문화권에 흩어져 있는 음식기원신화들은 거의 한결같이 다음과 같은 내용을 공통으로 지니고 있었습니다. 하나는 음식은 인간이 스스로 만들거나 확보한 것이 아니고 '주어진 것'이라는 사실이고, 둘째는 그것을 준 주체는 대체로 신이나 신적인 존재로 묘사되어 있다는 사실이며, 셋째는 그런데 그 음식이란 실은 그러한 존재가 인간을 위하여 스스로 죽어 먹이가 되었다는 것이고, 넷째는 그렇기 때문에 음식은 모든 인간들이 함께 나누어 먹어야 하는 것이라는 사실이 그것입니다.

　더 자세한 말씀을 드려야 하겠습니다만 이러한 사실은 결국 다음과 같은 결론을 내릴 수 있게 하는 것이었습니다. '우리는 음식을 먹어야 산다. 그런데 그 음식은 신이 스스로 자기의 몸을 내준 것이다. 그러므로 음식을 먹는다는 것은 신을 먹는다는 것과 다르지 않다. 우리는 신을 먹어야 비로소 사는 것이다. 뿐만 아니라 그것은 동시에 삶을 살리는 것은 죽음을 통하여 이루어지는 것이라는 것을 보여준다. 살려면 죽어야 하고 죽으면 살 수 있다. 참으로 역설적이게도 삶은 죽음으로부터 비롯된다. 죽음이 없으면 삶은 없다. 그런데 그것은 곧 사랑이다. 그러므로 음식을 독점하는 것은 생명을 거스르는 일이며 하느님을 거역하는 일이다. 그것은 곧 자살과 다르지 않다. 무릇 사람이 먹고살기 위하여 애쓰는 그 노력은 신을 살해하는 일이며 동시에 새로운 탄생을 기하는 것이라는 사실을 알고 있어야 한다. 이것이 음식문화의 실상이다.'

다시 말씀을 드리지만 신화의 예를 여러 개 들어 이를 설명드리면 더 좋겠습니다만 그렇게 못해 죄송합니다. 그리고 이러한 결론은 어딘가 비약이 심하지 않나 하는 느낌도 가지실 수 있을 듯합니다. 그러나 분명하게 말씀드리고 싶은 것은 이러한 사실들을 살피면서 저는 제가 얼마나 음식을 아무런 느낌 없이 먹고 지내는가 하는 데 대한 두려움과 아픔을 지니게 되었다는 사실입니다.

물론 우리는 음식을 먹을 때마다 이것은 하느님께서 주신 거라고 하면서 감사도 하고 그 음식을 마련하기 위해 수고한 분들에 대한 고마움도 갖습니다. 그러나 그러한 태도는 아직 음식의 참 의미에 미치지 못하는 듯합니다. 음식이 신의 주검이라고 생각하는 것과 그러한 감사는 어쩐지 근원적인 깊이가 다른 것 같다고 느껴지기 때문입니다. 음식의 재료가 식물이든 동물이든 그것을 죽이지 않으면 먹을 수도, 먹은 것일 수도 없다는 것을 생각해 보면 먹는 행위란 죽이는 행위라는 생각이 절실해집니다. 날것으로 먹든, 끓이고 지지고 볶고 삶고 하여 익혀 먹든, 모든 먹는 행위는 한결같이 죽이는 행위더군요. 그런데 그렇게 죽이지 않으면 살 수 없습니다. 기막힌 역설입니다. 바로 그 계기에서 신화는 그 죽음이 신으로부터 비롯됐다고 이야기하고 있는 겁니다. 신의 인간에 대한 사랑이 신 자신을 죽이게 했고, 인간은 신을 죽여 비로소 먹고살게 되었다는 거지요.

그렇다면 우리가 음식을 먹으면서 해야 할 일은 단순한 감사일 수 없습니다. 열심히 먹고 잘 살면서 또한 열심히 죽어야 하는 의무를 지기 때문입니다. 사랑이란 어처구니없게도 이러한 역설 속에서 비로소 이루어집니다.

생각해 보니 참 부끄러운 것은 우리가 '음식윤리'라고 할까요 그러한 것을 지니지 못하고 있다는 사실입니다. 음식은 아무 때나 아무렇게나 그저 먹으면 되는 것이 아니어야 할 것 같습니다. 음식사치를 하는 일이 얼마나 음식 자체를 배신하는 일인지도 알아야 하겠고, 음식을 배부르게 먹는다는 것이 얼마나 어리석은 잘못인지도 알아야겠으며, 음식을 독점하거나 무기화하는 일이 얼마나 신을 반역하는 고약한 죄인가 하는 것도 알아야겠습니다. 하느님을 먹고살면서 이렇게 살 수는 없는 일 아닙니까?

음식찌꺼기가 산처럼 쌓인다고 합니다. 그런가 하면 몸에 좋다는 음식은 앞뒤를 가리지 않고 먹어댄다고 합니다. 그런가 하면 기아의 소식은 멀고 가까운 데서 끊임없이 들립니다. 그런데 우리는 어떤 태도를 가지고 먹고살고 있는지 궁금합니다.

'종교와 음식문화'는 한국식생활문화학회의 주제만일 수 없습니다. 그것은 우리 종교인 모두의 새로운 주제여야 합니다. 음식윤리강령이라도 만들어 신의 주검을 허비하지 않는 운동이라도 벌여야 할 것 같습니다.

비움

사람은 모자랍니다. 참 알 수 없습니다. 사람 한살이를 살펴보면 그렇다고 하는 것이 두드러지게 드러납니다. 송아지는 어미 뱃속에서 나오자마자 스스로 뛰는데 사람은 그렇지 못합니다. 사람이 사람구실을 하려면 자기와 더불어 남들이 모두 어울려 얼마나 긴 세월 동안 얼마나 많은 '정성'을 기울여야 하는지 헤아릴 수 없을 정도입니다. 몸이 몸구실을 하기 위해서도 그러하고 마음이 마음구실을 하기 위해서도 그렇습니다. 사람은 아주 모자랍니다. 처음부터 번듯했으면 얼마나 좋았겠습니까?

그렇게 뜸을 들여 겨우 사람구실을 하게 되어도 사람

살이는 이내 사람답지 못한 삶의 소용돌이를 일으키며 그 한복판에서 몸부림칩니다. 더불어 사는 듯하지만 외롭고, 서로 힘을 보태고 도와주어야 하는데도 자기 힘을 다해 더불어 사는 남과 다투고 이겨야 비로소 자기 목숨이 이어집니다. 참 알 수 없는 일입니다. 그러니 때로 몸이 병들기도 하고 마음이 일그러지고 삐뚤어지기도 합니다. 그래서 사는 것이 아예 짐승살이가 됩니다. 이렇게 되면 사람은 오간 데 없고 있는 것은 오직 '아귀(餓鬼)'들뿐입니다. 흔하지 않은 그림 같아도 바로 이 모습이 사람살이입니다. 그러다가 몸의 힘이 빠지면서 사람은 늙고 추해집니다. 마음도 다르지 않습니다. 부스러질 듯 약해지는가 하면 질겨지기도 하고, 뻔뻔해지는가 하면 이리저리 찢긴 상처에 얼룩진 채 측은하게 궁색해지기도 합니다. 그렇게 살다 한결같이 풀지 못한 한을 품고 삶을 마감합니다. 사람살이가 이러합니다. 모자라도 참 많이 모자란 것이 사람입니다.

그렇다고 해서 사람이 아주 엉망인 것은 아닙니다. 사람은 자기가 모자라는 것을 압니다. 이것은 여간 다행한 일이 아닙니다. 모자람을 안다는 것은 모자람이 다 채워져 완전하게 된 모습이 어떤 것인지 아는 삶을 일컫는 것인데, 그것은 곧 지금 여기에서 우리가 겪는 참혹함을 벗어날 수 있는 가능성을 확인하는 일과 다르지 않기 때문입니다. 그래서 옛날부터 사람구실을 하기 위해서는 스스로 완성의 경지를 향해 끊임없이 자기를 갈고 닦으면서 텅 빈 자기를 채워야 한다는 가르침이 베풀어졌고, 그것은 지금껏 이어지고 있습니다.

이를테면 우리에게는 모르는 것이 많습니다. 그러한 미지나 무지는 모자람의 전형적인 내용입니다. 그러므로 우리는 그 모자람의 공간을 앎으로 가득 채워야 합니다. 그때 비로소 삶은 삶다워집니다. 텅 빈 삶은 그렇게 앎으로 가득 채워질 때 비로소 초라하지 않게 됩니다. 또 우리는 '춥고 배고프면' 살 수 없습니다. 가진 것이 없으면 몸도 마음도 일그러집니다. 소유하고자 하는 의지는 당연합니다. 가지지 못한 것은 가장 직접적인 모자람입니다. 없으면 못 삽니다. 있어야 살고, 넉넉해야 행복합니다. 도대체 있어야 사람구실을 합니다. 따라서 단순한 소유란 당연한 것이고 더 많이 지니는 것은 미덕이기조차 합니다. 기려지지 않는 부는 적어도 현실적으로는 없습니다. 이뿐만이 아닙니다. 힘이 없으면 삶을 누릴 수 없습니다. 모자람의 실체는 '힘없음' 안에서 가장 두드러집니다. 힘이 없으면 억울해도 풀 길이 없습니다. 분해도 분을 삭일 길이 없습니다. 그런가 하면 좋은 일을 펴려 해도 힘이 없으면 그또한 다만 꿈일 뿐입니다. 힘은 현실적인 실천의 수단이기때문입니다. 이래저래 힘이 없으면 사람 노릇을 할 수 없습니다.

그러므로 우리는 삶의 완성을 위해 삶이 지닌 빈 구석들을 꼭꼭 채우지 않으면 안 됩니다. 많이 알아야 하고, 많이 가져야 하고, 힘이 세야 합니다. 그래서 사람들은 너나없이 그러한 것들로 삶을 채우려고 기를 씁니다. 당연한일입니다. 그러지 않으면 삶이 삶다워지지 않기 때문입니다. 아는 것으로 가득 들어찬 삶, 아쉬운 것이 별로 없이넉넉하게 채워진 삶, 키워 지닌 것이거나 싸워 얻은 것이거나 자기 뜻을 마음대로 펼 수 있는 힘을 휘두를 수 있는삶은 부러운 삶임에 틀림없습니다. 완전을 지향하는 삶의 모습은 그렇게 빚어집니다. 무식하고 가진 것 하나도 없고 아무런 힘도 없다면 그러한 사람이야말로 어쩔 수 없이 오늘 우리의 삶 속에서 짐승처럼 살아도 당연하다고 말할 수밖에 없을 듯합니다.

이렇게 되면 우리는 아무런 문제도 없는 '완전한' 삶을 누릴 듯합니다. 모자란 구석들이 모두 잘 채워질 것이기 때문입니다. 그래서 우리는 모두 그러한 삶을 바라고, 그러한 목표를 지니고 열심히 뜁니다. 그래서 훌륭한 사람이 되는 것은 그러한 만족스러움을 넉넉히 지닌 사람이 되는 것, 그래야 잘 사는 사람다운 사람이 되는 것이라고 누구나 믿고 있습니다.

모자람은 그렇게 채워져야 합니다. '채움'이야말로 사람이 사람다울 수 있는 가장 이상적인 삶이면서 아울러 가장 현실적인 삶입니다.

그런데 알 수 없는 것은 사람이 모자란다는 사실만이 아닙니다. 모자라면 이제까지 우리가 살펴보았듯이 채우면 됩니다. 사람에게는 아무리 모자라도 그러한 능력이 있습니다. 제대로 펴기만 한다면 모자라 못나게 살 사람은 하나도 없을지 모릅니다. 그러나 참으로 알 수 없는 것은 채워진 삶이 삶을 삶답게 해주지 않는다는 사실입니다. 이것은 아무래도 우리가 헤아릴 수 없는 어떤 신비라고 말해야 할 듯합니다.

그렇다고 해서 이같은 사실이 매우 드물고 희귀한 일이라는 뜻은 아닙니다. 소박하고 평범한 우리의 삶이 바로 그러합니다. 지식의 양이 반드시 사람다움과 병행하는 것이 아니라는 사실을 모르는 사람은 하나도 없습니다. 소유의 적고 많음도 다르지 않고 권력의 다과도 다르지 않습니다. 혹 그러한 것들의 많고 적음이 삶의 편의와 관계된 것일 수는 있습니다. 많이 알면 그만큼 편하고 소유가 많으면 그만큼 안락하고 권력이 많으면 그만큼 많은 것을 누릴 수 있을 것이기 때문입니다. 그러나 그것도 반드시 그러한 것은 아닙니다. 아는 것이 많으면 오만해집니다. 자기보다 가치 있는 사람이 없을 것이라고 믿기 때문입니다. 가진 것이 많으면 나 아닌 다른 사람들이 있다는 사실에 관심을 두지 않게 됩니다. 아쉬운 것이 없기 때문입니다. 권력을 휘두르게 되면 방자해집니다. 사람들을 모두 자기를 위한 수단으로 여기기 때문입니다. 이것은 예상하지 못했던 비극적인 일입니다.

우리는 이것을 '채움의 역설'이라고 말해도 좋습니다. 채우면 채울수록 실은 모자람이 더 커지고 불어납니다. 모자람을 줄이려 하는 것이 채움인데 오히려 채움은 그 모자람을 아주 심각한 차원에서 더 깊게 늘어나게 합니다. 참 알 수 없는 일입니다.

그러고 보면 우리가 처음부터 무언지 크게 착각하고 있었는지도 모릅니다. 사람을 모자란 존재로 본 것부터 잘못되었는지 모르겠다는 생각이 드는 것입니다. 태어나 자라는 긴 세월을 모자람이라고 판단한 것, 더 알고 더 갖고 더 힘을 누리려는 삶의 태도가 모자람 때문에 생긴 것이라고 전제한 것 자체가 우리의 근원적인 잘못인지도 모릅니다. 오히려 모자람을 사람다움을 위한 조건으로 이해했어야 옳았을 듯싶습니다. 그러므로 이제까지 우리가 모자람이라고 개념화한 삶의 실상을 우리는 채움이나 완성과 마주하는 대칭개념으로 여길 것이 아니라 삶 자체의 존재론적 바탕으로 여겨야 할 듯합니다. 그리고 이와 아울러 우리가 채움이라 일컫은 것도 완성에의 지향이 아니라 존재론적 바탕을 망각한 데서 비롯된 삶의 모습이라고 해야 옳았을 듯합니다.

이렇게 보면 앎은 깨우친 무지를 쌓아가는 축적의 결과가 아니라 순수에의 지향을 그 목표로 하는 것이어야 하고, 소유는 많이 가지는 것이 아니라 더불어 살기 위한 사물의 공유를 지향하는 것이어야 하며, 권력은 누리는 것이 아니라 그것 자체가 봉사 기능이라는 사실에 대한 새로운 터득을 우리는 이루지 않으면 안 됩니다. 그것은 모자람의 채움이 아닙니다. 오히려 현실적이라든가 당위적이라는 이름으로 본래적인 것에 덕지덕지 쌓이고 붙은 본래적이지 않은 것들을 걷어내는 것이라고 말할 수 있습니다. 존재론적 바탕에서 솟는 자연스러운 빛과 고요와 맑음과 따뜻함이 고이 피어오르도록 내 삶을 텅 비우게 하는 일이라고 해야 옳을 듯합니다. 채움이 아니라 '비움'이 우리의 사람됨을 사람답게 할 수 있는 가장 바른 일임을 새삼 확인하게 되는 것입니다.

하기야 '채움'과 '비움'은 각기 그것이 쓰이는 맥락에 따라 긍정적으로도 부정적으로도 사용됩니다. "빈 수레가 시끄럽다"고 할 경우, "욕심을 비워라"라고 할 경우를 우리는 압니다. 그렇지만 우리가 그 둘을 분간하지 못할 만큼 어리석지는 않습니다. 중요한 것은 사람다움과 사람의 현실을 놓고 지금 여기에서 요청되는 긴요한 것이 과연 무엇인가 하는 물음입니다. 그리고 이때 '비움'이란 '순수에의 회귀'라고 말하고 싶습니다.

'비움'을 진리의 실천적 요체로 주장하는 종교의 발언도 우리는 잘 압니다. '비움'을 덕목으로 전제하는 도덕적 가르침도 잘 압니다. 그리고 그럴 때 대체로 우리는 '비움'이란 자기인식과 겸허, 받아들임과 가능성의 여백으로 이해합니다. 그렇습니다. '비움'은 그러합니다. 하지만 아무리 생각해도 '비움'은 실천적 윤리나 종교적 진리주장의 교의적 내용보다 더 소박하고 순수하게 사람다움이 자리한 근원적인 자리에서 비롯되는 '삶 자체에 되돌아가는 것'이라고 말해야 할 듯합니다.

그러므로 사람다움을 잊고 또 잃어가고 있는 오늘 우리에게 '비움의 존재론'은 마지막 가능성을 위한 담론일는지도 모릅니다. '비움'에의 상상력은 그래서 우리의 새로운 창조를 틀림없이 약속해 줄 것입니다.

배움과 생각

　　끊임없이 배우려는 사람은 훌륭한 사람입니다. 그러한 사람들은 삶의 폭이 넓어집니다. 몰라 답답한 것이 뚫리기 때문입니다. 또 잘못된 앎이 무엇인지도 알게 되기 때문에 삶을 바르게 되잡을 수 있습니다. 그러므로 사람이 사람다운 삶을 살기 위해서는 배움을 멈추어서는 안 됩니다. 배우는 것을 싫어하거나 게을리 하면 그것은 자기 자신을 불행하게 만드는 일일 뿐만 아니라 더불어 사는 다른 사람들의 삶에 흠을 낼 수도 있습니다. 따라서 사람은 마땅히 배워야 하고 그 일에 부지런해야 합니다.

마찬가지로 늘 생각을 하며 사는 사람은 훌륭한 사람입니다. 생각은 삶의 깊이를 더해 줍니다. 생각 없이 만난 사물은 사물 그대로 있지만 생각하며 만난 사물은 그 사물 건너에 있는 깊은 차원마저 그 사물이 드러낸다는 것을 터득합니다. 그러므로 생각 없이 사는 삶은 사람의 삶이기보다 짐승의 삶이라 할 수 있습니다. 본능을 좇아 사는 삶이기 때문입니다. 생각이 없으면 삶이 천박해지고 가벼워져서 사람다운 사람구실을 하지 못합니다. 따라서 사람은 마땅히 생각할 줄 알아야 하고 그 일에 진지해야 합니다.

그런데 때로 우리는 배움을 다만 배움을 위한 것으로 만들어버릴 때가 있습니다. 왜 배우는지, 배워 무엇을 하려는지 하는 것들을 생각하지 않고 그저 새로운 앎을 탐하는 경우가 있습니다. 그렇게 되면 아는 것이 많아 삶이 크게 넓어지기는 하겠지만 그 앎을 제대로 쓰지 못합니다. 배워 안 것을 통해 자신을 성숙하게 한다거나 다른 사람들을 위해 봉사를 한다거나 하지 않고 그것을 자기 이익을 위한 수단으로 여기게 되는 경우가 많아집니다. 우리는 이러한 경우를 배우지 못해 무식한 것보다 더 고약하다고 말들 합니다. 그러한 배움의 피해는 엄청나기 때문입니다. 우리는 이러한 배움을 생각 없이 배우는 일, 생각을 수반하지 않는 앎이라고 말할 수 있습니다.

그런데 때로 우리는 생각만을 생각하는 사람들도 만납니다. 생각이 생각을 낳으면서 그 생각은 한없이 그 깊이를 더해 가고 그러한 생각을 하는 사람도 참으로 진지해지지만 그렇게 생각만을 생각하는 삶은 공허해지고 허황해지기 십상입니다. 그러한 삶은 자기만족에 빠져 다른 사람을 진정으로 아끼거나 더불어 살아가는 현실성을 잃게 마련입니다. 결국 그러한 삶은 성실한 것 같아도 비현실적이게 되고 정직한 것 같아도 무능하게 되고 맙니다. 우리는 이러한 사람들을 오히려 생각이 그를 어리석게 했다고 말합니다. 삶을 깊은 차원에서 이해하고 다듬어 살려는 모습이기는 하지만 그 삶의 폭은 옆에 있는 사람에게도 이르지 못하는 경우가 많기 때문입니다. 구체적인 배움을 수반하지 않는 생각만의 삶은 이처럼 실제적이지 못합니다.

공자님께서 『논어』에서 말씀하고 계신 "학이불사즉망

사이불학즉태(學而不思則罔 思而不學則殆)”라는 말씀은 새
삼 오늘 우리의 현실을 그대로 반영해 주는 듯합니다. 알
되 생각 없는 사람들이 휘두르는 온갖 일들이 얼마나 사
람살이를 혼돈스럽게 해주는지 모릅니다. 그런가 하면 스
스로 깊은 생각을 하고 있다고 하면서 아무런 실제적인
배움도 없는 사람의 오만한 질타와 비현실적인 발언이 얼
마나 세상을 위태롭게 하는지 모릅니다. 이념도 가치관도
없는 메마른 지식인들, 현실의 긴박성도 절실함도 아랑곳
하지 않으면서 원칙론만 들추어대는 학자들, 우리는 이러
한 모습에서 벗어나지 않으면 안 됩니다. 지식기술자가 되
어 현실 속에서 자기를 잃는 것도 문제고 선비가 되어 현
실로부터 자기를 차단하는 것도 문제입니다.

배움과 생각이 어느 것인들 귀하지 않을 까닭
이 없습니다. 그러나 그 둘은 서로 함께 있어야지
따로 떨어지면 귀함을 스스로 잃어버리고 오히려
천한 것이 되고 맙니다. 균형과 조화는 이렇게 우리 삶
에서 더할 수 없이 절박한 규범입니다. 배움과 생각을 아
우르는 삶은 비단 지식인이나 학자에게 필요한 덕목이 아

님니다. 그것은 살며 인간답기를 희구하는 모든 사람을 위한 덕목입니다. 공자님의 가르침이 오늘도 이렇게 생생하게 살아 있음이 다시 놀랍고 그러한 가르침을 되읊을 수 있는 전통을 우리가 누리고 있음이 새삼 감격스럽습니다.

예쁜 연인

　　대학 2학년 때 입대를 하고 3년 만에 제대하여 복학한 학생이 저를 찾아온 적이 있습니다. 학교 생활이 무척 즐거운 듯 표정이 밝고 명랑했습니다. 흔히 그러한 학생들이 지니는 조금은 우수 어린 기색이 하나도 없었습니다. 이야기를 나누면서 저는 그 까닭을 알았습니다. 그 친구는 이제 같은 학년이 된 후배 여학생과 사랑을 하고 있었던 것입니다.

"참 예뻐요."

그가 그렇게 말했습니다.

"그래? 얼마나 예쁜데?"

“선생님이 보시면 놀라실 겁니다. 언제 꼭 데려올게요.”

얼마 후 그 친구는 여자친구와 함께 제 연구실로 찾아왔습니다. 순간 저는 깜짝 놀랐습니다. 지난번에 만나 이야기를 나눈 그 여자친구가 아닌 다른 사람인가 보다 하고 느낄 정도였습니다. 도무지 이른바 예쁜 구석이란 하나도 없는 여학생이었기 때문입니다. 저는 실망하지 않을 수 없었지만 그렇다고 하는 것을 드러낼 수도 없었습니다. 우리는 함께 담소를 나누었습니다.

그런데 제 실망과는 상관없이 그 둘은 마냥 행복해 보였습니다. 그 둘이 서로 바라보는 눈빛이 그러했고 서로 자기 발언을 삼가면서 상대방이 더 말을 많이 할 수 있도록 배려하는 마음결이 그렇게 자연스럽게 상대방을 아끼고 귀하게 여기는 모습으로 나타날 수가 없었습니다. 이야기가 길어지면서 저는 마침내 그 여학생이 참으로 아름다운 여인이라는 생각이 들기 시작했습니다. 담소를 마치고 그 친구들이 제 방을 떠나고 나자 저는 갑자기 그 남학생이 부러워졌습니다.

‘참 예쁜 연인을 둔 친구로구나!’

저는 그렇게 혼잣말을 했습니다.

세상이 열려 있고 다양성이 오늘 우리 삶의 특징이라고 여겨 모두들 생긴 대로 멋대로 살아간다고 우리는 믿고 있습니다. 그러나 또 다른 면에서 보면 사정은 전혀 다릅니다. 이런저런 모습으로 예쁨과 추함을 정형화하고 그것을 상품화하는 문화 속에서 우리는 아름다움의 조건들, 그렇지 못한 조건들을 자기도 모르게 의식 깊은 속에 새겨두고는 내가 만난 사람들을 그 잣대로 재단을 하고 있습니다. 또 그 잣대를 자기에게 적용하면서 스스로 아름답다든지 추하다든지 하는 판단을 하고 있습니다.

우리는 아름다움과 추함에 대한 이러한 상식과 유행하는 틀을 쉽게 부정하지 못합니다. 그것이 삶의 현실이기 때문입니다. 하지만 그러한 것들은 실은 대단히 피상적인 것들입니다. 삶을 조금만 뚫고 깊이 들어가 보면 그러한 척도와 틀들이 얼마나 비현실적이고 허망한 것인가 하는 것을 누구나 확인할 수 있습니다. 속속들이 아름답지 않으면 겉에 드러난 아름다움은 다만 감각적인 만족만을 찰나적으로 줄 뿐이라는 사실을 우리는 익숙하게 경험하고 있습니다. 또한 속속들이 추하지 않다면 겉에 드러난 추함은 결코 추함으로 끝날 수 없는 다른 아름다움을 담고 있는 것이라는 사실도 마찬가지로 익히 경험하고 있습니다.

"사랑하면 예뻐져요" 하는 유행가 가사는 결코 허사(虛辭)가 아닙니다. 삶 자체가 그러합니다. 삶을 사랑한다면 삶은 더할 수 없이 아름다운 것이 됩니다. 삶이 지닌 고통조차도 의미의 실체가 되는 것입니다. 그러나 사랑하지 않는다면 삶은 온통 일그러진 추한 것이 되어버리고 맙니다. 자조(自嘲)와 자학(自虐)은 언제나 나도 남도 사랑해 본 경험이 없는 사람의 모습일 뿐입니다.

세상이 아무리 험해도 여자친구가 사랑스러워 그녀가 세상에서 가장 아름답다고 말할 수 있는 친구가 남아 있는 한 아직 절망은 이릅니다. 사랑의 신비가 사라지지 않았음을 그 친구는 우리에게 증언해 주고 있기 때문입니다.

입추를 맞으며

어제가 입추였습니다. 말복이 아직 지나지 않았으니 입추라 한들 가을을 느끼기란 한참 멉니다. 하지만 염천(炎天)의 마루에서 가을이 들어선다는 소식을 듣는 것은 참 반갑습니다. 더위가 가시는 것은 아니지만 갑자기 그 찌는 듯 괴로운 날들이 견딜 만한 것이 되기 때문입니다. 하늘이 높아지고 스산한 바람을 누구나 느낄 즈음, 가을이 들어서고 있다는 입추를 절기로 마련했다면 그것은 다만 현실을 묘사한 것이지 꿈을 일컬으며 힘과 용기를 내도록 하는 것은 되지 못했을 터입니다. 그러고 보면 절기를 마련한 옛사람들의 지혜에 새삼 감탄하지 않을 수 없습니다. 여름의 한복판에서 가을의 들어섬을 분명하게 선언하고 있으니 말입니다.

사람살이란 이러합니다. 꿈이 있어 그것을 통해 다가올 세월을 바라보노라면 지금의 아픔과 힘겨움이 제법 이겨낼 만한 것이 됩니다. 하지만 많은 경우, 우리는 어렵고 힘든 삶에 찌들려 아예 그 고통스러움을 뒤로 할 내일을 그리지 못합니다. 게다가 꿈과 희망을 이야기하면 오히려 그러한 이야기들이 지금의 고달프고 괴로운 삶을 더 아프게 하는 한가한 사람들의 위선으로 들리기조차 합니다. 하기야 그러한 이야기를 공연한 입발림으로 위로한답시고 하는 사람도 있을 것이고, 정말 어려운 처지의 사람들이 남 같지 않아 가슴 밑바닥에서 우러나는 아픈 마음으로 하는 사람도 있기 때문에 그러한 이야기에 대한 반응도 이에 따라 다를 것은 분명합니다.

그러나 그 맥락이 어떻든 꿈과 희망은 삶의 어려움을 이겨내게 하는 귀한 덕목일 뿐만 아니라 더 근원적으로는 사람을 사람답게 하는 참으로 없어서는 안 될 것이기도 합니다. 인간은 꿈꿀 수 있는 존재, 그리고 희망을 가질 수 있는 존재라는 사실 때문에 자신의 자존(自尊)을 유지할 수 있는 것입니다.

꿈과 희망이 어느 때 사람 속에서 동터오는가 하는 것을 살펴보면 그렇다고 하는 주장을 쉽게 받아들일 수 있을 듯합니다. 무릇 꿈과 희망은 어떤 트임이나 열림의 조짐이 분명한 때 비로소 우리가 지니기 시작하는 그러한 것이 아닙니다. 그것은 오히려 깜깜해서 아무런 출구도 보이지 않고 마치 질식할 듯 닫힌 공간만이 뚜렷한 그러한 자리에서, 정말이지 꿈이라든가 희망이란 공허한 관념에 지나지 않는다고 여겨지는 바로 그러한 정황에서 솟아나는 것입니다.

그러므로 꿈과 희망이란 때로 꿈과 희망이라고는 전혀 찾아볼 수 없는 데서 생기는 것이지 그러한 것이 이미 뚜렷하게 확인되는 그러한 정황에서 생기는 것이 아닙니다. 그러한 열림이 당장 눈앞에서 벌어진다면 그것은 꿈이 아니라 현실입니다. 따라서 꿈은 불가능 속에 담긴 가능성이고, 희망은 절망 속에서 절망 그것을 부정하는 힘입니다. 그렇지 않다면 그러한 것들이 지금 여기에서 우리가 직면하는 절망적인 상황을 이겨내는 힘으로 작동할 까닭이 없습니다.

두 번, 세 번 꼭 같은 물난리를 만나 넋을 잃고 시름에 빠진 이웃의 모습이 날마다 우리의 안방을 찾아옵니다. 그 가슴 아픈 정경과 아무런 상관이 없는 '잘난 사람'들의 '하릴없는 짓거리'의 모습도 날마다 우리의 안방을 찾아옵니다. 탄식을 넘은 절망적인 자조(自嘲)가 장마처럼 넘실댑니다. 세상은 분명히 깜깜하고, 우리가 출구 없는 공간에 유폐되어 있는 것 또한 분명합니다.

하지만 우리는 자포자기하거나 질식당할 수 없습니다. 우리의 자존이 이를 용서하지 않습니다. 참으로 절망스럽지만, 참으로 자조적일 수밖에 없지만, 바로 그렇기 때문에 우리는 꿈을 꾸어야 하고 희망을 지녀야 하는 것입니다. 자학은 꿈의 윤리가 아닙니다. 분노도 꿈의 정서가 아닙니다. 냉소와 자학도 희망의 덕목일 수 없습니다. 우리는 우리 자신을 그렇게 헐값으로 마구 내던질 수 없습니다. 다시 말하거니와 우리는 꿈과 희망을 가진 존재이기 때문입니다.

여름의 한복판에 가을의 들어섬이 자리하고 있듯이 이
제 우리도 절망의 한복판에 희망을 심고, 각박하기 짝이
없는 현실 속에 꿈을 심어야 합니다. 우리 서로 사랑한다
면 그것은 불가능한 현실이 아닐 것입니다.

모호함의 의미

종교사를 보면 흥미로운 사실을 발견할 수 있습니다. 예를 들면 처음부터 신은 선신과 악신으로 나뉘어 있고, 그 둘이 끊임없는 투쟁을 하다가, 결국 선신이 악신을 물리치고 승리함으로써 세상이 생기고 삶이 비롯됐다는 주장을 하는 종교들이 있습니다. 그래서 이 종교들에서는 옳고 그름이 뚜렷하고 승자와 패자가 분명합니다. 부정해야 할 대상이 있고 지지해야 할 대상이 있습니다. 택일은 당연한 윤리적 규범입니다.

그런데 절대적이고 유일한 신이 세상과 사람을 선하고 완전하게 만들었다고 주장하는 종교도 있습니다. 그런데 이 종교들을 보면 대체로 악의 존재를 설명하는 논리가 모호합니다. 신은 완전하고 선한 분인데 왜 악이 있는가 하는 물음에 대한 설명이 별로 설득력이 없습니다. 그래서 결국 그 까닭은 알 수 없지만 겸허하게 신을 신뢰하는 길밖에 없다는 것이 마지막 대답입니다.

그런데 더 흥미로운 일이 있습니다. '분명한' 종교들은 오래 지탱하지 못했습니다. 하지만 '모호한' 종교들은 여전히 지속하고 있습니다. 왜 그런지 알 수가 없습니다. 흔히 '분명'한 것은 마땅히 좋은 것이고 '모호'한 것은 바람직하지 않은 것이라고 여기는데 결과는 정반대이기 때문입니다. 이러한 사실들은 사람들로 하여금 과연 분명함은 옳고 모호함은 그른 것인가 하는 물음을 묻게 합니다. 어쩌면 '분명함이 지닌 그늘'과 '모호함이 지닌 빛'의 측면에 대한 새로운 성찰을 하게 한다고 해도 좋을 듯합니다.

그런데 삶은 분명하지 않습니다. 성숙하지 못한 자리에서 보니까 그렇다 할지 몰라도 만약 누가 칼로 자르듯 분명한 것이 삶이라고 주장한다면 그보다 어리석은 사람은 없다고 할 수밖에 없는 것이 삶입니다. 그렇다고 해서 삶이 모호하기만 하지는 않습니다. 미로를 헤매는 것 같아도 출구를 기대할 수 없을 만큼 몽롱하기만 한 것이 삶은 아닙니다. 오히려 모호함은 분명함보다 더 많은 가능성을 지니고 있습니다. 왜냐하면 모호함은 분명함이 재단하여 잘라낸 부분마저 자기 삶으로 안고 씨름하기 때문입니다. 모호함은 비록 불분명할지라도 삶 자체를 배신하는 일은 하지 않습니다.

이 계기에서 문득 산문과 시를 유념하게 됩니다. 우리는 산문의 명료한 어휘와 일관하는 논리의 정연성을 신뢰합니다. 그래서 삶을 산문적 논리의 틀로 재단하고 모든 문제를 그 틀로 풀려고 합니다. 그러나 그렇게 하기 위해서는 그 개념과 논리에 들지 않는다는 이유로 부정해야 하고 제거해야 할 대상이 필연적으로 '생산'됩니다. 개념과 논리가 삶을 모두 아우르지 못하기 때문입니다. 따라서 이른바 '산문적 자아'는 '타'를 부정함으로써 비로소 긍정됩니다. 그런데 그것은 실은 삶을 총체적으로 수용하지 못하는 옹졸함과 다르지 않습니다.

하지만 시는 다릅니다. 오든(W. H. Auden)의 말을 빌린다면 "시는 사물의 옳고 그름을 판단하지 않습니다. 그저 가능성을 향한 길을 열어줍니다." 시는 분명함의 단순성을 의도적으로 파괴합니다. 그러나 그 파괴는 언제나 '예상하지 않았던 사물의 출현, 또는 새 누리의 탄생'과 이어집니다. 제거해야 할 대상이 생산되는 것이 아니라 새로운 가능성의 출현 앞에서 이제까지의 자아가 스스로 '새로운 존재'이기를 바라는 '산고(産苦)하는 주체'들이 됩니다.

그렇다면 결국 분명한 종교들이 소멸한 까닭은 '시를 부정한 산문의 횡포' 때문이고, 모호한 종교들이 지속하는 까닭은 '산문의 논리에 함몰되지 않는 시의 자존(自尊)' 때문이라고 해도 좋을 듯합니다.

오늘 우리 시대의 '산문'이 시를 경청하기를, 아니, 오늘 우리 시대의 '시'가 제발 자존(自存)하기를, 새해를 맞아 기원합니다.

새벽 이야기

자서전을 씁시다

나이를 먹어 노년이 되고, 사회에서 이런저런 일을 하다가 물러나 쉬게 되면, 사람들은 몹시 허전함을 느낍니다. 갑자기 세상으로부터 단절되고 홀로 버려진 것 같은 쓸쓸함을 감당하지 못하게 됩니다.

이러한 마음은 때로 젊은 후배들에 대한 '염려'나 '분노'로 나타나기도 합니다. 젊은이들이 하는 일이 도무지 마음에 들지 않을 뿐만 아니라 '돼먹지 않은 짓'만 골라 하는 것 같은 분노를 삼키기도 합니다.

물론 이러한 마음은 그리 간단하고 단순하지 않습니다. 허전함은 다른 한쪽에 그윽한 보람을 담고 있고, 염려와 질책의 다른 한쪽에는 기대와 신뢰가 아울러 자리를 잡고 있습니다. 그러나 대체로 말하건대 기성세대, 특히 노년의 세대는 젊은이들에 대한 심한 불안을 감추지 않습니다. 세상이 온통 곧 망할 것 같은 그러한 염려가 현실적으로 노년들의 의식이나 정서를 채우고 있고, 자신들의 세대는 적어도 이 지경은 아니었다고 하는 또 다른 신념과 자긍심이 노년들의 의식이나 정서의 한쪽을 가득히 채우고 있습니다.

이러한 노년들의 정서가 현실적으로 그들이 겪는 소외 탓으로 생긴 심리적인 현상이라고만 말할 수는 없습니다. 세상은 실제로 나빠질 수도 있고, 젊은이들이 정말 철없이 구는 모습이 확인될 수도 있습니다. 그리고 말인즉 아주 고약하게 '분노'라고 했지만 많은 경우 진정으로 새로운 세대를 걱정하는 '애정'이 그러한 질책과 탄식으로 나타날 수도 있습니다.

그렇지만 아무리 노년의 그러한 정서가 건강하고 정당한 것이라 할지라도 그러한 태도로 일관해서 젊은이들을 대한다면 그것은 옳은 일이 아닙니다. 새로운 세대가 지니는 가능성에 대한 격려와 신뢰와 긍정이 아울러 펼쳐지지 않으면 그러한 염려는 정말이지 자기의 소멸이 한스러워 억지를 부리는 철없는 모습으로밖에 비치지 않을 것입니다. 젊은이들은 그러한 노년의 발언을 존중하지도 않을 뿐만 아니라 어쩌면 경멸할는지도 모릅니다. 사정이 이렇게 되면 이른바 우리가 흔히 일컫는 '세대간의 갈등'이란 것이 아주 예사롭지 않은 현상으로 벌어지면서 사회는 급기야 혼돈스런 아수라장으로 빠져들 수밖에 없게 됩니다. 이 것은 참 불행한 일입니다. 우리는 우리의 삶의 공동체를 이렇게 만들어버릴 수는 없습니다.

그렇다면 노년이나 새로운 세대 어느 쪽에서나 서로 상대방을 건전하게 대하고 존중하면서 이 갈등을 넘어서야 할 텐데 그 일을 우선해야 하는 것은 말할 것도 없이 노년세대여야 할 것 같습니다. 새로운 세대를 질책하는 그 자리는 동시에 모든 상황에 대한 책임도 우선 감당해야 하는 자리일 것이기 때문입니다.

저는 이 일을 위하여 노년들이 해야 할 아주 구체적인 일이 있다고 생각합니다. 다른 것이 아닙니다. 자서전을 쓰는 일이 그것입니다.

이렇게 말씀드리면 그것은 아주 특별한 사람들이 하는 대단히 힘든 작업이라고 생각하실 수도 있습니다. 그렇습니다. 자서전을 한 권의 책으로 낸다는 것은 보통 일이 아닙니다. 그것은 글도 잘 써야 하고, 사람들이 중요하다고 생각하는 그러한 삶의 흔적을 지니고 있어야 하며, 그렇게 집필된 책이 모든 사람들에게 읽힐 만큼 그 내용이 극적이고 감동적이어야 합니다. 마땅히 그래야 자서전은 자서전다운 것이 될 것입니다. 그것뿐만이 아닙니다. 기억력도 좋아야 하고, 그렇지 않다면 이미 충분한 기록이라든가 자료가 꽤 정리되어 있어야 합니다. 그렇지 않으면 신빙성 없는 잡담만 늘어놓아 많은 사람들에게 오히려 피해를 입힐 수도 있고 결례를 하는 수도 있게 됩니다. 그러므로 자서전을 쓰는 일은 어느 날 갑자기 할 수 있는 그러한 작업이 아닙니다. 사실 그것은 일생을 자서전을 써야겠다는 그러한 꿈이나 희망을 가지고 살아오지 않았다면 불가능한 그러한 일입니다.

그러므로 누구나 자서전을 쓸 수 있는 것은 아닙니다.

준비된 사람, 정리된 사람, 그리고 새로운 세대와 경험을 공유해야 하겠다는 절실한 동기를 지닌 사람이 아니면 자서전은 쓸 수가 없습니다. 아무나 할 수 있는 일이 아닙니다. 그러할 뿐만 아니라 자기 이야기를 썼다고 해서 그것이 모두 자서전일 수도 없습니다. 자서전이라면 적어도 사사로운 이야기를 덕지덕지 쌓아놓은 것은 아니어야 합니다. 사사로운 이야기라 할지라도 그것은 누구나 읽어 자기의 일로 받아들여질 수 있을 그러한 것으로 다듬어져야 합니다. 게다가 자기 위주의 주관적인 서술이라면 그것은 이미 자서전이 아닙니다. 그것은 그저 자기 주장일 뿐입니다. 자서전은 자신에 대한 객관적인 서술이어야 합니다. 자기 자랑이나 늘어놓는다거나 스스로 겪은 불쾌한 사람이나 일을 자기 뜻대로 거르지 않고 쏟아놓는 것이 자서전은 아닙니다. 그러므로 자기의 일을 쓴 것이라 해서 어느 것이나 자서전이라고 하는 것은 아주 잘못된 이해입니다. 자서전은 자기 신변잡기가 아닙니다. 그것은 자기 이야기를 통해 인간과 사회와 세계와 그 안에서 이루어지는 삶 자체에 대한 그윽한 조망과 이해를 담아내는 그러한 글이어야 합니다.

분명히 말씀드리건대 이렇게 생각해 보면 자서전을 쓴다는 것은 누구나 할 수 있는 일이 아닙니다. 그리고 자기 이야기를 기술한 것이면 어느 글이나 자서전이 되는 것도 아닙니다. 그렇다면 다시 말씀드리지만 자서전을 쓴다는 일은 쉬운 일이 아닙니다. 참 어려운 일입니다.

그럼에도 불구하고 저는 노년이 할 수 있는 일, 특별히 세대간의 갈등을 겪으며 할 수 있는 일은 자서전을 쓰는 일이라고 주장하였습니다. 그리고 저는 그것이 아무리 어려운 일이라 할지라도 마땅히 노년이 해야 할 일이라고 거듭 주장하고 싶습니다.

이렇게 거듭 제 주장을 반복하는 까닭은 다른 것이 아닙니다. '자서전 쓰듯이 자기를 이야기하는 그러한 태도'로 젊은 새로운 세대를 만나고 싶은 희망 때문입니다. 직접 한 권의 책으로 자신의 이야기를 담아내지 않아도 좋습니다. 구체적으로 붓과 종이를 들고 자기를 기술하지 않아도 됩니다.

다시 한번 자서전의 진정한 모습이 어떤 것인지 생각

해 봅시다. 첫째로, 모든 진정한 자서전은 자기 자신에 대한 정직한 묘사를 전제합니다. 자기를 과장하거나 자기를 필요 이상으로 수식하거나 자기를 의도적으로 미화하는 것은 자서전이 아닙니다. 자서전은 있는 사실 그대로 자신을 기술하는 것입니다. 새로운 세대에 대하여 노년이 취해야 할 첫번째 태도도 바로 그것입니다. 우리는 나 자신의 모습을 있었던 그대로, 있는 그대로, 겪었던 그대로, 지금 겪고 있는 그대로 드러내야 합니다. 물론 우리는 감추어야 하고, 숨겨야 하고, 적당히 수식하고 과장해야 할 필요를 느낄 때가 있습니다. 그리고 그것이 윤활유처럼 우리의 삶을 부드럽게 하는 것도 사실입니다. 적어도 우리가 순간순간 이해와 득실을 따져야 할 때는 그러했습니다. 그러나 노년에 이르러 아직도 그러한 모습으로 삶을 살아간다면 그거야말로 측은하기 짝이 없는 모습입니다. 이제는 참으로 순수하게 사실을 사실대로 드러내며 자기를 확인할 때가 되었습니다. 자서전은 그렇게 쓰여져야 합니다. 우리는 그러한 모습으로 젊은이들 앞에 서야 합니다. 그러지 않으면 추해집니다. 우리는 스스로 그렇게 생각하지 않지만 젊은이들은 그러한 내 모습을 이미 꿰뚫어보고 있습니다. 다만 말을 하지 않고 있을 뿐입니다.

당연한 귀결입니다만 바로 이러한 이유 때문에 자서전의 둘째 요건은 참회가 수반된 것이어야 합니다. 많은 경우 자서전은 참회록이라고 불리기도 합니다. 그러나 참 어처구니없게도 우리의 경우 자서전은 자신의 역정에 대한 자랑스러움을 널리 알리기 위해 쓰여집니다. 그래서 자신이 직접 집필하지 않는 경우가 더 많습니다. 문인들의 글재주를 빌려 자기의 이야기를 담습니다. 그것은 다른 사람이 쓰는 전기(傳記)이지 자기가 쓰는 자서전은 아닙니다. 자서전을 자기가 직접 써야 하는 가장 중요한 의미는 그것이 자기의 참회를 담는 그릇이기 때문입니다. 자기의 실패와 과오와 의도적인 기만과 어리석음이 그대로 담기면서 그것에 대한 아픔과 후회와 고뇌가 진술되어야 합니다. 자서전의 또 다른 이름이 고백록인 것은 바로 이러한 이유 때문입니다. 승리만이 담긴, 성공만이 읊어지는, 그리하여 자랑스러운 성취만이 휘날리는 자서전은 대단히 미안하지만 처음부터 기만입니다. 그것은 자서전도 아니고,

그 어떤 글도 아닙니다. 그것은 다만 '유창한 거짓'일 뿐입니다. 우리는 참회의 자세로 새로운 세대를 만나야 합니다. 자기의 실패를 이야기하지 못하는 것은 노년의 참모습이 아닙니다. 자기의 성공과 실패, 고뇌와 환희, 절망과 희망을 담담하게 이야기하지 못한다면 살아온 세월이 부끄럽습니다. 의도적으로 거짓을 행했던 일, 이익을 위해 비겁했던 일들이 삶의 구석구석에서 자신을 배신했었다는 사실도 진술해야 합니다. 그러한 일 때문에 틈이 생기고 서로 구겨졌던 불행한 인간관계에 대한 정직한 고백도 담아야 합니다. 그것이 '자서전적으로' 젊은이들을 만나는 태도입니다. 늙어 그것을 못하면 우리는 늙음의 보람을 지닐 수 없습니다. 늙음은 공연한 현상이 아닙니다. 이러한 참회를 통하여 이제껏 살아온 자신의 삶이 다시 한번 말갛게 씻김을 받을 수 있는 마지막 축복의 기간입니다.

따라서 세번째 요건은 그 참회와 고백이 하나의 사실에 대한 증언이 되어 뭇사람들로 하여금 거울이 되도록 하는 일입니다. 교훈을 의도적으로 담을 필요는 없습니다. 나는 이렇게 살았지만 너희는 이렇게 살면 안 된다는 말을 반드시 첨가할 필요는 없습니다. 만약 나 자신의 이야기가 진정으로 사실을 사실대로 서술한 것이고, 나의 참회가 진정으로 아픈 고백이 될 수 있다면 이미 그것만으로 나는 삶이 어떠해야 함을 증언하고 있는 것입니다. 다시 말하면 자서전은 자기 자신에게 거짓이 없어야 합니다.

인간은 참으로 묘한 존재입니다. 때로는 자신의 과오를 고백하는 일조차 자기를 속이면서 할 때가 있습니다. 그러나 이러한 것은 자서전이 아닙니다. 그것은 위선입니다. 그것도 아주 치사한 위선입니다. 이제까지 살아온 세월보다 결코 더 긴 세월을 살 수 없는 노년의 위선은 지독하게 추한 모습일 뿐입니다. 다시 그 위선을 씻어 깨끗하게 할 여유가 없기 때문입니다. 이같은 진실한 증언은 자기도 모르게 많은 사람과 더불어 공감대를 확보하게 합니다. 세대간의 갈등이 있을 수 없습니다. 누구나 공감하는 희로애락의 보편성 속에서 인간과 인간이 만날 수 있기 때문입니다. 우리는 이러한 자세로 젊은이들과 만나야 합니다. 섣부른 교훈을 흩날릴 필요가 없습니다. 삶이 어떻더라는 진실한 증언은 그대로 뭇사람을 하나의 울 안에 있게 합니다. 가르치려고 하기보다 증언하기를 의도하는 것이 새로운 세대를 만나는 우리의 태도여야 합니다. 젊은 이들도 사람입니다. 그들도 나름대로 성숙한 자아를 지닌 하나의 존재입니다. 왜 생각이 없겠습니까? 그들도 외로운 존재들입니다. 그들도 불안한 존재들입니다. 꿈과 현실, 희망과 좌절을 점철해 가며 살아가는 노년과 조금도 다름없는 인간입니다. 그들에게 나를 이야기하는 일, 진정으로 자신의 삶을 증언하는 일은 그들도 간절하게 고대하고 요청하는 일입니다. 그러나 우리는 스스로 자만하고, 스스로 기만하고, 스스로 기고만장하게 젊은이들을 대합니다. 그들이 우리의 이야기를 경청할 까닭이 없습니다. 자서전을 쓰듯 이야기하는 진정한 발언이 그립기 때문입니다. 우리는 이렇게 이야기해야 합니다.

자서전을 씁시다. 글을 쓸 수 있으면 참 좋습니다. 그래서 한 권의 책을 남길 수 있다면 더 바랄 것이 없습니다. 그러나 그럴 수 없어도 좋습니다. 나를 가감(加減) 없이 사실 그대로 밝힐 수 있다면 글을 쓰고 안 쓰고가 문제가 아닙니다. 그렇게 자기를 밝히는 이야기여도 충분합니다. 거기에 참회가 담긴다면 더 이상 바랄 것이 없습니다. 아픔의 진정한 토로가 그대로 전달된다면 이미 우리는 외로운 존재가 아닙니다. 새로운 세대를 향해 분노를 터뜨릴 필요도 없습니다. 우리의 증언이 이미 그 새로운 젊은 세대들의 삶과 공명하고 있을 것이기 때문입니다. 이러한 이야기가 없어, 이러한 글이 없어, 새로운 세대는 그들 나름의 몸살을 앓고 있습니다. 그 사실을 알고 계십니까?

자서전을 씁시다. 이야기도 좋지만 할 수 있다면 자식들에게 편지글이라도 남깁시다. 우리 모두 너무 삭막하게 살고 있지는 않습니까? 스스로 누린 직위와 부와 권력과 학문 등을 후대에 보여주는 것도 좋지만 그것이 숯고 또 머문 자신의 속을 드러내 삶을 증언하는 일을 왜 주저하고 계십니까? 자서전을 씁시다. 내 노년을 그런 일을 하며, 그러한 자세로 살 때, 삶의 무게는 훨씬 견디기 쉽게 가벼워질 것입니다. 그것이 삶을 다듬는 마지막 손질이고, 우리가 마땅히 해야 할 마지막 책무입니다.

전쟁을 '음미'하는 일

전쟁이 끝나도 전장(戰場)의 기억은 그리 쉽사리 사라지지 않습니다. 그런데 바로 그 지워지지 않는 기억을 지닌다는 것은 참 슬픈 일입니다. 왜냐하면 그것은 불타고 무너진 집들, 여기저기 버려진 주검들, 휑한 눈으로 허기와 절망을 삼키는 '어린 것'의 몰골, 그리고 찢어진 순수와 녹슨 꿈 등을 마치 악몽으로 가위눌리듯 그렇게 지니며 살아야 하는 삶이기 때문입니다.

아직 어렸을 때, 겨우 중학교에 막 입학한 해에, 저는 6·25를 겪었습니다. 제 선배들은 전장에서 죽거나 영웅이 되었습니다. 제 후배들은 엄마 품에서 전장의 공포를 배고픔으로 겪었습니다. 그러나 저는 전장의 주역이기에는 너무 어렸습니다. 그리고 엄마 품에서 살육의 공포를 외면하기에는 너무 자랐었습니다. 제가 겪은 것은 다만 두려움과 허기, 증오와 죽음, 절망과 설명할 수 없는 '어떤 운명' 등이었습니다. 그런데 저는 그것을 지금 이렇게 제법 개념적으로 말하고 있지만 그때는 상황이 그러한 줄도 몰랐습니다. 다만 공포에 쫓기는 맹목적인 도망침이 일상이었는데, 그렇다고 그러한 절망적인 상황으로부터 벗어날 수 있는 도망도 아니었습니다. 실은 전혀 도망친 것도 아닌 그저 허망한 무력감만을 삼키는 것이었다고 저는 지금 회상합니다.

쫓기고 밀리면서 오르내린 전선(前線)이 제가 사는 마을을 떠나 저만치 북상(北上)했을 즈음, 저는 겨우 그 공포에서 조금 비켜선 자리에 있음을 실감했지만, 이미 그때는 제게 지금껏 남아 있는 상흔(傷痕)이 담고 있듯 '갈가리 찢긴 삶'이 또 다른 절망을 안겨주고 있었습니다.

저는 이 모든 일이 꿈이었기를 바라 때로는 심하게 고개를 가로젓곤 하였습니다. 그러나 그럴수록 현실은 그것이 결코 꿈이 아님을 더 뚜렷하게 제게 드러내곤 했습니다. 마침내 '어쩔 수 없음' 또는 '이것이 내 운명임'이라는 자학이 불가항력적으로 저도 모르게 제 속에서 저를 향해 발언하는 것을 듣기 시작했을 때, 그때 제가 만난 것이 게오르규(Constantin Virgil Gheorghiu)의 『25시』(Vingt-Cinquième Heure)였습니다.

저는 이 책을 김송 선생님이 번역한, 지금도 왜 그랬는지 알 수 없지만 프랑스 삼색기로 장정을 한 두 권으로 된 것으로 읽었습니다. 중학교 2학년 때였습니다. 거기 나오는 주인공들은 저보다 나이들이 훨씬 많았습니다. 지금 생각하면 제가 그들의 삶을 이해했다고 말한다면 그것은 당치 않은 것일 터이지만, 그러나 저는 그때 그 책을 읽으면서 이 책은 바로 '내 이야기'를 하고 있는 것이라고 느꼈습니다. 순진하고 착하기만 한 요한 모리츠는 과장한다면 바로 저였습니다. 제가 왜 이 살육의 현장에 있어야 하는지 알 수 없듯이, 그도 전장과 수용소를 전전하면서 자신의 운명을 설명할 수 없었습니다. 그리고 예상하지 않았던 일들이 끊임없이 일어나는 것도 다르지 않았습니다. 갑작스

러운 공포는 그렇게 갑작스러운 사태로 거짓말처럼 사라
지는가 하면, 잠시의 고요는 또 그렇게 잠시 후 경련을 일
으킬 듯한 공포의 회오리 속으로 빠져들곤 했습니다. 저도
모리츠도 다르지 않았습니다. 제 주변의 사람들이 다 그랬
고 그와 관계된 사람들도 마찬가지였습니다. 우리는 전쟁
의 소용돌이에 함께 있었기 때문입니다.

그러나 이 책을 두번 세번 거듭거듭 읽으며 도저히 저
자신이 할 수 없는 제 이야기를 이 책이 더할 수 없이 절
실하게 발언하고 있음을 공감하는 언저리에서 저는 조금
씩 제 '운명'을 빚는 어떤 틀이 몽롱한 채, 그러나 한결 뚜
렷하게 보이기 시작하는 것을 느꼈습니다. 체제라는 것,
인간이 만든 문명이라는 것, 자신이 선택하지 않은, 그러
나 주어진 약소국의 국민이라는 것, 배신, 망상, 오만, 그
리고 이에 이어진 그밖의 온갖 것들이 보였습니다.

저는 제 삶의 틀이 지닌 이 엄청난 무자비하고
무감각한 힘과 직면해 있다는 사실이 절망스러우
면서도 처음으로 그 힘에 대한 분노를 느꼈습니
다. 그것은 전장의 한구석에서 타다 남은 나무토막 같은

제게 새로운 싹이 돋을 수도 있다는 것을 예시하는 길조이기도 하였습니다.

그리고 또 있습니다. 저는 그래도 '사람다움'과 '사랑'이 끝내 지워질 수 없음도 조용히 제 마음 바닥에 지니기 시작하였습니다. 비록 드러나게 웃을 수는 없지만 남모르게 지닐 수 있는 사랑마저 구겨지는 것은 아니었습니다. 13년 만에 만난 아내 스잔느가 입었던 푸른 옷, 아내 로라에게 자기가 쓰던 안경을 전해 달라고 말하고는 뚜벅뚜벅 철조망으로 다가가 삶을 끝내는 트라이안 코루가의 죽음은 제게 비극적인, 그러나 삶을 위로해 주는 슬픔이었습니다.

전쟁이 낯선 세대는 행복합니다. 그러나 그 행복을 지키기 위해 우리는 전쟁을 '음미'해야 합니다. 『25시』는 저에게 '전장 속의 나를 읽게 해준' 최초의 책이었습니다. 그리고 그 여운은 아직 제게서 사라지지 않고 있습니다.

네팔 신화의 여운

옛날에, 처음에, 신은 인간을 금으로 만들었다. 그러나 신이 그 인간을 불렀을 때 인간은 대답하지 않았다. 신은 화가 나서 이번에는 은으로 인간을 만들었다. 그러나 인간은 신이 불러도 응답하지 않았다. 더욱 화가 난 신은 쇠로 인간을 만들었다. 그래도 인간은 신의 부름에 응답하지 않았다. 마침내 격노한 신은 재와 닭똥을 빚어 사람을 만들고 그를 불렀다. 그랬더니 인간이 "예!" 하고 대답하였다. 신은 기가 막혔다. "이 못난 것아, 금으로 은으로 만들었을 때도 대답을 않더니 겨우 재와 닭똥으로 만드니까 대답을 하다니. 너 같은 것은 아예 죽는 것이 낫겠다."

죽음기원에 대한 물음은 참 아득합니다. 생명 없는 것은 죽지도 않습니다. 그렇다면 죽음물음은 생명의 출현과 더불어 있었던 것이라고 해야 옳습니다. 뿐만 아니라 우리는 늘 삶이 무언가고 묻는데 어쩌면 이러한 물음은 죽음을 경험하고 나서 비로소 절실해진 물음일는지도 모릅니다. 죽음 이전에는 삶에 대한 물음이 우리가 겪듯 그렇게 진지했을 까닭이 없었을 듯하고, 그렇다면 죽음물음은 삶물음보다 더 근원적인 것이라고 해도 좋을 듯합니다.

그런데 인류의 문화는 신화를 통해 죽음이 비롯된 까닭을 설명하는 이야기들을 마련하고 이를 죽음물음에 대한 해답으로 전해 주고 있습니다. 다양한 이러한 신화들을 문화권에 따라 다듬으면 크게 두 모습으로 나타납니다. 하나는 죽음이 생명의 자연스러운 과정이라는 주장이고 다른 하나는 죽음이 신의 징벌에서 말미암은 것이라는 주장입니다.

동양적인 전승이 두드러지게 담고 있는 첫번째 경우에는 사실상 죽음이 크게 문제되지 않습니다. '산(山) 절로 수(水) 절로 하니 나도 절로 하리라' 하는 투의 삶에서 죽

음이 진지한 긴장을 안고 씨름해야 할 대상이 될 턱이 없
습니다. 그런데 이 초연한 자연주의는 죽음에 대해 그렇듯
이 실은 삶에 대해서도 진지한 긴장을 유지하지 않습니다.
그저 살아 있으니 살다가 그 끝에 이르러 죽으면 되는 것
입니다. 꿈꾸고 실현하고 갈등하고 좌절하고 이루고 패하
고 하는 소용돌이가 없지 않지만 그것이 굳이 문제될 까
닭이 없습니다. '죽음이 삶이고 삶이 죽음인데' 하면서 죽
음 때문에 애태우는 어리석음을 빙긋 웃어주면 됩니다. 부
러운 삶입니다. 그런데 그 자연스러움이 참으로 쉽지 않을
듯해 그러한 태도를 차마 흉내내기조차 두렵습니다.

또 다른 하나는 이른바 서양적인 전승에서 두드러지는
모습입니다. 감히 피조물인 인간의 주제에 창조주처럼 되
려고 오만방자하게 굴었던 과오에 대한 징벌이 곧 죽음이
라는 이러한 신화들의 서술내용은 죽음을 진지하게 묻는
사람들을 공포에 저리게 합니다. 그리하여 서둘러 사람들
은 신에게 용서를 빌고 죽음 이후의 참혹한 정황에서 벗
어나고자 합니다. 당연히 신은 그러한 참회에 대한 따뜻한
보상을 약속합니다. 그리고 이 비극적 정황은 더 나아가

새로운 생명의 출현을 약속하면서 끝납니다. 마침내 죽음은 신의 사랑을 확인하는 계기가 되고 저주가 아니라 오히려 축복이 됩니다. 이 역설적인 현실주의는 죽음과 직면한 인간의 치열한 갈등을 극적으로 드러내면서 신비에 이르러 이 물음을 넘어서게 합니다. 장엄한 비장미가 절절합니다. 이 또한 부러운 삶입니다. 그러나 신에의 노예적 의존의 모습이 스스로 처량해 차마 그러한 해답에의 전폭적인 봉헌이 마음내키지 않습니다.

그런데 네팔의 신화는 그 이야기의 초라함과 가난함에도 불구하고 죽음물음에 대한 분명한 새로운 해답을 보여주고 있습니다. 그 신화가 담고 있는 이야기는 아주 뚜렷합니다. 죽음은 인간의 자존심 없음에서부터 비롯된 것이라는 것이 그 내용입니다.

죽음을 만약 '자기현존의 소멸'이라고 개념화한다면 이 이야기는 더욱 그 해답이 현실적입니다. 우리는 언제 자신이 무의미한 존재가 된다고 느낍니까? 스스로 자기를 존귀한 존재로 승인할 수 없을 때입니다. 우리는 언제 가장 비겁해지고 치사하게 됩니까? 자기 자신을 떳떳하게 드러낼 수 없을 때입니다. 우리는 언제 자신이 자학적이게 됨을 느낍니까? 그러한 충동은 자신에 대한 신뢰를 스스로 하지 못할 때 비롯됩니다. 우리는 언제 지배하려 하고 착취하려 하고 남을 억압하려 합니까? 극도의 피해의식에 사로잡혀 있을 때입니다. 우리는 언제 정직을 빙자하여 염치없음을 드러내고 언제 평등을 빙자하여 자기 패배의 정당화를 의도하며 언제 자유를 빙자하여 자신의 책임을 회피하려 합니까? 자신의 상실이 스스로 자기 안에서 자기를 못 견디게 괴롭힐 때입니다. 죽음은 우리에게 이렇게 옵니다.

그러나 정직하게 말한다면 죽음이 이렇게 '오는 것'이 아닙니다. 우리는 죽음을 우리 스스로 '이렇게 불러들이고' 있는 것입니다. 자기 존재의 소멸은 자기가 저지르는 일이지 어느 누구에 의해서 주어지는 것이 아닙니다. 우리는 삶의 주체이듯 죽음의 주체이기도 합니다. 나 자신의 삶과 죽음에서 나 스스로 지니는 책임을 면할 수 있는 길은 없습니다. 그럴 수 있다면 그는 인간이 아니거나 자기를 그럴 수 있다고 기만하는 딱한 사람입니다.

물론 네팔의 신화가 죽음이해의 전형은 아닙니다. 그러나 금이기도 하고 은이기도 하고 심지어 쇠이기도 한 자신의 존귀성을 스스로 의식하지 못한 채 겨우 재와 닭똥으로 이루어진 자신의 모습만을 확인하는 '자존심 없는 인간'은 죽을 수밖에 없다는 이 이야기의 상징성은 비록 그것이 우리와 사뭇 다른 문화권의 이야기이고 죽음이란 신의 징벌에서 말미암은 것이라는 범주에 드는 신화이기는 하지만 전혀 새로운 의미를 우리에게 전해 줍니다.

그런데 저는 왜 이 싱그러운 계절의 한복판에서 하필이면 지금 여기에서 낯선 네팔의 이야기에 귀를 기울이며 자존심 없음의 슬픈 귀결을 되뇌고 있는 것일까요? 왜 그래야만 하는 것일까요?

나는 이렇게 늙고 싶다

흰머리를 검게 물들이는 분. 늙을수록 유행에 뒤떨어지지 말아야 한다고 생각하며 옷을 입으시는 분. "늙은이 냄새가 난다고 할지도 모르니까" 하시면서 향수를 뿌리고 다니시는 분. 비싼 구두, 비싼 넥타이, 비싼 보석, 비싼 옷, 비싼 차, 비싼 음식들을 쓰고, 갖고, 먹어야 늙은이도 대접을 받는다고 생각하시면서 그렇게 사시는 분. 또 그렇게 살지 못해 안타까워하시는 분.

나는 이러한 노인을 보면 서글픈 생각이 든다.

"요새 젊은 놈들은" 하시면서 온갖 욕설을 다 뱉으시는 분. "옛날에 우리 자랄 때는" 하시면서 온갖 좋은 일들만을 줄줄이 나열하시는 분. "내가 옛날에 무엇을 했던 사람인 줄 아느냐"고 하시면서 목에 힘을 주시는 분. "나도 안 해본 것 없고, 안 겪어본 것 없다"고 하시면서 만사를 단정적으로 말씀하시는 분. 똑같은 말씀을 또 하시고 또 하시고 또 하시는 분. 늙음을 빙자해 감히 할 수 없는 상스러운 말도, 앞뒤 사리에 맞지 않는 질책도 마구 흩뿌리는 분. 그렇게 사는 것이 노인의 권위를 유지하는 일이라고 생각하시는 분.

나는 이러한 노인을 보면 마음이 아프다.

헬스클럽 다니느라, 등산을 하느라, 이런저런 신체단련을 하느라, 온 마음과 온 시간을 그런 일에만 바치는 분. 몸에 좋고, 특히 정력에 좋다면 가리는 것 없이 아무거나 찾아 잡수시는 분. 오랜만에 친구를 만나거나 어떤 모임에 가거나 하면 처음부터 끝까지 어떤 운동을 이렇게 저렇게 하고 어떤 음식을 어떤 보약을 어떤 건강장수식품을 어떻게 먹었더니 또는 먹고 있어 이러저러하게 몸이 좋다고 자신을 과시하시는 분. 그리고 그것이 부럽고 그것을 하지 못해 속이 상하고 몸과 마음이 움츠러드는 분.

나는 이러한 노인을 보면 처연해진다.

겁먹은 강아지처럼 자식이나 젊은이들의 눈치를 살살 보며 뒤로 뒤로 겉도는 분. 용돈이 없어 자식도 손자도 친구도 아무도 만나러 갈 수 없는 분. 세상이 어떻게 바뀌었는지 어리벙벙해서 조금도 자신을 가질 수 없는 분. 분하고 섭섭하고 괘씸하고 한스러운 것만 가득하여 세상이 밉기만 한 분. 몸이 일그러져 말을 듣지 않는데 마음은 여전히 살아 있어 몸이 저주스럽기 짝이 없는 분. 마음이 헝클어져 생각이 구겨지고 느낌이 찢어져 성한 판단이 제대로 되지 않는 분. "어서 죽어야지, 어서 내가 죽어야지" 하고 말씀하시면서 그러한 자학적인 발언이 실은 채워지지 않는 울분을 토해 내는 것이든가 다른 사람에 대한 미움을 감추는 그러한 것인 분. 그런데 정말 죽어야겠다고 생각하시는 절망과 체념 속에서 멍하니 흐린 눈으로 세월에다 자신을 맡겨놓고 흘러가시는 분.

나는 이러한 노인을 보면 슬퍼진다.

옷을 깨끗이 입으시는 분. 젊은이나 어린이나 남자나 여자나 높은 사람이나 낮은 사람이나 있는 사람이나 없는 사람이나 아는 것이 많은 사람이나 많지 않은 사람이나 친한 사람이나 낯선 사람이나 모든 사람에게 예의바르신 분. 늙은이로서 젊은이를 질책하시는 것이 아니라, 부모로서 자식을 걱정하는 것이 아니라, 인간으로서 인간을 염려하는 모습으로 젊은이들을, 자식들을, 훈계하고 꾸중하시는 분. 자식들이 부모님을 부모로서가 아니라 하나의 인간으로 존경하는 마음을 지니게 되는 그러한 부모의 자리에 있는 분. 건강에 안달하지 않아도 자기 몸을 학대하지 않았기 때문에 규칙적인 생활만으로도 크게 유념하지 않아도 별로 앓지 않는 삶을 살아가는 분. 넉넉하고 윤택하지 않아도 삶이 그윽하고 만족스러워 무엇을 먹어도 무엇을 입어도 어디에 살아도 즐겁게 모든 사람과 모든 것을 고마워하며 살 수 있는 분. 스스로 절제하고 노력하여 모아 놓은 여력이 있어 자신의 용돈에 그리 궁하지 않은 분.

“이제는 늙었어”라고 하는 말과 “이 나이에 내가 뭘”이라
고 하는 말을 거의 하시지 않으면서도 있을 자리와 할 일
을 분별하시는 분. 자기 주변에는 언제나 흐뭇하고 귀하고
장하고 훌륭한 일이나 사람이 많다고 느끼시는 분. 그래서
그분의 말씀을 듣고 있노라면 세상이 제법 살 만한 곳이
라고 느끼게 해주는 분. 자기가 할 수 있는 일은 할 수 있
는 한 자기 스스로 하고, 도움을 받을 때는 “미안하오!” 하
고 참으로 고마워하는 분. 살아온 과거의 성공을 나지막하
게 이야기해 주는 분, 그리고 실패를 부끄러운 표정으로,
그러나 다 이겨낸 담담한 표정으로 증언해 주는 분. 언제
삶이 끝날지도 모른다는 생각을 가끔 하시면서 자신의 주
변을 흐트러지지 않게 정리하시는 분.

나는 이러한 노인을 존경한다.

안 보이던 것을 이제는 더 볼 수 있게 되신 분. 권력이
봉사 기능을 가지기 때문에 추구하는 것이 아니라 그것이
가져올 명예와 힘을 욕심내어 추구하는 것이 얼마나 허망
한 것인가 하는 것을 보시는 분. 절망이 때로 없을 수 없지

만 그것에만 빠져 있으면 그 종점이 얼마나 무의미하고 비참한 것인가 하는 것도 보시는 분. 욕심을 갖지 않을 수는 없지만 그것은 끝내 충족될 수 없는 것이기 때문에 그것을 채우는 것보다 욕심을 줄이는 것이 현실적인 삶이라는 것도 보시는 분. 자기를 애써 돋보이려고 하는 것은 실은 자기확신이 없고 속이 텅 빈 모습이라는 사실도 보고, 늙음을 초조하게 산다는 것은 얼마나 추하고 딱한 모습인가 하는 것도 보시는 분. 그래서 때로는 하늘 저 깊은 속도 그윽하게 바라보고, 흘러간 세월의 흐름도 한꺼번에 한눈에 꿰뚫어보시는 분. 내일과 모레도 투명하게 바라보고, 어제도 그제도 따뜻하게 바라보며, 사람들의 마음속도 이제는 조용히 들여다보는 분. 그래서 몸은 늙어가되 스스로 자신의 삶이 귀하게 늘 새로워지는 분.

나는 이러한 노인을 만나면 그러한 노인이 되고 싶다

들리지 않던 것도 더 많이 들을 수 있게 되신 분. 큰소리가 반드시 옳은 소리가 아니라는 것도 들어 알고, 힘없는 소리가 반드시 무용한 소리일 수 없다고 하는 것도 아시고, 그렇게 큰소리와 작은 소리를 두루 살펴 들으시는 분. 모든 침묵 속에서 그 침묵의 발언조차 들을 수 있으신 분. 자식의 소리도 그 소리 나름으로 들을 수 있고, 젊은이의 소리도 그 나름으로 들을 수 있고, 아픈 소리도 즐거운 소리도, 미움의 소리도 사랑의 소리도, 나름나름이 다 알아들을 수 있는 분. 바위가 이야기하는 것도 들리고, 꽃의 숨소리도 들리는 분. 늙음의 소리도 들을 수 있고, 그래서 마침내 죽음이 다가오는 소리를 들으며 잔잔한 평화가 서서히 마음을 적셔오는 것을 온몸으로 들을 수 있는 분. 그러다가, 그러다가, 자신을 포함한 모든 사람, 모든 것, 그래서 자신의 삶 자체를 스스로 "사랑했노라"고 말씀하실 수 있는 분.

나는 이러한 노인을 만나면 그렇게 늙고 싶다.

죽음의 물화현상

현대 인도의 소설가인 바브라오 바굴이 이러한 말을 쓴 적이 있습니다. "이곳은 봄베이(지금의 뭄바이)다. 봄베이에서는 죽음이 점점 값싸진다." 그러나 뭄바이뿐이겠습니까? 지금 세계의 어디에서나 죽음은 점점 더 헐값이 되고 있습니다. 이것은 참으로 '현대적'인 현상입니다. 적어도 전통적인 모습 속에서는 결코 그렇지 않았습니다.

물론 죽음은 생명의 종언입니다. 살아 있는 것이라면 이미 자신의 생명 속에 죽음을 잉태하고 있습니다. 그러므로 죽음은 생명 속에서 탄생하는 것이라고 해도 좋습니다.

그렇게 죽음은 삶의 일상입니다. 사람이면 누구나 죽음을 예상할 뿐만 아니라 죽음의 현실성을 피할 수 없음을 알고 있습니다.

그런데도 전통사회에서는 죽음을 마치 '일어날 수 없는 일의 일어남'처럼 여겼습니다. 다른 사람의 죽음 앞에서는 낯설고 놀랍고 황당한 일이 일어난 듯 가슴을 쳤고, 자신의 죽음 앞에서는 두려움과 겸허함, 그리고 모든 것을 정리하는 마지막 몸짓으로 옷깃을 여몄습니다. 죽음은 마땅한 일상인데도 사뭇 '지극한, 그리고 엄숙한 사건'으로 여긴 것입니다.

죽음은 모든 생명이 맞는 자연스러운 현상이지만 그것은 또한 삶의 끝이고 삶의 관계를 단절하는 별리(別離)였습니다. 그래서 장례는 통곡과 슬픔으로 이루어졌습니다. 하지만 죽음을 곡하는 의례를 통하여 그것은 이제까지 경험하지 못한 '의미의 실체'가 되면서 산 자의 삶을 되살펴 다듬게 해주었습니다. 주검도 함부로 하지 않았습니다. 온갖 금기와 더불어 주검을 경건하게 대했습니다. 이에서 멈추지 않았습니다. 별리의 슬픔과 끝이 주는 절망은 오히려 죽음 너머 또 다른 삶을 희구하게 하였습니다. 죽음 이후에도 망자(亡者)를 만날 수 있으리라는 기대를 하게 한 것입니다. 제례가 그랬습니다. 그리하여 인간의 공동체는 산 자와 죽은 자가 아울러 이루는 것이라는 확신을 생활화하기조차 하였습니다. 마침내 죽음은 멸절(滅絶)인데도 불구하고 죽음담론은 삶의 울을 넘어 사후(死後)의 세계를 진술하는 데 이르렀습니다. 무릇 죽음은 '또 다른 삶'을 위한 관문이었고, 지금 여기의 삶을 완성하는 계기였으며, 그 삶을 판단하는 준거였습니다. 죽음은 생명의 종말이면서 새 생명의 처음이고, 삶의 종국이면서 삶의 완성이며, 슬픈 별리이면서 재회를 위한 처음이기도 했고, 몸의 소멸이면서 새로운 존재를 옷 입는 것이었습니다. 죽음은 자연인데도 예사로운 것이 아니었습니다. 그것은 신비였습니다. 죽음은 온갖 부정적인 함축에도 불구하고 역설적인 축복이었던 것입니다.

그러나 이러한 죽음이해는 아득한 것이 되어버렸습니다. 죽음에 대한 생리적 설명이 힘을 얻으면서 죽음의 신비로움이 퇴색하기 시작했습니다. 분명히 죽음은 생리현상입니다. 물질현상이라고 해도 좋습니다. 그러나 그러한 인식의 과정을 거치면서 죽음은 그 존엄성을 잃기 시작했습니다. 주검은 마침내 썩어가는 쓰레기에 불과하게 되었습니다. 장례는 위생적인 행사가 되어버렸습니다. 제례는 비합리적인 낡은 의식의 잔영(殘影)일 뿐이고, 망자와의 만남이나 죽음 이후에 대한 희구는 건강하지 못한 의식으로 간주되었습니다.

이러한 죽음의 물화(物化)현상은 다른 차원에서도 이루어졌습니다. 인구문제 담론, 사망률, 전쟁, 사고, 재난 등에서 죽음은 숫자로 환원되었습니다. 죽음은 물건을 헤아리는 일이 되고 말았습니다. 죽음은 그것 자체로 진지하게 다루어져야 할 아무런 의미도 가지지 못합니다. 오히려 공동체 삶의 질 향상을 위해 죽음은 긴요하다는 함축을 지니기도 합니다. 죽음은 다만 '필요악'일 뿐입니다. 죽음이 그 존엄성을 더 이상 지닐 수 없게 된 것입니다.

그러나 죽음은 필연적입니다. 누구도 그것을 피할 수 없습니다. 그런데 죽음이 '헐값'이 되면서 현대는 자기기만적인 모습을 드러내고 있습니다. 죽음을 기피하려는 '부자연스러운' 태도가 어느 때보다 두드러지고 있습니다. 오래 살려는 처절한 몸부림, 죽음을 장식하고 미화하는 데 엄청난 투자를 하는 일이 그 예입니다. 그러나 이보다 더 심각한 것은 죽음에 대한 그러한 태도가 삶을 풍요롭게 하기보다 오히려 그만큼 공허하게 한다는 사실입니다. 그런데 현대인은 죽음을 간과하는 일이 삶을 얼마나 황폐하게 하는지를 제대로 알지 못하고 있습니다. 그래서 현대인은 어디에서나 '값싸지는 죽음', 그러니까 '헐값의 삶'을 살고 있는 것입니다.

그렇다면 이러한 상황 속에서 현대인이 죽음과 관련하여 그 의미를 새롭게 밝히기 위하여 할 수 있는 일은 무엇일까요? 전통적인 시대의 언어로 다시 현대의 죽음을 설명하는 것은 힘듭니다. 그러나 적어도 죽음이 신비라는 사실, 그것은 물화된 현상만은 아니라는 사실을 새삼 감지하도록 감성을 자극하지 않으면 안 됩니다. 그러한 실제적 경험을 죽음과 더불어 지니도록 해야 합니다. 이를 위해 종교는 더 적극적으로 '죽음을 통한 삶의 투시'가 이루어지도록 '자신의 죽음'에 대한 이해를 새로운 언어로 설법하거나 설교하고, 장례나 제례의 상징성을 심화하고 구체화하여 죽음에 대한 사회적 책무 또한 다듬도록 해야 합니다. 이와 아울러 가정에서의 죽음경험이 죽음에 대한 진정한 교육적 의미, 곧 역설적이지만 삶에 대한 진지한 교육적 의미를 지니도록 배려하지 않으면 안 됩니다. 주검이 병원으로 실려가고, 망자가 '치워질 물건'으로 기억되는 청소년기를 보내지 않도록 해야 합니다. 각급 학교에서도 죽음이 진지하게 논의할 수 있는 현실적인 주제가 되도록 일정한 커리큘럼을 개발해야 합니다. 성(性)이 금기로 덮여 있어 부정적인 결과를 낳았던 것을 거울삼아 죽음에 대한 충분한 관심이 교육과정 속에 담겨 그 신비의 의미를 새삼 터득하게 해야 합니다. 더 나아가 죽음을 주제로 한 사회문화운동도 활발하게 움직여야 합니다. 죽음에 대한 각성은 건강한 사회의 지표입니다. 예를 들면 '삶과 죽음을 생각하는 회'는 그러한 운동의 전형입니다. 죽음준비교육에서부터 호스피스 봉사에 이르는 일련의 프로그램은 죽음을 투시하면서 삶을 보람있게 하려는 '각성운동'이기 때문입니다.

　죽음이 값싸지는 것은 생명의 존엄성이 상실되는 것과 다르지 않습니다. 현대는 녹색평화에 대한 참으로 진지한 관심을 가지고 있습니다. 다행한 일입니다. 그러나 그것은 동시에 죽음에 대한 새로운 각성과 연계되지 않는 한 아무런 결실도 얻을 수 없다는 인식에 직면하고 있습니다. 역설적이게도 현대는 바야흐로 '삶의 문제를 위한 죽음의 문제'에 직면하고 있는 것입니다.

새벽 이야기

새벽, 겨우 어둠이 가실 즈음, 테니스를 하러 동네 운동장에 가려면 큰 차도를 지나야 했습니다. 새벽은 참 좋습니다. 무엇이든 새롭고, 또 곧 세상이 밝아질 거니까요. 그런데 그 이른 시간에 많은 사람들이 버스를 타고 출근을 하고 있었습니다. 한가한 모습으로 테니스 라켓을 들고 그 새벽길을 오가는 것이 어쩐지 그분들에게 죄송했습니다. 그래서 새벽 테니스를 그만두었습니다.

요즘에는 자전거를 탑니다. 여전히 사치스럽다는 생각이 들기는 하지만 한강 둔치에 있는 긴 자전거도로는 죄

의식을 갖지 않아도 좋을 만큼 편합니다. 그곳에는 어둠이 채 가시기 전인 이른 새벽부터 걷는 사람, 달리는 사람, 자전거를 타는 사람 등 참 많은 사람들이 있기 때문입니다.

매일 정확하게 그곳에 이르지는 못하지만 대체로 늘 만나는 사람들을 만납니다. 오늘도 저는 모녀 두 분을 만났습니다. 아무래도 따님이 몸이 편치 않은 듯한데, 어머니가 딸을 위해 함께 새벽 걷기를 하시는 것 같습니다. 느린 걸음으로, 그러나 뚜벅뚜벅 걸으시는 그분들 옆을 지나며 저는 매일 마음속으로 '제발 나으세요. 제발 낫게 해주세요' 하고 지나갑니다.

몸을 위태롭게 좌우로 흔들며 간신히 한발 한발 걸으시는 영감님도 계십니다. 제가 잠수교에서 마포대교까지 갔다 오는 동안에 5백 미터도 가지 못하십니다. 분명히 심한 아픔을 겪으셨을 몸을 스스로 의지로 견디고 계신 그분이 존경스러워집니다. 저는 커다란 소리로 "안녕하세요" 하고 번번이 인사를 하지만 아직 한번도 대답을 들은 적은 없습니다. 아마 소리를 내어 말씀하시기가 너무 벅차도록 애써 겨우 발을 옮기고 계신 탓이라 여겨집니다.

　바람처럼 쏜살같이 자전거를 타는 젊은이도 있습니다. 헬멧에 옷도 화려합니다. 안경까지 검은색인데 이 어두운 시간에 꼭 그래야 하나 하는 느낌을 만날 때마다 지울 수가 없습니다. 아마 아침 먼동이 트고 해가 한 키만큼 올라올 때까지 자전거를 타려나 보다 하고 요즘은 생각합니다. 젊은이니까요.

　마포대교 못 미치는 곳에 이르면 트럼펫 소리가 들립니다. 자전거길보다 훨씬 물가에 가까운 쪽에서 들리는 그 소리의 주인공을 저는 한번도 만난 적이 없습니다. 하지만 며칠 전에 들은 "타향살이 몇 해던가"의 가락으로 짐작하건대 틀림없이 50대가 넘은 분이라고 생각됩니다. 저는 이 새벽 끊어질 듯 이어지는 짧은 호흡으로 나팔을 부는 그분의 어젯밤 꿈과 그분의 세월이 궁금하면서 공연히 아파집니다.

　반바지 차림으로 땀을 흠뻑 흘리며 달리기를 하는 중년부인은 틀림없이 살을 빼려고 새벽 달리기를 하시는 듯합니다. 스스로 무거운 몸이 불편해 뛰시는 것은 괜찮지만 '날씬함은 아름다움'이라는 못된 생각에 시달리시는 것은 아닐까 하고 염려가 됩니다. 적당히 넉넉한 몸매이신데 무리하시는 것 같은 느낌이 들기 때문입니다.

이 길도 길이라서 사고가 납니다. 요전에는 자전거길에서 정답게 손을 잡고 걸어가시는 내외분 때문에 옆의 빈 공간으로 살짝 비켜가려던 자전거가 맞은 쪽에서 오던 자전거와 부닥쳤습니다. 그쪽에서도 두 분을 피해 빈 길을 택한 것이 그렇게 되고 말았습니다. 무심하게도 두 분은 여전히 정답게 길을 걸어갔고, 넘어진 두 자전거에 탔던 한 분은 무릎을 다쳐 차를 불러야 했습니다. 한 달이나 지난 새벽에 다시 그분을 뵈었는데 자전거 앞과 뒤에 번쩍거리는 등을 달고 계셨습니다.

그 길에서 자전거를 타고 달리는 제가 읽어야 할 일, 써야 할 일 등으로 머리가 터질 것 같은 것을 알 사람이 있을지 모르겠습니다. 하지만 그 시간만은 모든 일을 잊고 사람을 만날 수 있어 좋습니다. 새벽에는 일이 아니라 사람을 만나야 합니다. 점점 먼동이 터오니까요.

‘괴물’ 아버지

저는 아침에 꽤 일찍 일어납니다. 어쩌면 너무 이른 시각인지도 모릅니다. 대체로 4시 반이나 5시면 일어나니까요. 물론 저녁이면 잠자리에 드는 시간이 좀 빠릅니다. 자정을 넘기는 경우도 없지 않지만 특별히 쫓기는 일에 밀릴 때가 아니면 할 수 있는 한 그렇게 하지 않습니다. 오늘 일어났으니 내일 잠들 것이 아니라 오늘 잠을 자야 그것이 ‘정도(正道)’라는 생각조차 하고 있습니다. 이러한 습관이 아주 어렸을 때부터 이제까지 별 변화 없이 이어지고 있습니다.

저는 이러한 제 생활습관이 아주 좋은 것이라고 여겼

습니다. 거의 누구나 아는 "새 나라의 어린이는 일찍 일어
납니다"라는 동요를 저는 언제나 자신 있게 부를 수 있었
고, 그것이 자랑스러웠습니다. 저는 분명히 '착한 아이'니
까요.

그러나 제 이러한 긍지가 심각한 문제를 일으킬 줄은
몰랐습니다. 그것도 3, 40년이나 지난 뒤에 말입니다. 사연
인즉 이러합니다. 자식을 낳아 기르면서 저는 제 자랑스러
운 삶을 그대로 자식들에게도 전해 주리라고 단단히 마음
을 다졌습니다. 아침에 일찍 일어나지 않는 것은 게으른
것이고, 게으른 것은 나쁜 것이라는 등식을 분명하게 하고
는 자식들을 '나쁜 아이'이게 하지 않겠다고 결심을 한 것
입니다.

그런데 현실은 달랐습니다. 자식들이 자라 젊은이들이
되면서 사태는 제가 바란 것과 정반대로 흐르기 시작했습
니다. 어렸을 때는 괜찮았습니다. 늦잠을 자도 꾸중을 하
며 깨우면 그렇게 따라왔습니다. 하지만 대학에 다니는 아
이들은 그렇지 않았습니다. 아예 저와 전혀 다른 삶의 리
듬을 그들은 살고 있었습니다. '오늘'이란 그날 자정에 끝

나는 것이 아니었습니다. 공부를 하는 경우도 있고 노는 경우도 있지만 아무튼 '하루'의 경계는 사뭇 고무줄 같았습니다.

화가 머리끝까지 났고, 호소도 했고, 실망도 했습니다. 하지만 아무런 소용이 없었습니다. 제 신념은 자식들에게 깊은 상처만을 남기는 폭력이기만 했습니다. 지금 돌아보건대 그런 속에서도 잘 견뎌준 자식들이 고맙기만 합니다. 그리고 이제는 제 그러한 태도가 부끄러운 과오였다는 사실조차 스스로 인정하고 있습니다.

제 잘못은 다른 것이 아닙니다. 저는 농경문화의 마지막을 살아가고 있는 사람이지만 자식들은 산업사회의 한복판을 살아가고 있다는 사실을 간과한 것이 두드러진 실수입니다. 과장해서 말한다면 농경사회는 낮의 문화입니다. 그래서 해가 뜨면 부지런히 일어나야 하고 해가 지면 서둘러 잠을 자야 합니다. 그것이 삶의 리듬입니다. 당연히 일찍 일어나는 것은 기려야 할 덕목이 됩니다. 그러나 산업사회는 밤의 문화를 가지고 있습니다. 당연히 밤을 지새운 삶의 끝인데 새벽에 서둘러 일어나야 할 아무런 필연적인 까닭이 있을 수 없습니다. 그러므로 부지런한 것은 그것 자체로 옳은 덕목이지만 일찍 일어남이 곧 부지런함이라고 등가화할 수는 없는 일입니다. 그런데 저는 그렇게 삶의 구조가 달라진 것을 살피지 않은 채 제 경험이 낳은 규범만을 강제하면서 새 시대를 사는 새 인간들을 잔인하게 구박한 것입니다. 생각할수록 어처구니없는 신념을 스스로 정당화하고 있었던 것입니다.

대단히 사사로운 말씀을 드려 죄송합니다. 한데 요즘 세상을 살면서 어쩐지 저와 같은 과오를 범하는 사람들이 뜻밖에 적지 않은 듯해서 불안합니다. 자기 경험의 절대성, 자기 세계의 규범성을 무조건 모든 경험에다, 또는 온 세계에 그대로 적용하는 사람들이 참 많기 때문입니다. 그리고 그렇지 못한 정황에 대한 소박하기 짝이 없는 질타와 분노가 철철 넘치기 때문입니다. 세계의 정황이 그러하고, 우리 정치의 현실이 그러하고, 직장의 분위기며, 가정의 정서조차 그러한 모습을 드러내고 있습니다.

나 아닌 다른 사람이 있다는 것, 나의 현실과 다른 현실이 있다는 것, 그리고 우리는 변화과정 안에 있기 때문에 끊임없이 새로운 다른 사람과 새로운 다름을 직면할 수밖에 없다는 것, 그러므로 자기의 경험과 자기의 판단과 자기의 신념을 스스로 되살피는 노력을 게을리 한다는 것은 그것 자체가 '부도덕한 삶'이라는 것. 이러한 일을 깨닫는 일이 요즘처럼 절실할 수가 없습니다. 그러한 되살핌을 바탕으로 다른 사람과 다른 정황과 만나야 비로소 삶이 삶다워질 듯한데 그럴만한 여유를 마련하고 있지 못한 것 같습니다.

몇 년 전에 멀리 떨어져 산 지 여러 해 되는 자식들과 함께 어느 대학의 게스트하우스에 묵은 적이 있습니다. 새벽이 되자 저는 마치 관성처럼 일어나 자식들 방문을 두드렸습니다. 새벽 5시 일입니다. 작은녀석이 눈을 비비며 말하더군요. "아버지, 하나도 변하지 않으셨군요!"

저와 같은 불변하는 '괴물'이 되시지 않기를 바랍니다.

자식의 성숙

학교에서 오래 살다 보니 친구들 자녀를 가르치게 되는 경우가 꽤 많습니다. 어렸을 때부터 잘 아는 아이인 경우도 있고, 오랜만에 "내 자식이 자네가 있는 학교에 다니네" 해서 만나는 경우도 있습니다.

그렇게 만난 학생들은 각별히 정이 갑니다. 그렇다고 학점을 잘 준다거나 여느 학생과 다른 대접을 하는 것은 아닙니다. 제 성격이 차서 그런 것이지 제법 '정의롭기 위해' 의도적으로 그 반가운 친구들을 외면하는 것은 아닙니다. 아무튼 친구 자녀들을 만나면 친구의 옛날 모습이 떠오르면서 흘러간 세월에 대한 감상(感傷)도 생기고, 때로는 전화를 걸어 친구에게 "네 자식이 너보다 훨씬 낫더라" 하는 '진담'도 하곤 합니다.

그런데 때로는 이런저런 일로 자식과 갈등하고 있는 부모들의 '어찌하오리까?' 선생이 되기도 하고, 부모와 조화롭지 못한 자식들의 '어찌하오리까?' 선생 노릇도 합니다. 그럴 때면 저는 부모나 자식 사이에서 묘한 줄타기 곡예를 하게 됩니다. 자식과 더불어 부모를 비난하기도 하고, 부모와 더불어 자식을 못된 놈이라고 공감해 주기도 하면서, 그래도 그놈이 밖에서 보면 괜찮은 녀석이라고 칭찬을 하기도 합니다. 양쪽을 다듬느라 두 얼굴을 갖고 갖은 짓을 다 합니다.

몇 해 전에 무척 어려웠던 부자관계에 부닥친 적이 있습니다. 궁리 끝에 양쪽이 좀 떨어져 있으면 좋을 듯해서 자식에게 입대를 부탁했습니다. 부모에게도 그런 뜻을 전했습니다. 겨우 대학에 1년밖에 다니지 않았는데 그렇게 하기로 부모와 자식 양쪽이 결심한 것은 무척 어려운 일을 한 것이라고 생각됩니다. 그리고 세월이 흘러 그 자식은 제대를 하고 다시 학교에 다니게 되었습니다. 그러나 부자간의 갈등은 여전했습니다. 별로 나아진 것이 없었습니다. 저는 무척 실망을 했습니다.

그런데 어느 날, 그 자식이 제게 찾아왔습니다. 그리고 이렇게 말하는 것이었습니다.

"저 이제부터는 아버지를 제가 보살펴드리기로 했습니다. 옛날처럼 그렇게 살지 않겠습니다."

저는 깜짝 놀랐습니다. 어떻게 그런 결심을 하게 되었느냐는 물음에 그 자식은 대체로 다음과 같은 이야기를 했습니다.

"죄송하지만 제 표현을 용서하십시오. 어느 날 갑자기 아버지가 한 사나이로 보이더군요. 이제까지 없었던 일입니다. '저 사나이도 젊었을 때가 있었겠지' 하는 생각도 났습니다. 아버지가 아닌 한 사나이라고 보는 순간, 저는 이상한 동질감을 가지게 되었습니다. 저는 저도 모르게 '저 인간이 젊었을 때 가진 꿈이 무엇이었을까?' '저 인간이 가지고 있던 고뇌와 좌절은 무엇이었을까?' '저 인간이 지닌 희열과 행복은 과연 무엇일까?' 하고 스스로 물으면서 아버지를 물끄러미 바라보았

습니다. 그 순간 저는 제 고민과 제 애환과 제 꿈이 아버지
라는 이름의 사나이에게도 그대로 엉켜 있음을 보았습니
다. 그런데 그 사나이, 그 인간이 제 아버지입니다. 다른
사람이 아니라 나를 낳은 아버지입니다. 그렇다고 하는 사
실이 가슴을 꽝 치면서 저는 그 아버지를 안아드려야 한
다는 충동이 제 속 깊은 데서 우러나는 것을 억제할 수 없
었습니다. 저는 제 방으로 뛰어들어가 처음으로 울었습니
다…. 한 사나이, 내게 아버지로 존재하는 한 인간을 저는
지금 읽을 수 있습니다. 저는 그분을 이해할 수 있을 듯합
니다. 저는 이제까지 한번도 아버지를 한 인간으로, 한 사
나이로 마주한 적이 없었습니다. 그러나 이제는 그렇지 않
습니다. 저는 이제부터 아버지를 보살펴드리면서 한 인간,
한 사나이를 사랑하고 싶습니다. 제 아버지인 그 인간을
말입니다."

세월이 꽤 흘렀습니다. 이제는 가끔 손자 자랑을 하는
그 친구에게 저는 그의 자식이 이러한 이야기를 제게 했
었다는 말을 아직 하지 않았습니다. 자식이 복학을 한 지
얼마 후 그 친구는 제게 자식이 군대에 갔다 오더니 철이

든 것 같다고 말한 적이 있습니다. 아마 지금도 그렇게 생각하고 있을 듯합니다. 아무래도 좋습니다.

그런데 저는 이 이야기를 많은 부모님들께 꼭 말씀드리고 싶습니다.

캠퍼스 소묘

이야기 하나

대여섯 명이 둥글게 모일 수 있는 곳이면 아무 데서나 학생들은 우유팩 차기를 한다. 넓고 높고 빠르고 힘찬 모습은 없다. 그 놀이에는 기막힌 잔재주만이 필요하다. 널따란 운동장은 늘 비어 있다. 때로는 그 원 한가운데 바닥에 천원짜리, 만원짜리 들이 쌓인다. 치우라고 소리를 치자 한 학생이 "재미로 하는 겁니다" 하고 대답했다.

이야기 둘

연못가에 있는 벤치에 남학생과 여학생이 함께 있었다.

한낮 벚꽃이 흐드러지게 핀 꽃그늘에서 그들은 서로 허리와 어깨를 안고 있었다. 그들은 나를 보자 환한 표정으로 인사를 했다. "아름답구나!" 그렇게 나는 말했다. 그러기를 빌었다고 하는 편이 옳다. 그 둘 중의 누구도 팔을 풀지 않았다.

이야기 셋

학생들에게 스스로 주제를 선택하여 한 학기 동안 연구하도록 하였다. 네 그룹 중에서 세 그룹의 주제는 다음과 같은 것이었다. '욕망' '폭력' '광기'. 나머지 하나의 주제는 '신화의 효용에 관하여'였다. 이 주제들은 각기 성(性)과 제도와 종교를 그 내용으로 담고 있었다. 마지막 주제는 매스컴과 연계되어 있었다.

이야기 넷

몇 년 전이었다. 학생들이 찾아와 내게 전도를 했다. 사람이 죽지 않도록 하는 종교만이 참 종교라고 하면서 그러한 종교가 우리나라에 있으니 선생님도 믿어서 구원을 받으라고 더없이 간절하게 내게 부탁했다. 그리고 영생은 과학적으로 실증이 된다고 했다. '영생교' 신도들인 그 학생들은 자연대학 학생들이었다. "일흔을 넘은 할머니가 다시 월경을 시작했거든요." 그들은 그렇게 말했었다. 그런데 며칠 전에는 어떤 여학생이 찾아왔다. 자기가 메시아를 낳을 거라고 이야기하면서 자기 남자친구에게도 그 사실을 말했노라고 했다. 그렇게 말한 결과를 나는 묻지 않았다. 그 여학생은 너무 창백했다.

이야기 다섯

여학생이 아메리카 인디오들이나 쓸 법한 차양이 넓은 둥근 모자를 쓰고 강의실 안에 앉아 있었다. 불쾌했다. 그러나 강의시간 시작이 구겨질 것이 싫었다. 끝나고 나서 그 학생한테 모자를 벗는 것이 좋을 거라고 말하기로 했다. 뜻밖에 그 여학생이 그날 발표를 했다. 그 학생은 일어나 어깨에 삼각형 숄을 둘렀다. 자리에서 일어나는데 치마도 발목까지 드리워진 것이었다. 차림이 못내 마땅치 않았다. 참았다. 그 학생은 아무런 자료도 없이 조용히 이야기를 시작했다. 자기는 고대 멕시코에 살던 아즈텍 소녀라고 자기를 소개했다. 그리고 자기가 그곳에서 살 때 읊었던 신화를 이야기하겠다고 했다. 그리고 20분 동안 그 학생은 곱게 두 손을 잡고 아즈텍의 문화, 그리고 그 신화의 내용과 백인들의 살육을 겪으며 자기네 신화를 읊던 경험을 눈물겹게 들려주었다. 머리를 두 갈래로 나누어 땋은 것은 뒤늦게 발견한 것이었다. 다음 시간에 만났을 때 그 학생은 운동화에 진바지에 가벼운 재킷 차림이었다.

이야기 여섯

민족과 종교, 민족주의와 종교적 신앙 간의 관계에 관하여 깊은 관심을 가지고 있다고 하면서 한 학생이 도움을 청했다. 우리나라의 경우, 동구 및 러시아의 경우, 중근동의 경우, 인도나 스리랑카를 비롯한 동남아의 경우 등을 들면서 문화권에 따라 그 관계유형이 같지 않음을 상기시켰다. 그리고 덧붙였다. "혹 아프리카의 자료를 구할 수 있으면 좋을 텐데." 그러나 순간 불가능한 것을 이야기한 것이 후회스러웠다. 한 주일 뒤에 그 학생이 한 보따리나 되는 서류를 들고 나타났다. 그 학생은 아프리카 종교에 관한 구미학계의 논문 280편을 정리하여 그중에서 민족과 관련된 논문 30여 편을 검토하고 자기가 필요하다고 판단되는 논문 11편을 복사해 가지고 온 것이다.

이야기 일곱

사물을 '개념으로 인식하기'와 '이미지로 만나기'에 대한 논의를 강의했을 때, 지오 폰티의 『건축예찬』을 자료로 삼았다. 그 책에서 우리는 다음과 같은 구절들을 읽었다. "방바닥은 법칙이다. 분수는 형이상학이다." 그런데 다음과 같은 글도 있었다. "우리는 왜 젊은이들에게 공학을 가르쳐야 하는가? 그것은 공학이 도덕이기 때문이다." 며칠 뒤에 여섯 명의 학생들이 16페이지짜리 팜플렛을 가지고 왔다. 『숨쉬는 공학』이라고 한 그 작은 책자 속에는 다음과 같은 글들이 있었다. "설계의 정밀성이란 무엇인가? 그것은 정직이다." "완벽한 시공이란 무엇인가? 그것은 사랑이다."

이야기 여덟

어서 물러나야 할 것 같다. 여기 머물고 있는 만큼, 그 머무름의 부피만큼, 학생들의 가능성을 고갈시키고 있는 지도 모른다. 그것은 두려운 일이다. 성큼 물러날 수 없음이 어쩔 수 없는 현실이라면 적어도 "요새 학생들은…"이라고 하면서 상투적으로 쏟아놓는 질타와 분노만이라도 삼가야 한다.

캠퍼스에 봄이 한창입니다. 아니, 그곳은 언제나 봄입니다.

트럼펫 소리를 들으면 집에 가고 싶다

트럼펫 소리를 들으면 저는 집에 가고 싶습니다. 언제나 그랬던 것은 아닙니다. 그 이전에는 빨간 노을을 보면, 그래서 서서히 땅거미가 지면, 저는 집에 가고 싶었습니다. 그리고 그 저녁이 깜깜해지면 비로소 저는 집에 가고 싶다는 생각을 그 어둠에 묻고 겨우 집을 잊을 수 있었습니다.

사실 트럼펫 소리는 이제는 집으로 돌아가야 한다는 마음을 서둘게 하는 신호음이기도 하였습니다. 그래야 한다는 강박관념이 일기 전까지 저는 트럼펫 소리를 들을 수 없었기 때문입니다. 저는 제 일에 너무 바빴습니다. 이를테면 저는 나무들의 어두운 몸짓을 읽느라 여념이 없었습니다. 나무들은 잠을 자는 것 같지 않았습니다. 낮 동안 소란스러운 나무들이 밤에는 틀림없이 깊은 잠에 떨어질 거라고 생각했지만 밤의 산에서 만나는 나무들은 잠을 자지 않았습니다. 서로 기대고 몸을 비비고 때로는 서로 얽히기조차 하면서 나무들은 깨어 있는 삶을 살고 있었습니다. 때로 나무들은 어둠 속에서 갑작스러운 몸짓으로 저를 놀라게 하곤 하였는데, 어쩌면 그것은 오히려 제가 당황해야 할 나무들의 비밀스러운 몸짓이었는지도 모릅니다.

나무들만이 그러하지 않았습니다. 밤의 산길도 그랬습니다. 한껏 조심스러운 발디딤을 하지만 길은 별안간 벌떡 일어나 저를 놀라게 하기도 했고, 자갈 덮인 경사를 만들어 저를 넘어지게도 하였습니다. 그렇게 길을 걸어 능선에 오르면 하늘이 넓었고 흐르는 강이 있었습니다.

우리는 자주 그렇게 산성(山城)에 올랐습니다. 친구는 거기에서 산 아래 흐르는 강물과 하늘을 향해 트럼펫을 불었습니다. 트럼펫 소리는 높고 길었습니다. 그래서 그 소리는 그대로 산이고 강이었습니다. 그래서 그랬을까요?

저는 그가 무슨 곡을 어떻게 불었는지 하나도 기억하지 못합니다. 저는 그 친구와 아무런 상관 없이 제 일에 바빴을 뿐입니다. 산새가 울었습니다. 그 울음이 바람과 나무와 더불어 밤을 삶이게 하고 있는 줄 참 몰랐었습니다. 강물에 별빛이 비치고 있었습니다. 저는 분명하게 가느다란 바람이 강물의 별빛들을 깨뜨리고 있었다고 지금 말할 자신이 있습니다. 그 속에서 시간은 늘 정지해 있었습니다. 그 친구는 그 친구대로, 저는 저대로, 그렇게 거기 밤의 산에 있곤 했습니다. 그러다 갑자기 찬기가 느껴지고 배가 고파지면 제게 그 친구의 트럼펫 소리가 들리기 시작했습니다. 저는 그 친구에게 이제는 집에 가자고 말했습니다. 그 친구는 제 재촉을 아무런 말 없이 따라주었습니다. 그는 트럼펫을 불다가 한 곡이 끝나기도 전에 뚝 그치고 휘적휘적 앞서 어둠을 갈랐습니다. 우리는 다시 그 어둠을 따라 집에 이르러 함께 담요 속으로 기어들어갔습니다.

그 친구와 바닷가 병영에서 만난 것은 그로부터 7, 8년이 지난 뒤였습니다. 저보다 먼저 군대에 와 있던 그 친구는 기상나팔과 취침나팔을 불고 있었습니다. 저에게는 산도 강도 없었습니다. 그에게도 마찬가지였습니다. 그러나 그 친구에게는 트럼펫이 있었고, 우리에게는 밤 같은 세월이 있었습니다. 저는 그 친구의 기상나팔을 듣고 아침을 열었고, 그 친구의 취침나팔을 들으면서 저녁을 마감했습니다. 하루가 그렇게 갔습니다. 그런데 그 친구의 나팔소리를 들으면 갑자기 집에 가야 할 것 같았습니다. 취침나팔을 들어도 그랬고, 기상나팔을 들어도 그랬습니다. "이제 집에 가야겠네!" 하고 말하면 곧 나팔소리가 그치고 우리는 어두운 길을 거쳐 집으로 달려가야 할 듯했습니다.

그러나 저는 그 나팔소리를 들으며 집에 갈 수 없다는 사실을 새삼 확인하며 오지 않는 잠을 청했습니다. 그러기를 두 해, 저는 그의 나팔소리를 집에 갈 수 없는 신호음으로 익혔습니다. 저는 그 소리를 들으면 마음이 편안해졌습니다. 집에 갈 수 없는데 집에 갈 수 있기를 바란 기만을 이제는 기만으로 여길 수 있을 만큼 저는 성숙해진 셈입니다.

그 친구와 헤어져 살기를 여러 십년 했습니다. 집에 돌아가야 한다는 안타까움으로 삶을 점철하던 세월이 아득하게 사라졌습니다. 나팔소리도 트럼펫 소리도 저와 아무런 관계가 없었습니다. 저는 이러한 일을 까맣게 잊었습니다. 얼핏 스치는 기억이 밤이 되면, 어떤 음악을 들으면, 나지 않은 것도 아니지만 그것은 그뿐, 제게는 제 삶이 너무 바빴습니다. 더욱이 이제는 밤의 나무도, 밤의 길도, 밤의 새들도, 밤의 강과 별빛도 아닌 제 바쁨의 그늘에 트럼펫 소리가 끼여들 까닭이 없습니다. 더구나 찬기도 배고픔도 느끼지 않는 제게 갑작스러운 트럼펫 소리란 참 어색한 그림입니다.

우리가 다시 만난 것은 지난가을입니다. 우리가 서로 만날 수 있는 기회가 생겼을 적에 저는 그 흥분으로 잠을 이루지 못했습니다. 옛날이 주마간산(走馬看山) 격으로 뇌리를 흘렀습니다. 그 친구 말고도 많은 얼굴들이 떠올랐습니다. 어느 얼굴을 떠올리고는 웃음이 나기도 했고, 어느 얼굴에서는 미안한 생각이 들기도 했습니다. 참 좋았습니다. 저는 이 만남을 위해 약속한 일마저 취소했습니다.

그 친구의 트럼펫 소리가 듣고 싶어졌습니다. '얼마나

오랜만에 떠올린 일인가. 그래, 그 친구의 나팔소리에 잠을 깨고, 또 잠을 청했었지! 그래, 그 친구의 트럼펫 소리가 내게 들리기 시작하면 우리는 집으로 갔어야 했어. 밤이었지. 그래, 밤이었어. 우리는 모두 집 없는 친구들이었는데, 그런데 집에 가고 싶었었어. 그리고 그 친구의 나팔소리를 들으며 나는 집에 가기를 포기했었지. 집에 가고 싶음이 자기기만이라는 것도 터득했었지. 그래, 그 소리가 듣고 싶다.'

여러 사람이 모이는 자리라서 저는 그 친구를 찾느라 고개를 빼고 두리번거렸습니다. 그 친구는 보이지 않았습니다. 한참 만에 저쪽 사람들 틈에서 흰머리의 늙은이가 제게 다가오고 있었습니다. 그 늙은이는 저를 보고 웃기조차 했습니다. 저는 알지 못하는 사람이어서 다시 다른 쪽으로 고개를 돌렸습니다. 그러다 그의 웃음이 생각났습니다. 다시 그 노인을 돌아보았습니다. 그 친구였습니다.

"나이트클럽에서 트럼펫을 불고 있어!"

그 이후로 저는 매일 저녁 트럼펫 소리를 듣습니다. 붉은 노을이 지면, 땅거미가 서서히 지면, 저는 그 소리를 듣습니다. 목련이 아쉽게 질 때도 이 봄에 저는 그 소리를 들었습니다. 제 오랜 여자친구의 무덤 앞에서도 저는 그 소리를 듣습니다. 집에 가고 싶은 아쉬움과 그 가고 싶음이 빚은 집 없는 현실을 아우르며 저는 그 친구의 트럼펫 소리를 듣습니다. 이제는 별로 바쁘지 않으니까요.

트럼펫 소리를 들으면 집에 가고 싶어집니다.

한강 둔치의 꽃밭

저는 한강가에 살고 있습니다. 한강에서 바라보는 경관을 망치는 높은 아파트에 살고 있어 때로 마음이 편하지 않습니다만 집에서 강을 내려다보는 운치는 제법 즐겁습니다. 자연히 한강 둔치에 나가는 기회가 많은데 거의 매일 아침 자전거길을 따라 1시간 정도 달리고 나면 날아갈 듯이 상쾌합니다.

한강 둔치는 아주 잘 다듬어져 있습니다. 자전거길 말고도 걷는 길, 넓은 잔디밭, 갖은 꽃밭들도 있고, 이런저런 운동이나 놀이를 할 수 있는 시설도 기구도 많습니다. 주말이면 많은 시민들이 가족단위로 또는 친구들과 이곳을 찾아 즐깁니다. 심지어 새벽 2시인데 동네농구를 하는 젊은이들도 있습니다.

그런데 몇 년 사이에 둔치 풍경이 꽤 바뀌었습니다. 전에는 억새풀이 우거진 풀밭이 둔치의 모습이었습니다. 그러나 이제는 그런 '들판'이 점점 줄고 있습니다. 놀이시설이나 운동장이 늘고, 주차장도 훨씬 넓어졌습니다. 자연히 제멋대로 자라 철의 바뀜을 마다하지 않는 넓은 풀밭이 점점 줄어들고 있습니다. 게다가 그 풀밭을 갈아엎고 거기 코스모스가 심기고 해바라기 단지가 만들어지고 유채꽃밭이 일구어지면서 이제 '자연'은 겨우 목숨을 부지한다고 할 만큼 '쓸쓸해'졌습니다. 그래서 겨울조차 풍성했던 둔치였는데 이제는 겨울의 둔치 모습이 김장거리 뽑고 난 배추밭처럼 황량합니다.

물론 그렇게 갈고 심고 보살핀 덕에 계절 따라 화려한 색깔이 둔치를 뒤덮습니다. 어느 때는 노란색이, 어느 철에는 빨간색이, 또 어느 달에는 파란색이 주종을 이루는데 그 모든 색깔들이 잘 재단된 기하학적인 선을 이루며 더불어 황홀하게 아름다움을 뽐내는 경우도 있습니다. 그런데 아쉽습니다. 둔치의 본디 풀밭은 이만저만 천덕구니가 아닙니다. 이제는 거의 사라지듯 풀밭이 좁아졌는데 얼마 전에 그 옆에서 뜻밖의 푯말을 보았습니다. "이 지역은 자연생태계 보존지역입니다."

'필요'가 있어 '개간'하는 것을 모르지 않습니다. 때로는 자연을 훼손할 수밖에 없는 경우가 있으리라는 것도 짐작됩니다. 저도 그러한 과정을 거쳐 이루어진 '편의'를 누리는 사람이고 보면 풀밭이 그렇게 되는 일에 아무런 불평도 할 수 없거니와 책임마저 져야 하는 사람임도 잘 알고 있습니다.

그러나 문제는 개간이 아니라 '아름다움'을 인식하는 준거의 다름입니다. 철 따라 피는 꽃으로 둔치를 색칠해야겠다고 판단한 분들은 아름다움이란 기막히게 통제된 단일한 색깔의 펼침이나 의도적으로 디자인된 색깔의 통합이라고 하실 듯합니다. 그러나 들풀을 그대로 두어 겨울에도 그 풍요함을 둔치가 잃지 않기를 바라는 분들의 아름다움에 관한 판단은 '억지'가 아니라 '제멋대로'라고 할 수 있을 그러한 조화가 아름다움의 제 모습이라고 주장하실 것이기 때문입니다.

둔치 옆에 살다 보니 보이지 않던 것이 보입니다. 철 따라 아름다움을 뽐내는 '가꾸어진' 꽃밭의 영광은 어처구니없이 짧다는 것, 그런데 돌보아주는 이 없는 들풀들은 계절을 넘어 겨울마저 풍요롭게 살아간다는 것이 그것입니다. 아무래도 억새풀 무성한 풀밭이 사라지면 둔치도 성하지 못할 듯합니다. 가꾸어 겨우 꽃피는 둔치란 그 계절만 지나면 황폐한 빈터이기 때문입니다. 그런데도 어떤 사람들은 자연보다 더한 아름다움을 지어내겠다면서 마구 풀을 뽑고 그 자리를 자기 색으로 온통 물들이는 일을 마다하지 않습니다. 딱한 일입니다.

지난여름 홍수 때, 가꾸어진 꽃밭들은 모두 흔적도 없이 사라졌습니다. 하지만 억새풀 무성한 풀밭은 물이 빠지자 여전하게 둔치를 지키는 모습을 의연하게 드러냈습니다. 그랬다고 하는 사실을 누구에게인지 간절하게 이야기하고 싶었는데 오늘에서야 이렇게 말씀을 드립니다.

기억과 화해

어떤 소외

호계삼소(虎溪三笑)는 우리에게 낯선 말이 아닙니다. 웬만하면 다 아는 전형적인 동양화의 화제(畵題)이기 때문입니다. 덕스러운 노인 세 분이 티없이 웃고 있는 그 그림 또한 낯설지 않습니다. 그러므로 이를 굳이 설명하는 일은 공연한 일이라 생각됩니다.

그런데 슬그머니 걱정이 생깁니다. 이 또한 공연한 일이겠습니다만 저는 때로 우리 기독교인들이 동양에 대하여 잘 알지 못한다는 사실을 새삼 확인하곤 합니다. 뿐만 아니라 기독교인들은 대체로 동양적인 문화가 좀 덜된 문화이거나 잘못된 문화라고 여기면서 이를 고치거나 아니면 멀리 떼어놓아야 한다는 생각을 가지고 있는 사람들이라는 느낌조차 갖습니다. 하기야 우리나라의 전통과 문화에 대해서도 별로 아는 것이 없을 뿐만 아니라 알지 못하는 것을 스스로 다행하게 여길 만큼 우리의 것들이 거의 쓸모 없는 잘못된 것이라는 판단을 하고 계신 기독교인들이 적지 않음을 늘 느끼는 것이 현실이고 보면 동양의 문화에 대한 두루 넓은 상식을 그분들께 요청하는 것은 처음부터 잘못된 일일는지도 모릅니다. 그러나 아무튼 호계삼소는 적어도 동양인에게는 낯선 그림이 아닙니다. 그런데 아무래도 잘 모르시겠으면 아이들 말대로 "나 동양인 맞아?" 하고 스스로 물어보실 필요가 있습니다. 우리는 때로 그렇게 스스로 자신을 물어야 할 경우가 참 많습니다. 특히 기독교인의 경우에 그러합니다.

호계삼소가 화제가 된 고사(故事)는 다른 게 아닙니다. 지금부터 약 천오백여 년 전에 중국의 진(晉)나라에 혜원(慧遠)이라는 큰스님이 계셨습니다. 혜원은 여산(廬山)에 있는 동림사(東林寺)에 머물렀는데 그 절을 둘러싼 계곡이 호계입니다. 사람들이 이 계곡을 지날 때면 호랑이가

154

울어 그러한 이름을 붙였다 합니다. 혜원은 찾아온 손님들
이 돌아갈 때면 이 계곡을 넘지 않는 자리에서 배웅을 하
곤 했습니다. 스스로 그렇게 마음을 정했기 때문입니다.
그런데 어느 날 이 약속을 혜원 자신이 스스로 깨뜨리는
일이 벌어졌습니다. 두 손님이 찾아와 즐겁게 지내고 돌아
가자 배웅을 나갔는데 이야기가 끊이지 않고 즐겁자 계곡
직전에 머물러야 하는 일조차 잊고 말았습니다. 무심코 계
곡을 건너버린 사실을 뒤늦게 깨닫고 세 사람은 크게 웃
었습니다. 혜원이 스스로 세운 자신의 계율을 자기도 모르
게 스스로 깨뜨렸기 때문입니다.

그런데 이때 혜원을 찾은 두 사람 중의 하나는 당대의
시인 도연명(陶淵明)이었고, 또 다른 하나는 당대의 도인
(道人)인 육수정(陸修靜)이었습니다. 얼핏 우리는 그 세
분이 엇비슷한 분들이라고 여깁니다. 그러나 전혀 그렇지
않습니다. 어쩌면 제각기 불교와 유교와 도교를 대표할 법
한 그러한 분들인데 그 세 자리는 막상 들여다보면 우리
가 상식적으로 이해하는 것보다 엄청나게 다른 이질적인
것들입니다. 그런데 이 옛날이야기는 그러한 '다른' 분들

의 만남이 얼마나 지극한 즐거움인가 하는 것을 더할 수 없이 소박하고 진지하게 보여줍니다.

이 지구 위에는 많은 사람들이 제각기 서로 다른 자기네 ‘구원론’을 가지고 살아갑니다. 문화권이 다르면 그것은 어쩔 수 없는 일입니다. 따라서 각기 다른 구원론들이 산재(散在)하는 것은 어제오늘 일이 아닙니다. 아득한 때부터 그러했습니다. 지금도 다르지 않습니다. 그런데 그러한 상황 속에서 자연히 어떤 구원론이 옳고 그른가 하는 것을 따지는 일도 벌어집니다. 뿐만 아니라 그러한 일이 다툼으로 번지면서 정말로 피흘리는 살육을 범하는 일들도 일어납니다. 불행히도 인류사는 종교전쟁의 역사로 점철되어 있습니다. 인류사에 이보다 더 기막힌 사실은 없습니다. 그런데 이 일은 지금도 끊이지 않습니다. 이른바 이데올로기의 시대가 끝나자 갑작스레 튀어나온 것은 종교간의 싸움입니다. 인도와 파키스탄, 이스라엘과 중동의 여러 나라들, 북아일랜드, 스리랑카, 유고, 인도네시아 등 종교 때문에 수많은 사람이 다치고 죽는 비극이 벌어지고 있는 곳이 한두 군데가 아닙니다. 아프리카의 작은 부족간에 종교가 달라 싸움을 하는 경우까지 포함한다면 이루 헤아릴 수 없을 정도입니다. 이 싸움에는 선진국도 후진국도 없습니다. 또 그 잔인하기가 상상을 넘는 것이 바로 종교전쟁입니다. 사랑이라는 이름의 저주가, 자비라는 이름의 폭력이 난무한다는 것은 사람된 자존심을 뿌리에서부터 뽑아버리는 견딜 수 없는 부끄러움입니다. 그러나 그것은 가릴 수 없는 사실입니다. 그것이 참과 거짓, 옳음과 그름의 불가피한 싸움이라는 설명은 언제나 그 살육을 정당화하는 주장이었습니다. 지금도 다르지 않습니다.

그렇지만 꼭 그런 것만은 아닙니다. 방금 살핀 고사에서도 보듯이 서로 다른 구원론을 여전히 가지고 있으면서도 더불어 티없이 즐겁고 환하게 웃을 수도 있습니다. 많은 사람들이 그러한 소원을 현실화하기 위해 노력하고 있습니다. 자기 신앙을 조금도 훼손하지 않고 그렇게 서로 만나 커다랗게 웃을 수 있기를 바라는 것입니다. 사랑이 필요하고 자비가 필요한 자리면 구원론의 다름을 상관하지 않고 달려가 그들을 위해 자신을 희생하는 사람들이 적지 않습니다. 자신의 구원론의 절대성을 주장하기 위해 자신의 구원론에 동의하지 않는 다른 사람들을 집단살육하는 일은 옛날이야기가 아니라 바로 지금 우리가 살고 있는 하늘 아래에서 벌어지고 있는 일입니다. 그런데 그러한 짓으로 자기 구원론의 순수성과 옳음이 유지되는 것은 아닌 듯합니다. 오히려 그러한 구원론의 자리와 상관없이 자기를 희생하면서 남을 위해 사는 사람들에 의해서 각 구원론은 이른바 '정통성'이 지속됩니다. 참 묘한 역설입니다.

앞에서 든 이야기 속에서 서로 다른 구원론을 가지고 있는 세 사람이 만나 무엇을 이야기했는지 우리는 짐작할 수 없습니다. 그러나 그들이 제각기 자기 자리에서 자신에게 진실한 사람들이었음을 짐작하기는 어렵지 않습니다. 그러나 분명히 그들은 구원론 논쟁을 펼쳤을 것 같지는 않습니다. 자기 자신을 존중하듯이 당연히 서로 다른 입장을 진심으로 존중했을 터이기 때문입니다. 또 자기 입장을 버렸을 까닭도 전혀 없습니다. 자기 자리에서 행복하고 만족한데 그것이 다름과 만났다고 해서 허물어질 정도라면 그 사람됨이 모자라도 한참 모자랄 듯합니다. 이것은 참 어처구니없는 추측일 뿐인데, 어쩌면 그분들은 서로 자기 자리에서 자기 구원론을 통해 느끼고 경험하고 감동하는 자신의 존재의미에 대한 지극한 희열을 서로 이야기하다 보니 그처럼 즐겁고 행복하여 마침내 다름의 경계 안에 각기 머물러 있는 한계조차 잊게 되었고, 그렇다는 사실을 깨닫는 순간 세 사람은 한꺼번에 그 다름을 넘어 하나가 된 형언할 수 없는 기쁨을 그렇게 커다란 웃음으로 드러 낸 것은 아닐는지 모르겠습니다. 참 따뜻하고 부럽고 '그 리운' 이야기입니다.

그러나 불행히도 이 호계삼소의 고사는 사실이 아닙니다. 그것은 더 정확히 말한다면 그랬으면 좋겠다는 사람들의 꿈이 만들어낸 이야기입니다. 이 사실에 생각이 미치면 가슴이 답답해집니다. 오죽하면 사람들이 이러한 이야기라도 꾸며내야 했을까 하는 데 생 각이 미치면 그 '허구'가 주는 저린 아픔과 무거운 감동을 우리는 피할 수 없습니다. 분명히 이 이야기를 만들어낸 주역은 혜원 쪽도 아니고 육수정 편도 아니며 도연명의 자리도 아닐 듯합니다. 어쩌면 그 사람들이나 그렇게 분명한 자리에 있는 사람들은 이러한 이야기가 도무지 불필요했을 듯합니다. 혜원이 무엇이 아쉬워 도연명과 만나겠으며 육수정이 무엇이 아쉬워 혜원을 찾아가겠습니까?

이 이야기는 사실 그 세 사람과는 아무런 관계도 없습니다.

그렇다면 이 이야기를 만들어낸 사람이 누군지 우리는 쉽게 짐작할 수 있습니다. 그 사람들은 구원론을 '아는' 사람들이 아닙니다. 그것을 '주장하는' 사람들도 아닙니다. 다만 구원을 '바라는' 사람들입니다. 삶의 자리가 힘들고 아파서 그 자리를 어떻게 하면 의미로 채울 수 있을까 하는 것을 누가 가르쳐주지 않아도 속 깊은 데서부터 저리게 겪는 사람들의 꿈이 만들어낸 그저 소박한 여느 '사람들'의 이야기임에 틀림없습니다. 아니, 더 정확히 말한다면 그 꿈을 지니고 있는 자리에서 만들어진 이야기가 아닙니다. 그러한 꿈이 이미 해답을 지니고 있다는 커다란 분들에 의해 뜻밖에도 갈가리 찢기는 경험을 한 기막힌 절망의 자리에서 만들어진 마지막 이야기라고 해야 옳습니다. 그 이야기는 어쩌면 그 '사람들'이 찾을 수 있는 유일하고 종국적인 출구이었는지 모릅니다. 그랬을 것입니다. 그리고 그 '사람들', 얼굴도 이름도 아무것도 없는 그 '사람들', 그런데 그들이 만든 이야기는 바람처럼 온 땅을 뒤덮고 역사를 흘러 맥맥이 이어지는 것을 보면 어쩌면 아예 그 이야기는 '하늘'이 발언하는 것이라고 말해도 좋을 듯합니다. 그렇다고 말하고 싶어집니다.

그런데 그 이야기를 만든 주체가 '사람들'이어도 좋고 '하늘'이어도 좋은데 뜻밖에도 그 이야기를 이어준 전승주체(傳承主體)는 그림을 그리는 사람들이었습니다. 예술가의 상상력 속에서 만들어진 그 허구의 이야기는 삶의 삶다움을 드러내는 전형적인 그림으로 받아들여졌던 것입니다. 아니면 예술가의 상상력이 도달한 삶에 대한 터득이 그 이야기를 통해 구현되었다고 해도 상관이 없을 듯합니다. 아무튼 어떠한 이유로든 이 호계삼소는 화가들의 살아 있는 상상력의 구현 속에서 아직껏 천오백 년을 두고 이어오는 화제가 되고 있습니다. 그런데 이 사실을 가만히 거꾸로 살펴보면 우리는 뜻밖에도 구원론을 둘러싸고 이루어지는 참혹함의 원인을 좀 알 수 있을 듯하기도 합니다. 다른 것이 아닙니다. '상상력의 고갈', 그것이 우리의 구원론 문화를 이 비참한 경지에 몰아넣는 까닭일는지도 모른다는 생각이 드는 것입니다. 상상력은 '있는 것'에 매이지 않는 힘입니다. 그것은 '없는 것을 있게' 하는 힘입니다. 그것은 현실을 추상화하는 것도 아니고, 개념의 해석도 아니며, 논리의 전개도 아니고, 주어진 해답에 대한 승인도 아닙니다. 그것은 값싼 환상도 아니고 백일몽도 아닙니다. 상상력은 지금 여기를 새 누리로 확인하려는 어쩌면 '눈뜬 꿈'입니다. 그것은 영의 호흡이고 영의 날갯짓입니다. 그 호흡이 끊기고 그 날갯짓이 더 이상 불가능할 때, 그리하여 상상력이 메말라버릴 때 우리는 사람도 꿈도 새 누리도 질식시키는 거대한 어떤 권위에 의해 스스로 맹목적이게 됩니다. '눈먼 꿈' 속에서 우리는 그 권위의 노예가 되는 것입니다. 그것은 사람살이가 아닙니다.

그림의 화제인 호계삼소가 노래를 부르는 사람들의 모임에서 되살아난 것은 아무래도 같은 예술이라서 그 상상력의 공유가 가능했기 때문이라고 여겨집니다. 88년 장애자올림픽이 열렸을 때 이 모임을 위해 생긴 작은 합창단이 있었습니다. 그 모임의 이름이 삼소회(三笑會)입니다. 그러나 이 노래모임은 이른바 '노래하는 사람들의 모임'이 아닙니다. 단순한 호계삼소의 예술적 전승이 아닌 것입니다. 이 모임을 만들어내고 지금까지 끊임없이 노래부르기를 이어오는 이 노래모임의 구성원들은 불교의 비구니, 원불교의 정녀, 천주교의 수녀들입니다. 호계삼소의 예술적 전승을 넘어 본래의 구원론적 함축을 그대로 이어 구현하고 있는 것입니다. 그런데 이분들이 하는 일은 구원론의 논의도 아니고 서로 다른 입장의 확인이나 설명이나 증언도 아닙니다. 이분들은 함께 노래를 부릅니다. 그것이 전부입니다. 그리고 어쩌면 그렇게 노래를 부르면서 틀림없이 서로 행복하게 웃을 것입니다. 그것이 모두입니다. 어쩌면 이분들은 호계삼소를 지어낸 주역들인 '사람들'의 진정한 아픔과 꿈을 그림이 아니라 노래를 통해 되찾는 일을 이루어내신 새로운 전승주체가 되고 있는지도 모릅니다. 이분들은 어쩌면 고갈된 종교적 상상력과 예술적 상상력을 합쳐 새로운 영의 호흡과 화음을 지금 여기에서 드러내고 계신지도 모릅니다. 어쩌면 이분들은 호계삼소의

이야기를 만들어낸 아직 지금 여기에 있는 수많은 '사람들'
과 지금 여기에서 여전히 바람처럼 불고 있는 '하늘'의 뜻
을 비로소 일구어내고 있는 분들인지도 모릅니다. 그렇게
생각하고 싶습니다.

생각하면 우리는 참 오랫동안 서로 다른 구원론을 만나
는 자리에서 웃음을 잃은 지 오래입니다. 아니, 도무지 그
렇게 웃어본 적이 없습니다. 웃음은커녕 벼르고 긴장하고
적의(敵意)까지도 마다하지 않는 이상한 사랑을 위해 눈을
부릅뜨고 어금니를 깨물었습니다. 지금도 그러합니다.

하기야 이러한 생각은 이른바 '절대적인 종교적 진리'
와 유일한 구원론을 짐작도 못하는 덜된 국외자가 가지는
종교에 대한 센티멘털리즘일는지도 모릅니다. 종교인들의
참으로 돈독함을 짐작 못하는 한가한 어리석음일 수 있기
때문입니다.

그런데 수녀, 정녀, 비구니, 이렇게 외워가다가 더 이어
지지 않고 끊어지는 대목에서 왜 이리 개신교의 자리가
휑한 소외감으로 느껴지는지 모르겠습니다. 분명히 더 이
어져야 할 텐데 텅 빈 또 하나의 자리, 그 자리를 차지해야

할 어떤 주체가 우리네 삶의 자리에서, 여느 사람들로부터, 문화와 역사로부터, 그리고 마침내 하늘로부터 소외되었다는 느낌을 지울 수가 없습니다. 이 소외감을 인지하는 것 자체가 잘못된 것입니까? 아니, 소외라는 표현 자체가 무엄한 것입니까? 아니면 그 텅 빈 자리의 주인이 뛰어나게 잘난 겁니까? 아니면 그 축에도 끼지 못하는 겁니까?

개신교는 이 물음에 대답을 해주셔야 합니다. 물론 하시지 않아도 좋습니다. 또 어떤 대답도 상관없습니다. 지금은 다만 어떤 소외를 묘사하고 싶을 뿐입니다. 그리고 개신교의 반응이 어떻든 그 반응을 통해 개신교를 판단하는 것은 국외자의 자유입니다. 그렇다고 하는 것을 개신교가 알아주셨으면 좋겠습니다.

기억과 화해

지난 2000년 3월 7일에 가톨릭은 교황청 국제신학위원회(Commissio Theologia Internationalis)를 통하여 「기억과 화해: 교회와 과거의 잘못」이라는 문서를 발표하였고, 12일에는 사순절을 기해 '용서의 날'을 정하고 바티칸에서 미사를 드리면서 교황이 '과거의 잘못'에 대한 강론을 하였습니다. 비록 교황이 이 자리에서 직접적으로 언급은 하지 않았지만 가톨릭이 '과거의 잘못'으로 지칭한 '사실'들 중에는 유대인과 이슬람교도에 대한 증오가 무참한 피로 얼룩졌던 십자군전쟁, 광기로밖에 이해되지 않는 중세의 종교재판소와 그것이 행했던 마녀사

냥과 참혹했던 고문들, 의도적으로 유대인들을 배척했을 뿐만 아니라 홀로코스트가 벌어지고 있는 현실을 외면한 사실들, 신대륙에서 자행된 원주민 무차별 학살을 방조한 일, 다른 종교들을 무시했고 여성들을 소외시킨 일 들을 포함하고 있다고 언론들은 보도하고 있습니다.

불행히도 필자는 교황의 강론 내용 전체를 읽어보지도 못했고, 국제신학위원회의 문서도 요약된 내용뿐 전문을 가지고 있지 않습니다. 따라서 이러한 일련의 사태에 대한 정확한 이해를 기하려면 아직 많은 시간과 노력을 기울여야 할 듯합니다. 그러나 '잘못에 대한 용서의 희구'란 언제나 어디서나 우리를 감동시키기에 충분합니다. 그것은 '참하기 어려운 일'을 하는 것이기 때문입니다. 더구나 모든 잘못을 용서하고 위로하겠다는 종교가 스스로 자신의 과오를 인정한다는 것, 그것도 이제는 모두 '지난 일'로 여기는 그러한 사실들에 대한 용서를 빈다는 것은 예사로운 일이 아닙니다. 따라서 우리 삶의 답답한 현실을 바라보면서 가톨릭이 행한 이 일에 대해 깊이 감동하고, 그러한 선포를 할 수 있었던 교황을 새삼 존경하고, 그러한 귀한 정서를 생활화한다고 여겨지는 교회를 신뢰하게 되는 것은 자연스럽고 당연한 일입니다. 더구나 영토전쟁도 이념전쟁도 끝난 마당에서 매일 아침 '종교전쟁'이라고 묘사해야 좋을 그러한 전쟁의 소식을 듣고 살아야 하는 오늘의 현실을 위해 이보다 더 적절한 '선언'은 다시없을 듯합니다. 그러한 상황에서 우리에게 절실하게 필요한 것은 자신의 과오를 인정하면서 남을 수용하고 존중하는 일이어야 할 것이기 때문입니다.

이러한 일을 가톨릭은 과감하게 해냈습니다. 「기억과 화해」라는 문서를 요약한 내용만 살펴보더라도 이를 이루기 위해 가톨릭이 얼마나 진지하게 자신을 성찰해 왔는지 짐작할 수 있습니다. 예를 들면 우리는 그 문헌을 통하여 기존의 전통적인 신학에서 뚜렷하게 드러나지 않았던 몇 가지 '다른' 주장들과 만납니다. 우선 두드러지는 것은 '죄'라는 개념이 다르게 기술되고 있다는 사실입니다. 물론 원죄라는 전통적인 개념이 없는 것은 아니지만 우리는 대체로 죄란 그것을 책임질 수 있는 주체를 전제한 개념으로 이해합니다. 그렇기 때문에 어떤 잘못이 행해졌다 하더라도 그 행위주체가 사라지면 그 행위도 마치 없었던 것으로 여깁니다. 그러나 이 문서는 책임주체가 사라진다 하더라도 그 잘못된 행위는 지워지지 않는다는 사실을 강조하면서, 그렇기 때문에 옛날에 일어났던 일도 지금 살아 있는 사람들에 의해서 새롭게 그 잘못이 확인되는 한 뉘우쳐야 할 일, 그리고 책임져야 할 일로 규정하고 있습니다. ‘조상들이 범한 죄’와 ‘역사적인 죄’라는 용어로 새로운 ‘죄’ 개념을 펴고 있는 것입니다. 마찬가지로 ‘책임’이라는 개념도 전통적인 맥락에서는 포용되지 않던 넓은 영역을 포괄합니다. 스스로 주역이지 않았고 또 그럴 수도 없는 과거와 미래를 자신의 책임영역으로 설정하지 않으면 진정한 ‘책임주체’일 수 없음을 강조하고 있는 것입니다. 이러한 새로운 책임주체가 하는 일을 이 문서는 “기억의 정화(淨化)”라고 말합니다. 이것이 또한 주목해야 할 새로운 주장입니다. 깨끗해져야 할 것은 지금 여기에서 행한 과오만이 아닙니다. 과거로부터 전승된 여러 형태의 원한과 폭력들을 개인과 공동체의 기억 속에서 말끔히 지우는 일을 그 정화의 대상에 포함하지 않으면 안 된다고 주장하는 것입니다. 그리고 이러한 일은 신에게 용서를 빌 때 비로소 현실화되는 것이라고 말합니다. 죄와 책임과 정화 개념의 확장이라고 할 새로운 사유틀은 '공통의 기억'과 '공통의 책임'을 축으로 하여 가톨릭의 이러한 '참회'를 이루는 바탕이 되고 있는 것입니다.

그러나 여전히 중요한 것은 과거의 어떤 것을 '잘못'이라고 판단하는가 하는 그 준거의 문제입니다. 이 문서는 이에 대한 분명한 태도를 보여주고 있습니다. 그런데 이 또한 이제까지 전통적으로 주장되던 논의를 좀더 확대하고 있습니다. 이전에는 이른바 모든 것의 잘잘못은 신적인 권위에 의하여 결정되었습니다. 다시 말하면 '신학적 판단'이 그 일을 수행했던 것입니다. 인간의 판단 또는 '역사적 판단'은 언제나 상대적이고 불완전한 것으로 전제되었습니다. 그러나 이 문서에서는 이에 대한 상당히 다른 주장을 펼치고 있습니다. 역사적 판단은 자의적 해석을 통하여 어떤 것이나 정당화한다는 비판적 언급을 하면서도 역사적 과오를 판단하는 것은 역사적 판단과 신학적 판단이 복합적으로 판단준거를 이루어야 한다고 주장하고 있는 것입니다. 그리하여 무엇이 일어났는지, 정확히 어떤 일이 행해졌고 발언되었는지 확인하고 그 확실한 사실이 복음과 일치하는지를 살펴야 한다고 주장합니다. 특히 '교회의 이름으로' 행해진 일에 대한 그러한 성찰이 이러한 역사적 사실과 신학적 판단을 준거로 이루어져야만 한다고 말합니다.

이러한 사실을 유념하면 이번 가톨릭의 참회가 가지는 의미의 중요성이 새삼 심각하게 떠오릅니다. 이 일은 단순하게 교회의 과거에 대한 항거 불가능한 잘못의 지적에 대해 아예 스스로 이를 인정하고 그 비난으로부터 벗어나는 것이 교회의 새로운 출구라고 하는 판단에서 이루어진 것만은 아니라고 여겨지기 때문입니다. 2천년의 전통을 이어오고 있다고 자부하는 거의 신비로운 '영구적인 조직'이 자신이 지닌 전통성과 정통성에 대한 거의 부정적이라고 판단해도 좋을 만큼의 '다름'을 빚어내면서 그 바탕에서 이러한 참회의 행위를 수행하고 있는 것입니다.

그렇다면 이러한 가톨릭의 행위는 우리가 관행적으로 이해하고 있는 '종교의 권위주의적 생리'에 대한 근원적인

‘반역’이라고 할 수도 있고, 그럴 수 있을 만큼의 새로운 ‘종교적 사유나 권위의 출현’이라고 말할 수도 있을 것입니다. 그리고 우리는 이러한 사실을 통해 현대가 직면한 인류문화의 궁경(窮境)에서 어쩌면 가능한 출구를 확인했다는 새로운 희망을 호흡하기도 합니다. 종교가 종교라는 이름으로 스스로 반종교적일 때 우리는 어떤 출구도 이 질식할 것 같은 상황에서 발견할 수 없다는 좌절을 경험하곤 하기 때문입니다. 그리고 실제로 우리는 종교문화에서 그러한 절망을 경험했던 것입니다.

그러나 이러한 사실에도 불구하고 우리는 몇 가지 불안한 생각을 떨쳐버릴 수 없습니다. 이번에 예거되었다고 보도된 ‘역사적 사실’들은 이미 누구나 오래 전부터 가톨릭이 사건 당해자 사이에서 상대적으로 상당히 주체적으로 범한 과오라는 판단을 하고 있던 사실들입니다. 멀게는 천년 전 일에서부터 가깝게는 반세기 이전에 이르기까지 그러합니다. 아무리 역사적 판단이 자의적이라 할지라도 우리는 ‘역사적 경험’과 ‘역사적 기억’을 그렇게 쉽게 조작

할 수도 없거니와 그렇게 쉽게 간과할 수도 없습니다. 그러한 경험과 기억이 반드시 도덕적이거나 합리적이지 않다 하더라도 그것을 관통하는 어떤 정서의 정확성을 아예 간과할 수는 없는 것입니다. 그렇다면 우리가 묻고 싶은 것은 가톨릭이 참으로 '이제야' 그 과오를 '알았는가' 하는 것입니다.

가톨릭이 이를 알지 못했을 까닭이 없습니다. 사실 지금 이러한 참회의 행사가 행해지는 것 자체가 이미 오래 전에 알고 있던 것을 드러내는 일일 것입니다. 알고 있는 것과 그것을 드러내는 일은 반드시 동시적인 것은 아니기 때문입니다. 이 문서에서 언급하고 있듯이 교황이 과오를 인정하고 사죄를 구한 일이 처음은 아닙니다. 이미 1522년 교황 아드리안 6세가 형식은 달라도 자신의 공한 안에 교회의 잘못을 인정한 사실을 담은 일도 있고, 2차 바티칸 공의회 때 교황 바오로 6세가 갈라진 형제들에 대한 사죄를 언급하기도 했습니다. 지금 교황은 진화론과 지동설에 대한 판단의 잘못을 승인한 바도 있고, 지난 97년 파리 방문 때는 1572년에 일어난 성 바톨로뮤 신교도 학살사건이 가톨릭에 의해서 주도된 사실임을 인정하기도 했습니다. 그때 교황은 "과거의 잘못을 시인하는 것은 믿음을 강화해 주는 정직하고 용기 있는 행동"이라고 말했습니다.

그러나 그 사건이 일어나고 그것을 과오로 인정하기까지 수백 년에서 수십 년 동안 지속한 '교회의 침묵'을 우리는 쉽게 수용하지 못합니다. 그 침묵의 의미를 읽을 수 없는 것입니다. 만약 교황의 언급을 따른다면 그 긴 세월은 교회가 '정직하지 못하고 용기 없던' 세월을 보내고 있었던 것과 다르지 않습니다. 그러나 우리조차 그렇게 단순하게 가톨릭을 판단할 수 없는 귀함을 가톨릭의 그간의 역사적 현존에서 발견하는데 교회가 이를 수긍할 까닭이 없습니다. 그럼에도 불구하고 '과오를 인정하고 그것을 참회하기에는' 수백 년의 세월은 너무 깁니다. 더구나 그 기간은 무고한 영혼들이 교회를 향해 억울함과 분함과 애처로운 호소를 절규하고 있던 세월과 일치합니다. 그렇다면 우리가 물을 수 있는 마지막 질문은 다른 것이 아닙니다. 무엇이 참회를 지연시켰는가 하는 것입니다.

174

신학적 논의의 한복판에 뛰어들 아무런 자질도 능력도 필자에게는 없습니다. 그러나 교회 밖에서 이 일을 보는 자리에서 눈에 뜨이는 것은 이번 일이 결코 과오의 대상인 ‘사람들’에게 행해진 ‘사과’가 아니라 근원적으로 신에게 바치는 ‘참회’였다는 사실입니다. 물론 가해자도 피해자도 이제는 모두 사라졌습니다. 그러나 앞서 말했듯이 죄와 책임과 정화의 개념을 확대하면서 지금 우리가 그때의 과오를 참회하고 책임져야 하는 주체라면 지금 여기에 그 참회를 통해 용서를 빌어야 할 대상도 참회주체처럼 구체적으로 있어야 합니다. ‘교회’가 아니라 ‘아무개’가, ‘신에게’가 아니라 ‘아무개’에게 잘못을 빌고 용서를 받아야 합니다.

신에게 용서를 비는 일은 그대로 ‘이웃에게 용서를 비는 일’이라고 말할 수도 있습니다. 그것은 옳은 말입니다. 근원적인 것이 모호한 채 이루어지는 행위는 언제나 스스로 책임주체이지 못하는 한계를 드러냅니다. 그러나 신에 대한 바른 태도라고 일컬어지는 것이 반드시 이웃에 대한 바른 태도와 일치하지 않는다는 그 괴리의 현실성을 간과한다면 그것은 ‘게으른 태도’일 수도 있습니다. 그것은 ‘신학적 체계'를 현실로 환원하여 그 안에서 안주하는 태도이기 때문입니다.

그러나 이러한 불안은 공연한 것이기도 합니다. 교황은「기억과 화해」를 발표하고 곧 1주일 동안 중동 순방여행에 올랐습니다. 그 여정에서 교황은 신에게 잘못을 빌기보다 불편했던 이웃에 대한 화해를 강조하고 그 불행했던 과거를 아파한다는 자신의 겸손과 진실을 아낌없이 드러냈습니다.

하지만 여전히 남아 있는 불안한 그림자가 있습니다. 그 문서는 과거의 잘못에 대한 '승인'이 '신의 백성들'을 지속적으로 갱신하기 위한 것이라고 말하고, '교회의 참회'가 다른 종교 · 문화 · 정치 · 사회적 맥락에서 어떤 반응을 받을 것인지 유념해야 한다고 강조하면서 '영적 득실'을 평가해야 한다고 권고합니다. 또한 이러한 참회가 타인에 대하여 좋지 않은 이미지를 가지고 있는 '신의 자녀들'의 그릇된 태도를 불식하는 계기가 되어야 하지만 동시에 '정당하지 않은 자기징계'의 태도를 가지게 해서는 아니 된다는 사실도 강조하고 있습니다. 더 나아가 이러한 사실을 통해 확보된 '교회가 지닌 화해의 주도권'은 대가를 바라는 것은 아니지만 상대방도 상호적으로 반응해 줄 것을 기대한다고 말하고 있습니다. 또한 회개와 용서의 개념이 문화적 맥락에 따라 다양하다는 것을 유념할 것도 당부하면서 여타 사회도 교회의 이러한 모범을 따라줄 것을 요망하고 있습니다. 이 모든 염려는 적절하고 당연한 것입니다. 교회는 마땅히 소박한 수많은 맑은 영혼이 상처입을 수도 있다는 사실을 자상하게 조심하지 않으면 안 됩니다. 그리고 교회공동체의 존립을 위협받을 수는 없는 일입니다. 그러나 우리는 여기에서 '종교적 고백의 언어'가 아닌 지나치게 세련된 '조직관리의 언어'와 만납니다. 우리가 너무 많은 '순수'를 기대하는 것일까요?

"이 모습으로 새 천년을 들어설 수는 없다"는 교황의 선언은 오늘 우리의 절규를 대신 발언해 주고 있습니다. 그리고 이번 「기억과 화해」는 우리의 영혼의 갈증을 참 오랜만에 해갈해 주고 있습니다. '기억의 정화', 그것은 우리 오늘의 여기 현실에서도 절실한 과제입니다. 그러나 참회가 정당화하는 마지막 위선에서 언제나 종교는 자신의 운명을 마감했다는 사실을 종교사는 보여주고 있습니다. 그 사실 때문에 우리는 여전히 '종교적인 존재'로 살아가야 하는 역설 속에 있는 것입니다. 어쩌면 가톨릭만이 수행할 수 있었던 '장엄한 신비'와 직면하면서 갑자기 지금의 가톨릭이 과거가 될 때 어떤 모습으로 읽혀질 것인지 교회의 지금, 특별히 한국의 가톨릭의 지금이 궁금해집니다.

도전과 경악:
환상 속에서의 안주

얼마 전에 남태평양 여러 섬의 원주민 문화에 관한 인류학자의 논문 한 편을 읽었습니다. 여러 주제들을 치밀하게 다듬은 이 논문은 별로 잘 몰랐던 낯선 문화의 귀함을 새삼 드러내주는 그러한 것이었습니다. 저는 이러한 글들을 읽을 때면 갑자기 세상이 넓어지면서 저 자신이 이제까지 얼마나 좁은 세상을 살고 있었던가 하는 것을 되살피게 되고, 아무리 자기 자리에서 정직하고 성실하게 산다 할지라도 '다름'을 살피지 않고 제 울타리 속에서 스스로 만족하며 살아가는 것은 참 게으르고 부끄러운 일이라는 느낌을 갖곤 합니다.

그런데 그 글 끝에서 논자(論者)는 약 1200개의 언어가 이제는 그 문화권에서 서서히 사라지고 있다는 사실을 서술하고는 그 언어들의 소멸은 인류가 지니고 있던 꿈과 지혜와 창조적인 상상과 귀한 정보들의 상실이라고 안타까워하면서 다음과 같은 말로 그 논문을 끝냈습니다. "우리는 그 언어들을 보존할 의무가 있다. 그것은 인류의 문화가 더 풍요해지지는 못할망정 더 초라해지는 것을 더 이상 방치할 수 없기 때문이다."

그러나 이 글 뒤에 이어 실린 이 논문에 대한 비판은 전혀 다른 정서를 담고 있었습니다. 평자(評者)는 이 논문에 대하여 상당히 호의적인 비평을 하고 있었지만 논자의 마지막 언급에 대해서는 강한 불만을 드러내고 있었습니다. "소멸하는 언어의 보존을 규범적인 것으로 주장하는 것은 이 논문의 논리적 귀결이 아니다. 그것은 사실에 대한 인식을 왜곡할 수 있는 감상(感傷)이다. 소멸은 억제할 수 없는 문화의 본연이다. 그러므로 소멸하는 현상을 서술할 수는 있어도 소멸의 억제는 궁극적으로 불가능하다. 그것이 문화의 생리이다."

　제 정서로 말한다면 저는 평자의 입장보다 논자의 입장에 더 기울어져 있습니다. 학문이 삶을 위해 봉사하는 것이라면 사실의 서술에서 끝날 수는 없는 것이라는 것이 제 생각이기 때문입니다. 그러나 그렇다고 해서 평자의 비판을 그저 지나칠 수는 없습니다. 이유야 어떻든 이미 사라짐의 길에 들어선 어떤 일들을 인위적으로 붙들고 늘어지는 것보다 그러한 소멸의 필연성에 대한 원인을 분석하고 그 현상을 이해하면서 그 소멸을 소멸이게 내버려두는 것이 오히려 학문적 기여라는 사실도 나름의 윤리적 감성을 충분히 담고 있기 때문입니다. 다시 말하면 그러한 주장은 유지(維持)나 복원(復元)보다 그 소멸의 자리에서 돋을 또 다른 새로운 현실의 출현에 대한 기대를 함축하고 있는 것으로 받아들일 수 있을 것이기 때문입니다.

　지금까지 말씀드린 것은 그 대상이 인류의 언어입니다. 물론 직접적으로 이때 말하는 언어란 우리가 일상적으로 사용하는 말입니다. 그러나 논자의 글은 그 글 끝에서 언어를 하나의 예로 들었을 뿐이지 그 앞에 있는 서술내용들을 보면 이때 그가 말하는 언어란 삶을 텍스트로 보고 그것을 읽으려는 맥락에서 선택한 대단히 상징적인 것임을 짐작할 수 있습니다. 말뿐만 아니라 그림도 노래도 음식문화도 혈연관계도 안팎의 온갖 까닭 때문에 어느 계기로부터 소멸의 과정에 들어서지 않을 수 없는데 그것이 무척 안타깝다는 주장을 하고 있는 것입니다. 그리고 평자는 그러한 사실을 충분히 이해하면서도 소멸의 불가피성에 대한 연연함이 과연 연구의 귀결이고 마침내 발견한 당연한 의미일 수 있을 것인가 하는 문제를 제기하고 있는 것입니다.

그런데 제가 관심을 가지는 것은 바로 이러한 논의에서 종교도 분명히 이른바 '소멸하는 언어'의 범주에 들어 있다는 사실입니다. 인류의 역사를 살펴보면 종교도 종교사(宗敎史)가 기술되는 현상입니다. 그런데 이러한 언급은 다른 것이 아니라 종교도 생멸(生滅)한다는 사실에 대한 인식을 담고 있는 것입니다. 없던 종교가 생기기도 하고 있던 종교가 없어지기도 한다는 것이 인류의 종교사가 드러내주는 뚜렷한 사실인 것입니다. 그러나 그렇다고 해서 종교 자체의 소멸을 이야기하는 것은 아닙니다. 마치 남태평양에 있는 천여 개의 언어가 사라진다고 해서 그것이 인간의 언어가 모두 실종되는 것을 뜻하는 것이 아니듯이 종교사가 종교의 생멸을 이야기한다고 해서 종교 자체의 증발(蒸發)을 뜻하는 것은 아닙니다. 그러나 특정한 종교의 생성과 소멸은 특정한 언어가 그렇듯이 부정할 수 없는 사실입니다.

특정한 종교가 없어지기도 한다는 이러한 주장이 종교인들에게는 매우 불편하고 불쾌한 것임에 틀림없습니다. 종교인들의 가장 두드러진 특징은 자기가 선택하고 자신을 봉헌하고 있는 종교의 절대성과 영원성을 주장하는 것이기 때문입니다. 그래서 세상 모든 것이 바뀌어도 자신의 종교와 그 종교를 가능하게 한 진리는 불변한다고 믿고, 또 그렇게 고백합니다. "창조 이전부터 종말 이후까지"라는 표현은 모든 종교인들이 발언하는 자기 종교에 대한 확신이 어떠한 것인가 잘 보여줍니다. 그러므로 비록 특정한 종교의 소멸을 역사를 통해 실증적으로 보여준다 해도 종교인들은 그 사실을 수긍하지 않으려 합니다.

설혹 그러한 사실을 승인한다 할지라도 그것이 개연성

을 지니는 것은 아니라고 생각합니다. 종교의 소멸이란 그 종교가 진실한 종교가 아니기 때문에 그렇게 망해 버리거나 사라지는 것이 당연한 특정한 경우라고 여깁니다. 그리고 이 과정에서 자신의 종교는 '진리'이기 때문에 당연히 예외일 수밖에 없다고 여깁니다.

자신이 선택한 종교에 대한 이같은 절대적인 신뢰가 없다면 그것은 신앙이 아닙니다. 이를테면 자기 신앙의 대상이 '언제 없어질지 모르지만' 하는 생각을 전제하면서 그것을 신뢰한다면 그것은 참 어색한 모습입니다. 그러므로 신앙은 자신의 경험을 수용하는 종교적 현실이 영구불변한다는 사실을 이미 충분히 전제하는 데서부터 비롯되는 일입니다.

하지만 종교인 개개인이 가지는 그러한 태도와는 상관없이 문제는 '정말로' 있던 종교가 없어지고 없던 종교가 생긴다고 하는 역사적 진실입니다. 예를 든다면 고대 바빌론의 종교도 사라졌습니다. 수천 년간 당해 문화권에서 이른바 '영광을 누렸던 종교'입니다. 이집트 종교도 다르지 않습니다. 그런데 그 종교가 지속하던 그 역사와 문화권

안에서 살던 사람들은 틀림없이 자신의 종교가 영구불변하리라는 신앙을 가졌을 것입니다. 아니, 그러한 의식조차 없이 자기네들이 당연히 절대적이고 참되고 영원한 '종교' 안에서 태어나고 살고 죽어간다고 생각했을 것입니다. 그러나 긴긴 세월이 한눈에 보이는 역사적 기술에 의하면 그 종교도 사라지고 그 사람들도 사라졌습니다. 그들이 믿던 신도 사라졌습니다. 신도가 없어졌기 때문입니다. 그리고 그 자리에 다른 종교가 들어서서 다른 사람들을 품고 다른 신을 믿으며 이어지고 있습니다. 물론 소멸과 생성이 반드시 갑작스런 사건처럼 일어나지는 않습니다. 그렇다고 말할 만한 경우도 없지 않지만 사라지는 종교와 새로 나타난 종교의 중첩된 흐름이 서로 색깔의 짙기를 달리하면서 함께 흘러오는 것이 대부분의 경우입니다. 그것이 문화의 변화이고 역사입니다. 그런데 지금 세계종교라고 일컫는 불교, 그리스도교, 이슬람교 등이 모두 그렇습니다. 그러나 그 흐름의 이어짐을 감안한다 할지라도 또 한편 이러한 종교들은 분명히 '새로운 출현'이라고 묘사하지 않을 수 없는 그러한 현상입니다. 소멸과 생성의 범주 안에서 서술될 수 있는 현실인 것입니다.

그렇다면 우리는 감히 다음과 같은 발언조차 할 수 있습니다. 지금 우리가 믿고 있는 종교가 인류의 어느 역사적 계기에서 출현한 것이라면 그 종교는 또 다른 어떤 역사적 계기에서 소멸할 수도 있다는 사실을 예감하지 않을 수 없는 것입니다. 더 적극적으로 말하면 그 소멸 가능성을 지적(知的)으로 승인하지 않는다는 것은 우리가 지적 부정직의 과오를 범하는 것일 수도 있습니다. 다시 말하지만 종교사는 종교의 생성과 소멸의 역사를 실증하고 있기 때문입니다.

기독교의 자리에서 보면 이것은 말도 안 되는 소리입니다. 기독교는 어느 역사적 계기에서 생긴 종교가 아닙니다. 뿐만 아니라 기독교가 언젠가는 사라질지도 모른다는 주장은 신에 대한 반역이고 인간이 범할 수 있는 오만의 극치이기도 합니다. 다행히 신학은 이미 이러한 반(反)종교적 지성의 오만을 예상한 바 있고 또 경험한 바 있기 때문에 충분한 변증의 논리를 마련해 놓고 있기도 합니다. 세속사(世俗史)와 구속사(救贖史)의 구분은 그 하나의 예라고 생각됩니다.

그런데 저는 '오늘 여기'를 사는 기독교인들이 '종교도 생멸한다'는 문제와 직면하면서 그것을 무시하고 간과해 버리거나 신학적으로 잘 다듬어진 답변에 안주하기보다 '그러므로 기독교도 망할 수 있고 소멸할 수 있다'는 사실을 소박하게 승인하는 자리에서 자신의 신앙을 다듬었으면 좋겠다는 생각을 하고 있습니다.

앞서 말씀드린 남태평양 언어의 문제와 관련하여 제기되는 두 다른 입장에서 저는 그 논자나 평자가 중요한 사실 하나를 간과하고 있다고 생각합니다. 그것은 다른 것이 아니라 그 언어 사용주체의 문제입니다. 좀더 구체적으로 말한다면 그 언어를 소멸하도록 버려두거나 그것을 계속 살아 있도록 유지하는 책임은 일차적으로 그 언어 사용주체들에게 주어진 과제임을 언급하지 않고 있는 것입니다. 상황적 조건이 어떻든 종국적으로 그 언어의 생멸을 담당하는 것은 바로 그 언어의 사용주체들이기 때문입니다.

그런데 이같은 사실은 종교의 경우에도 다르지 않습니다. 종교가 소멸하느냐 하지 않느냐 하는 것을 근원적인 또는 상황적인 차원에서 단언하는 것은 별 의미가 없습니다. 모든 종교가 생멸의 과정 속에 있는데 종교인들이 이른바 '고백의 언어'로 자기의 종교만은 그렇지 않다고 주장한다 해도 그러한 말을 듣는 종교 밖의 사람들은 종교인들이 자기 스스로 자신의 지적 정직성을 훼손하고 있구나 하는 판단만을 할 뿐 그러한 발언이 어떤 현실성을 지닌다고 생각하지는 않습니다.

그렇다면 오히려 우리가 이 계기에서 주목할 것은 기독교는 생성이나 소멸과는 상관없는 예외적인 종교라는 주장에 동조하기보다 기독교인들이 자신의 종교가 '참으로 진실한 것이라는 사실, 참으로 영원한 것이라는 사실'을 드러내기 위하여 어떤 노력을 얼마나 현실적으로 기울이고 있는가 하는 것일지도 모릅니다. 그런데 이를 살피기 위해서는 참으로 역설적이지만 종교도 생성하고 소멸하며 기독교도 예외가 아니라는 사실을 기독교인들 스스로 과연 인정하고 있는가 하는 것을 판단준거로 삼지 않으면 안 됩니다. 바꾸어 말하면 '내가 잘못하면 우리 기독교가 소멸할지도 모른다'는 책임의식을 기독교인들이 누구나 가지고 있는가 하는 것을 살핌의 대상으로 삼지 않으면 안 되는 것입니다.

얼마 전에 문화방송에서 금란교회 김홍도 목사님의 여러 부정한 일에 대한 보도를 하여 교계와 사회가 소란스러웠을 때 『국민일보』는 4월 8일자 신문에서 이를 "한국 교회는 기독교에 대한 도전으로 보고 경악을 금치 못하고 있다"고 보도하였습니다. 그 일 자체에 대하여 방송국과 금란교회의 김홍도 목사님 어느 쪽이 옳고 그른지 판단을 할 수 있을 만큼 충분한 자료를 저는 가지고 있지 못합니다. 그러나 만약 한국의 교회가 이 일을 자신에 대한 '도전'으로 보고, 그러한 도전이 우리 사회에서 있을 수 있다는 사실에 대하여 '경악'을 금할 수 없다고 하는 것이 사실이라면 그것은 기독교를 위해 참 불안한 일입니다. 왜냐하면 이러한 태도는 두려울 만큼 비현실적인 안이한 태도이기 때문입니다. 그것은 결국 기독교가 자신이 현존하고 있는 문화나 사회의 어떤 보호막 속에서 안주하고 있다는 것을 드러내는 것인데 그렇다고 하는 사실은 그 막이 걷히면 그것은 동시에 기독교의 현존이 종말에 이르는 것과 다르지 않을 것임을 보여주는 것이기도 하기 때문입니다. 이것은 기독교를 위해 참으로 가슴 아픈 일입니다.

기독교는 언제나 어디서나 어떠한 이유로든 누구에 의해서나 무수하고 다양한 도전에 직면해 왔습니다. 지금도 그러합니다. 그것이 기독교의 현실입니다. 다시 말하면 끊임없이 소멸 가능성 앞에 노출되어 있는 것이 기독교의 현실입니다. 그것이 또한 뭇 종교의 현실이기도 합니다. 그런데 그렇다고 하는 사실을 스스로 인식하고 있는 종교는 자신의 영원한 존속을 위한 무한한 노력 속에서 마침내 소멸의 위기를 극복하고 있지만 그러한 소멸 가능성을 간과하거나, 그러한 것을 아예 문제로 여기지 않거나, 아니면 이른바 신비한 힘에 의존하여 편리한 환상 속에서 영원한 존속을 맹목적으로 신앙하던 종교는 바로 그러한 신앙 때문에 자신의 소멸을 스스로 초래하면서 역사 속에서 사라지고 말았습니다.

종교사는 그래서 종교의 생멸을 기술하고 있는 것이고, 또한 종교사는 그렇다고 하는 사실을 증언하는 기록이기도 합니다. 그렇다면 자신에 대한 도전 때문에 경악한다는 묘사가 가능한 기독교는 바로 그 경악을 통하여 오히려 자신의 소멸을 촉구하고 있는 것인지도 모릅니다. 자기 소멸 가능성에 대한 아무런 준비도 되어 있지 않음을 드러내고 있기 때문입니다.

신앙은 짐작컨대 자신의 종교가 영원하다는 것을 고백하고 그 고백에 근거한 긍정적이고 창조적인 삶을 살아가는 것이라고 믿어집니다. 소멸을 예상하는 것은 이러한 맥락에서 볼 때 참람한 신성모독일 수도 있습니다. 그렇지만 자신의 소멸 가능성에 대한 지적 승인을 차단하는 신앙은 아무리 그것이 순수하고 진실한 것이라 할지라도 돈독한 신앙이기보다 아직 어린 신앙이라고 해야 옳을지 모릅니다. 인류의 역사가 분명히 종교사를 기술하고 있다는 사실을 소박하게 승인한다면 오히려 자신의 종교가 소멸할 수도 있으리라는 사실 앞에서 스스로 그렇게 되지 않도록 하는 책임주체가 되는 것이 참으로 성숙한 신앙이라고 믿어지기 때문입니다.

도무지 말도 안 되는 외람된 발언을 용서해 주시기 바랍니다. 그러나 이러한 생각을 다음과 같이 표현하면 좀 전달이 수월할는지도 모르겠습니다. '왜 하느님께서는 종교사를 서술할 수 있게 하셨을까? 종교의 생성과 소멸을 보여주는 종교사를 통하여 하느님께서 우리에게 보여주시려는 당신의 뜻은 과연 무엇일까?'

색깔 이야기

여러 해 전, 저는 중학교 2학년 학생들과 놀이를 했습니다. 개념어에 색칠하기를 한 것입니다. 이를테면 사랑의 색, 미움의 색, 정의의 색, 우정의 색 등을 칠로 나타내 보자고 했습니다. 한참 만에 친구들은 제각기 쓴 '칠한 색깔'을 제게 주었습니다. 어떤 친구는 이렇게 썼습니다. "사랑의 색: 양지바른 봄볕 아래에서 삐악거리는 병아리의 색." 그리고 어떤 친구는 이렇게 썼습니다. "삶의 색: 생선대가리 먹다 걸린 쥐틀에서 허덕이는 생쥐의 색, 그 두 눈의 색."

'나는 어떤 색깔을 좋아하고 있을까?' 뉘엿뉘엇 해가

지고 땅거미가 스미면 저는 갑자기 '집'에 가고 싶습니다. 낙조를 바라보던 제 뒤에서 길게 드리운 그림자의 검은 무게가 서서히 지워지고 먼 동네에 밥짓는 연기가 피어오르면 저는 가슴이 두근거렸습니다. 그 연기의 색, 저는 그 색깔에 실려 제 마지막 호흡을 숨막히지 않게 숨쉬고 싶습니다. 그런데 저는 그 연기를 이제 찾을 수 없습니다. 제 삶에서 더 찾아지지 않을 그 색깔을 저는 다만 향수 속에서 아직 고이 지니고 있을 뿐인데, 그 색깔의 사라짐은 제 삶의 우울한 종말을 채색하고 있습니다.

'우리네 아득한 한아버님들은 어떤 색깔을 그리며 살았을까?' 그 어른들은 하늘을 춤춘 사람들입니다. 무천(舞天)이라고 일러 그 춤짓을 묘사한 것은 우리가 아니라 오히려 중국대륙의 사가(史家)들이었습니다. 땅을 구르며 덩더쿵 하늘을 바라 팔짓 크게 우주를 감싸안으며 비상의 몸짓으로 지금 여기의 삶을 쿵쿵 다지고 다지던 그 어른들은 하늘빛깔을 어떻게 채색했을까요? 그 푸르름의 아득함, 닿을 길 없는 그 높이와 안을 수 없는 그 광활함을 어떤 빛깔로 마음결에 담았을까요? 밝디밝아 태양의 이글거

림조차 퇴색하는 그 하늘빛깔을 아예 아무런 색깔도 칠하지 않으려는 의지로 고이 간직한 마지막 색깔, 그래서 선택한 하얀 천을 우리는 입고 벗고 빨고 다시 다듬었던 것은 아닐까요? 마음도 몸도 옷도 뜻도 꿈도 즐거움도 아픔마저 하얗게 하얗게 지녀 '하늘을 우러러 한점 부끄럼이 없기를' 기도한 것은 아닐까요?

제가 아직 생생하게 기억하는 빛깔이 있습니다. 축제의 깃발처럼 현란한 만장(輓章)들과 그렇게 찬란하게 채색한 상여의 뒤를 따르던 상주의 상복, 그 누런 삼베의 빛깔, 우리네 아버님과 할아버님들은 그 빛깔 속에서 한아버님들의 주검을 곡했습니다. 죽음을 맞아 주검을 보내면서 그럴 수 없는 회한을 아직도 지녀 삶 속에 그 죽음을 지니고 싶은 애절한 꿈은 검은색도 흰색도 모두 탐탁지 않았는지도 모릅니다. 그렇지 않으면 검을 수도 흰 것일 수도 없는 그 삼베빛깔을 왜 선택했을까요? 부모를 보내는 불효가 곱고 부드러운 비단옷을 입을 수 없어 거친 삼베옷을 입어야 했다는 설명은 아무래도 너무 합리적입니다. 어쩌면 삼베의 누른 빛깔, 그래서 삼베의 색은 죽음과 삶이 단절되지 않은 이어짐임을 드러내는 기막힌 기호였는지도 모릅니다. 게다가 그 색은 아예 꺼칠꺼칠한 느낌조차 싣고 있습니다. 꺼칠꺼칠한 색, 우리는 부드러움도 딱딱함도 거절하는 색깔로 우리 조상의 주검을 그렇게 지녔습니다.

조금 먼 여행을 해보십시다. 타이의 새벽빛깔은 황갈색입니다. 태양이 돋기 전에 삶의 마당은 온통 황갈색으로 수놓아집니다. 주택가는 물론, 저잣거리나 회색의 빌딩숲 사이마저 새벽이면 사람들의 공물을 받기에 바쁜 황갈색 가사의 승려들로 가득 차기 때문입니다. 비닐봉지에 담은 국국물과 밥이 모두인 공물이 있는가 하면 향초, 치약, 꽃, 옷감, 과일 들이 담긴 큰 바구니 가득한 공물에 이르기까지 그 종류는 다양합니다. 하지만 거의 누구든 그 공물바침의 정성스러움에는 예외가 없습니다. 탄분, 그들은 그 공물바침을 그렇게 말합니다. 공덕(분)을 쌓는다(탄)는 말입니다. 그렇게 해서 공덕을 쌓는 일은 다름 아닌 업으로부터의 자유로움을 뜻합니다. 그래서 탄분을 가능하게 하는 황갈색으로 물들여지며 새벽이 열리는 이 땅이 '자유의 땅' 곧 '타일랜드'로 명명되는 것은 지극히 당연합니다.

고대 중국의 방위(方位)는 색깔을 가지고 있습니다. 그래서 우리도 그렇게 방위를 경험합니다. 동녘은 청(靑)이고 서녘은 백(白)입니다. 남녘은 적(赤)이고 북녘은 흑(黑)입니다. 그런데 체로키족도 방위에 색을 칠했습니다. 동은 적(赤)이고, 서는 흑(黑)이며, 남은 백(白)이고 북은 청(靑)입니다. 그렇다면 동은 청이고 적이며, 서는 백이고 흑이며, 남은 적이고 백이며, 북은 흑이고 청입니다. 탄트리즘은 움직이지 않는 흰색을 말합니다. 거기에서부터 빨강, 노랑, 파랑, 초록이 비롯됐다고 말합니다.

서양 중세의 연금술에서도 색은 옆으로 밀려나와 있지 않습니다. 그것은 그대로 연금술의 성취를 드러냅니다. 검정은 재생을 위한 죽음의 색입니다. 흰색은 바야흐로 재생의 비롯됨입니다. 빨강은 승화이고, 금빛은 영적인 완성입니다. 일본의 관직의 차이는 색으로 구분합니다. 그것은 그들의 우주관을 드러냅니다. 그것은 삶을 제자리에 놓는 질서를 뜻합니다. 높은 자리에서 낮은 자리로 옮겨오면서 그 색깔은 자(紫), 청(靑), 적(赤), 황(黃), 백(白), 흑(黑)으로 나타납니다. 그런데 가톨릭은 추기경이 적(赤)이고, 교황은 백(白)입니다. 이것을 범하는 것은 금기의 파괴입니다. 티베트에서는 청색이 악의 색깔입니다. 힌두의 시바신도 색깔은 파랑입니다. 파괴를 뜻할 때 그는 파란 목구멍이라고 불립니다.

불행히도 우리는 이 여행을 계속할 수 없습니다. 그것은 너무 많은 서술을 강요합니다. 우리는 서둘러 이 이야기를 줄여도 좋습니다. 어차피 모든 것을 다 겪고 내리는 결론을 따라 우리가 사는 것은 아닙니다. 우리는 어쩔 수 없이 '인식의 지평'을 사는 것이 아니라 '고백의 지평'을 살기 때문입니다. 그렇다면 색에 대한 논의도 다를 수 없습니다.

우리는 동일한 색이 동일한 색감을 일으킨다는 사실을 보편적으로 승인하는 데 익숙합니다. 그것은 사실일지도 모릅니다. 우리가 지니고 있는 생리적인 조건과 빛깔을 낳는 물리적인 상황이 그 필연성을 설명할 수 있다고 믿는 한 그렇습니다. 그래서 그런 것일까요? 폴 클리(Paul Klee)는 원색은 일정한 소리, 기하학적 형태, 주관적 경험과 연계되어 있다고 말합니다. 파랑은 원 그리고 안정, 노

랑은 세모 그리고 속도감, 빨강은 네모 그리고 힘을 드러
낸다고 말하고 있습니다. 칸딘스키(Wassily Kandinsky)도
예외가 아닙니다. 노란 원은 팽창운동을 그래서 다가옴을,
푸른 원은 조여듦을 그래서 달아남을 뜻한다고 말합니다.

그러나 인류의 문화는 그렇다고 하는 사실을 쉽게 용
인하지 않습니다. 오히려 우리가 살펴 말할 수 있는 것은
색은 색 자체로 현존하지 않는다는 사실입니다. 색은 그것
자체로 자족적(自足的)으로 현존하지 않습니다. 그러므로
그것은 단일한 어떤 사실을 지적하는 기호(sign)일 수 없
습니다. 말하자면 그것은 하나의 수례입니다. 경험을 실어
펴는 매개입니다. 어쩌면 그것은 언어가, 몸짓이, 소리가,
문자가 다하지 못하는 어떤 한계에서 선택된 또 다른 가
능성의 출구입니다. 그래서 그것은 상징(symbol)입니다.

색이 상징이 아니라면 우리는 동일한 색의 다양한 의
미를 설명할 수 없습니다. 만약 어떤 색깔의 단일한 의미
를 고집한다면 그 색을 통한 다른 경험을 규범적으로 잘
못이라고 말해야 할 텐데, 그 억지를 우리가 모르지 않습
니다. 상징은 무한한 해석의 가능성을 향해 열려 있습니

다. 그것이 상징입니다. 그 상징이 다만 동질적인 문화 안에서 공유될 수 있는 체계를 가질 뿐입니다. 그런데 그 문화란 역사적인 것입니다. 우리는 색-경험의 역사성을 간과할 수 없습니다. 색감(色感)의 역사적 변천은 이미 우리가 익숙하게 경험하고 있는 것이기도 합니다.

그렇다고 해서 우리가 단일한 색이 빚는 동일한 색감을 완전하게 부정하지는 못합니다. 이른바 색의 심리적 효과에 대한 보편적인 주장을 우리는 무시할 수 없습니다. 그러나 그때조차 우리가 주목해야 할 중요한 사실은 그것이 단일한 색 자체의 기호적인 효과가 아니라 색과 색의 대조, 대립의 관계에서 드러나는 분류원리의 상징적 표상이라는 사실입니다.

그렇다면 종교와 색에 관해서 우리가 할 수 있는 발언은 어떤 것일까요? 종교는 닫혀진 삶이 마련한 하나의 틈, 또는 출구입니다. 그것을 통하여 내 존재양태의 전이가 이루어지고, 가능성의 지평이 확보되며 마침내 신비와 신성과 초월 등의 전통적인 개념으로 표현해 온 가치를 지금 여기에서 사는 것입니다. 색은 그 고백을 표출하는 하나의 도구로 선택된 것입니다. 그 출구의 모색이 어떤 특정한 색을 선택해서 이루어지는 것은 아닙니다. 그 출구를 고백하고자 선택한 하나의 수단이 색입니다. 그러므로 모든 색은 종교적이고 아울러 모든 색은 종교적이지 않습니다. 종교적으로 선택될 때 색은 종교적이게 되기 때문입니다.

그러나 무엇보다도 중요한 것은 종교적인 고백이 그 고백의 완성을 위하여 색을 선택하지 않으면 안 된다고 하는 현실적인 경험입니다. 색이 삶의 현실인데 종교도 그것이 삶의 현실인 한 색의 세계를 간과할 수 없기 때문입니다. 색감, 혹은 예술적 감성과 상상력을 결여한 종교의 현실이 얼마나 비참하게 형해화한 종교인가 하는 것, 그래서 얼마나 메마른 삶인가 하는 것을 다행히 우리는 충분하게 경험하고 있습니다.

우리 종교의 극성스러움

대학에는 많은 '학자'들이 있습니다. 제각기 자기 분야에 대한 일가견을 가지고 있어 서로 모이면 동일한 현상을 주제로 하면서도 열띤 논쟁을 벌이기가 일쑤입니다. 전문지식과 상식의 충돌이 일기도 하고 무지에 대한 규탄도 심심하지 않습니다. 때로는 전문지식이란 비현실적이고 현학적이라는 비난을 하기도 하는데 그런 경우에는 그 비난이 결국 자기에게 돌아오고 말아 쓴웃음을 웃곤 합니다.

며칠 전에도 그런 담소들을 한 일이 있는데 이번에는 주제가 종교였습니다. 그런데 종교가 주제가 될 때면 갑자기 분위기가 여느 화제를 가지고 이야기할 때와 전혀 달라집니다. 어쩌면 상당히 심각해진다고 표현할 수도 있겠는데 또 다르게 말한다면 그 심각성이란 경직성이라고 해야 옳을는지도 모릅니다. 토론이 아니라 주장의 선포가 주류를 이루기 때문입니다.

이야기는 어느 분이 "우리나라 종교들은 왜 그리 극성스러운지 몰라!"라고 하시는 말씀으로부터 비롯되었습니다. 그분은 '찰거머리같이 붙어 설득을 하려 드는 전도나 포교' '가정이나 직장에 불가피하게 훼손을 가할 수밖에 없게 하는 교회나 성당이나 절에 대한 봉사와 충성의 강조' '지성적인 대화가 이루어지지 않는 종교인과의 만남' 등을 예로 드시면서 "극성스럽다"는 표현을 쓰셨습니다. 그 과정에서 그분은 더 심한 표현도 하셨습니다. 이를테면 교회는 일요일에 가족들을 뿔뿔이 흩어버리는 가정파괴범이라고 묘사하기도 하셨고, 도대체 종교인들은 남들이 죄를 짓지 않고 잘될까 봐 겁을 먹고 있는 이상한 사람이라고 하는 표현도 쓰셨습니다. 놀라운 것은 그때 그곳에 계시던 거의 모든 분들이 그분의 말씀에 동의를 했다고 하는 사실입니다. 이런저런 화제를 가지고 그 논의에 끼여드시면서 한국종교의 현실에 대한 진지한 '염려'들을 하신 것입니다. 그러한 염려 속에는, 비록 그분들이 종교인이라고 자처하지는 않으시지만, 종교가 지니고 있는 본래적인 가치나 의미에 대한 간절한 기대를 가지고 계시다는 것을 충분히 알 수 있을 만큼 종교에 대한 호의가 가득 담겨 있었습니다.

그러나 이때까지만 해도 분위기는 괜찮았습니다. 모두 허심탄회하게 이야기를 할 수 있었기 때문입니다. 그런데 한 분이 나서서 발언을 하시면서 사태는 돌변하고 말았습니다. 그분의 말씀은 진지하고 권위 있는 발언으로 시작되었습니다. "진리라고 하는 것은…" 하면서 이야기가 비롯되었기 때문입니다. 그리고 그분은 대체로 절대성, 선과 악의 다름, 비타협성이 지니는 용기, 궁극적인 것을 위한 지엽적인 것의 희생, 진리를 알지 못하는 사람들에 대한 연민과 사랑, 밖에서는 감히 짐작할 수도 없는 희열의 경험, 설명할 수 없는 축복에 대한 감사 들을 그러한 용어와 개념으로 말씀하셨습니다. 그 말씀은 분명히 그 자리를 엄숙하게 할 수 있는 무게를 가지고 있었습니다. 그리고 그분의 진지함도 그대로 전달이 되었습니다. 그러나 중요한 것은 그분의 말씀이 별로 설득력이 없었다고 하는 사실입니다. 아무런 반향이 없었습니다. 그리고 그것은 분명히 호의적인 반응이랄 수 없는 것이었습니다.

제가 일일이 여쭈어본 것은 아닙니다만 그러한 무반응의 까닭은 어쩌면 다음의 몇 가지 때문이 아닐까 하는 생각이 들었습니다. 우선 그분의 말씀을 들으면서 '그런 것을 누구는 모르나? 문제는 실제 삶 속에서 그것을 어떻게 살아가느냐 하는 것이 문제이지!' 하고 속으로 생각하실 수 있습니다. 종교가 실제의 삶 속에서 펼쳐지기보다 관념적인 개념의 유희가 되는 것에 대한 저항일 수 있습니다. 또 다른 것으로는 '도대체 처음부터 그렇게 단정적인 전제를 해가지고 무슨 소통이 되겠느냐. 진리를 이야기하는 것이 아니라 진리에 대하여 이야기해야 하고, 선과 악의 택일을 강조할 것이 아니라 그것에 대한 판단을 먼저 고뇌해야 하는 것 아니냐. 도대체 물음을 차단한 채 어떻게 해답의 수용만을 강요하느냐?' 하는 반응을 속으로 하실 수도 있으리라는 짐작입니다. 반지성적인 독선에 대한 심한 불만일 수 있습니다. 그러나 어쩌면 거기 계신 분들을 가장 불편하게 한 것은 오히려 마지막 경우일는지도 모릅니다. 즉 '어떻게 해서 당신은 세상의 문제를 당신만이 고뇌하고 있고, 당신만이 그 해답을 지니고 있으며, 어째서 당신같이 살아야 비로소 삶다운 것이라고 주장하느냐? 당신의 태도가 가지고 있는 진실성을 의심하지는 않지만 그것을 당신만이 전유하고 있다고 스스로 생각하고 있다면 그러한 태도는 당신의 진지함을 오히려 오만한 권위주의적 독선으로 만들어버릴 것이다. 당신 스스로 생각해 보아야 할 일이 있다. 왜 사람들은 당신의 그 진지한 진술 앞에서 언제나 자존심을 상해야 하고 대접을 받지 못했다고 하는 이상한 분노의 감정을 지녀야 하는가?'

그분의 말씀은 모든 논의를 중단시켰습니다. 거창한 결론이 그분에 의해서 '선포'되었기 때문입니다. 그러나 처음에 종교를 화제로 꺼내신 분이 다들 점심을 먹으러 가자고 먼저 일어나시면서 하신 말씀 때문에 모두들 크게 웃으며 일어났고, 다행히 저는 그 마지막 발언자의 웃음도 훔쳐보았습니다. 먼저 일어나신 분의 말씀은 이러한 것이었습니다. "저것 봐! 내가 한 말 하나도 틀리지 않지? 저 친구 예수를 믿거든!"

제 학교에서 있었던 작은 토막 이야기입니다. 그러나 저는 이러한 일이 어디서나 벌어지고 있다고 생각합니다.

세상이 점점 험악해지고 사람들의 마음이 종교를 받아들일 수 없도록 굳어지고 있다고 개탄하는 소리들을 듣습니다. 종교의 상실은 비참한 종말을 뜻한다는 문명사가의 비평도 듣습니다. 종교가 더 커지고 요란해진다고 하는 사람도 없지 않습니다. 그런데도 그러한 현상 속에는 진정한 종교가 담겨 있지 않다고 하는 염려의 소리도 들립니다. 새로운 영성의 시대가 도래한다고 하는 희망에 찬 기대도 없지 않습니다. 그러나 그것은 지금 여기의 종교현실에 대한 심한 좌절을 전제한 일입니다. 아무래도 세상은 종교를 위해 그리 좋은 환경을 만들고 있지는 않는 것 같습니다.

문제는 그 까닭을 찾아 염려스러운 사태를 바꾸어놓아야 할 텐데 그 주체는 어쩔 수 없이 종교 자신이지 않을 수 없습니다. 자기 생명을 자기가 책임지는 것이 성숙의 지표인 줄은 우리 모두 익숙히 잘 아는 일이지 않습니까? 그래서 그런지 요즘 종교들의 자기갱신의 노력이 대단합니다. 공동체의 조직을 통해서나 개인적인 삶의 태도를 통해서나 이전 같아 가지고는 살아남을 수 없겠다고 하는 자각이 일고 있습니다. 참 반가운 일입니다.

그러나 다시 염려되는 것은 다른 것이 아닙니다. 그 갱신과 자기변혁의 실천이 다만 옷만 바꾸어 입었을 뿐 여전히 그 '극성스러움'의 속성을 벗어나지 않은 채 '극성스럽게' 이루어지고 있지는 않은가 하는 사실입니다. 어느 틈에 우리 종교계는 자성의 소리를 내야 한다는 유행을 따른 지 꽤 오래되었기 때문입니다. 요전에는 어떤 자료를 정리하다가 제가 지금 말씀드리고 있는 이러한 내용이 이미 30년 전에 충분히 종교 안팎에서 논의된 일이 있던 것을 보고 깜짝 놀랐습니다. 그러나 놀랄 필요가 없는지도 모릅니다. 그러한 자기성찰은 끊임없이 이루어지는 것이지 한번 하고 끝날 사업이 아니기 때문입니다. 그러나 유념해야 할 것은 그러한 논의가 습관성을 가지게 된다든지 자기정당화의 도구로 쓰여지는 일입니다.

아무튼 그 내용이야 어떻든 저는 종교가 제발 '극성스럽게' 늘 자기를 되돌아보는 참회를 할 수 있었으면 좋겠습니다. 그리고 그것이 전혀 보이지 않으면서도 어느 틈에 내 삶의 주변에서 느껴지는 일이 되었으면 좋겠습니다.

분별지와 신비의 상실

사람은 자라면서 이것저것을 분간할 줄 알게 됩니다. 나무와 짐승이 다르다는 것도 알게 되고 돌이 새가 아니라는 것도 알게 됩니다. 물이 불과 섞일 수 없다는 것도 아는가 하면, 그리움도 알게 되고 미움도 알게 됩니다. 어둠과 빛을 구분하고 마침내 삶과 죽음도 다르다는 것을 알게 됩니다. 사람이 자란다는 것, 철이 든다는 것, 그것은 무엇을 알게 된다는 것을 뜻합니다. 특별히 알되 서로 다름을 아는 것, 그래서 이것은 이러하고 저것은 저러하다는 것을 알아 그 차이를 일컬을 줄 알게 되는 것이 곧 자람입니다. 그것이 꽤 드높은 경지에 이르면 우리는 그러한 사람을 '어른'이라 부릅니다.

분별지(分別知)는 어쩌면 앎의 비롯됨이고 또 그 마침이기도 합니다. 우리가 그러한 앎을 지니지 못하면 사람구실을 할 수 없습니다. 무지(無知)하고 몽매(蒙昧)하여 사는 꼴이 말이 아닙니다. 이를테면 봄인지 가을인지 철을 구별하지 못하여 가을에 씨를 뿌린다든가 봄에 수확을 하겠다고 들에 나가는 사람이 있다면 그 사람의 살림살이가 어떨 것인지는 굳이 살피지 않더라도 뻔합니다. 아니, 그 사람의 살림이 문제가 아니라 우리는 그 사람을 그저 '철없는 사람' 정도로 여기지도 않습니다. 아예 얼빠진 사람으로 여겨 사람대접을 하지 않습니다. 그러한 사람에게 기대할 것은 아무것도 없습니다. 다만 아직도 그 사람에게 어떤 연민의 정이 좀 남아 있다면 가르치고 달래다 끝내 안 될 경우에 그 사람을 어떻게 내가 책임지고 먹여살려야 할까 하는 것을 생각하는 것이 그 사람을 사람구실하도록 하는 일보다 우선하는 일이고 또 쉬운 일일는지도 모릅니다.

그러므로 사람은 분별지를 가져야 합니다. 우리가 배

우고 익히는 것은 대체로 그러한 것입니다. 특별히 제도교육인 각급 학교에서 가르치는 교과내용들이란 한결같이 그러한 분별지를 가지도록 하는 일입니다. 그러므로 사실 따지고 보면 더 높은 수준의 교육을 받는다는 것은 그러한 분별의 수준이 이전보다 더 높은 데 이른 교육을 받는다는 것과 조금도 다르지 않습니다. 착한 사람과 나쁜 사람을 구분하여 아는 것도 참 중요한 일입니다. 그러나 왜 어떤 사람은 착하고 또 어떤 사람은 고약한가 하는 까닭을 더듬어 아는 일은 더 중요합니다. 그러나 거기에서 멈추지 않고 바로 그러한 이유 때문에 어떻게 하면 착한 사람이 손해를 보지 않고, 강퍅한 사람도 마음이 따뜻하고 누그러진 사람이 될 수 있을 것인가 하는 것을 헤아리는 앎은 더더욱 중요합니다. 분별지는 이렇게 사뭇 더 높은 경지로 올라가게 마련입니다. 교육의 목표는 바로 그런 데 있습니다. 그러나 이러한 일이 반드시 학교교육을 거쳐야 이루어지는 것은 아닙니다. 만약 우리가 우리의 삶을 살아가면서 조금만이라도 우리가 부닥치는 삶의 현상과 그 속을 들여다보는 여유를 가진다면 우리의 분별지는 점점 더 높은 차원에 자연히 이르게 됩니다. 풀 한 포기를 통해서도, 뜨고 지는 달을 보면서도, 사랑하는 이의 눈동자를 보면서도, 늙으신 부모님의 주름진 얼굴을 보면서도 우리는 이러한 깊은 분별지에 이를 수 있습니다. 이것이 세월과 더불어 살아가는 사람살이의 건강한 모습입니다.

분별지를 가지고 있으면 사람살이가 무리(無理)하게 되지 않습니다. 삶이 잘 다듬어지기 때문입니다. 모난 것은 모난 것끼리 놓고 둥근 것은 둥근 것끼리 놓기 때문에 억지로 짜맞추려 하지 않습니다. 또한 이러한 분별지를 뚜렷하고 투명하게 가지고 있으면 말도 정연(整然)해집니다. 앞뒤가 다른 말을 하지 않습니다. 사물을 흐리멍덩하게 혼동하지 않기 때문에 그러한 사람의 말을 들으면 지금 그 사람이 무엇에 대하여 어떤 이야기를 왜 하고 있는지 아주 선명합니다. 알아듣기 쉬울 뿐만 아니라 듣는 일도 아주 편합니다. 당연히 이러한 사람의 판단은 명확합니다. 책임의 소재가 분명하고 자신의 입장이 조금도 가림 없이 드러납니다. 다른 사람들은 이러한 사람을 만나면 그 사람을 좋아하거나 싫어하거나 하는 것과는 상관없이, 또 그 사람의 의견에 대한 동의나 반대와는 상관없이 그 사람을 우선 그 사람 나름으로 인식할 수 있습니다. 기본적인 신뢰와 예측이 가능한 것입니다.

사람은 마땅히 이러해야 합니다. 합리적이고 똑똑하고 분명하고 투명해야 합니다. 물에 물 탄 듯 술에 술 탄 듯 해서는 안 됩니다. 구렁이 담 넘어가듯 그렇게 뭐가 뭔지 모르게 은근슬쩍 넘어가는 태도로 삶을 살아서는 그것이 떳떳한 삶일 수 없습니다. 무릇 분별지는 사람구실을 하기 위해 우리가 지녀야 하는 가장 기본적이고 종국적인 것임에 틀림없습니다. 우리는 이러한 분명하고 투명한 사람이 되어야 하고, 그렇게 살지 않으면 안 됩니다.

그러나 삶이란 참 이상합니다. 이렇게 '똑똑하게' 사물을 분간하고 구별할 줄 알면서 그 격률(格率)에 따라 살면 다 될 듯한데 그렇지 않습니다. 이것은 이것이고 저것은 저것이라고 지칭하면서 그 관계를 논리적으로 분석하고 정리하여 삶을 살아가면 삶이 제대로 잘 풀려갈 것 같은데 결코 그러하지 않습니다. 어떤 사물을 '이것이다!' 하고 딱 떼어놓으면 그렇게 '이것'이 확연하게 드러나면서 그것 자체로 하나의 개체이게 되면서 다른 개체와 구분이 되는 것은 분명한데, 사실 잘 들여다보면 그게 그러하지 않습니다. 말로는 그렇게 해서 구분된 개체가 되지만 정작 일컬은 실재는 그렇게 말한 개체의 변두리나 위아래로 그렇게 말한 '이것' 안에 다 끼여들지 못한 많은 것들을 스멀스멀 빠트리면서 그러한 것을 보이지 않게 보이는 것으로 가리고 있는 모습이 빤히 보입니다. 앞에서 예를 든 철에 대한 앎도 다르지 않습니다. 가을만으로 딱 떨어진 계절은 없습니다. 말인즉 가을이라 하지만 그 시작과 끝은 아주 모호합니다. 더구나 달리 보면 우리는 가을에 담긴 봄과 여름을 아울러 짐작할 수 있고, 거기 담긴 겨울마저 이야기할 수 있습니다. 봄도 다르지 않습니다. 봄에 가을을 담지 못하면 그것은 봄의 봄다움이 아닙니다. 여름을 예상하지 못하는 봄도 봄일 수 없습니다. 봄이라 하지만 그것은 떨어진 개체가 아닙니다. 그러므로 봄을 여름과 대비시키고, 나아가 가을과 대비시키는 분별지는 그렇게 이름하여 사물을 인식하는 한 대단히 편리하고 분명하지만 실재는 그 말처럼 그렇게 뚜렷할 수 없습니다. 아니, 오히려 그 모호함 때문에 우리는 분별지를 탐구하게 되는 것이라고 말해도 좋습니다. 따라서 분별지는 실재하는 것과의 관계에서 스스로 자기 한계를 지닙니다.

그런데 그렇다면 분별지는 온통 투명하지 않고 분명하지 않은 삶을 좀 다듬어보려 의도적으로 삶을 단순화한 하나의 수단인지도 모릅니다. 아마 그럴 것입니다. 그리고 그렇다면 우리는 분별지를 끊임없이 추구하되 그것이 가지는 가능성과 한계에 대한 또 다른 앎을 지닐 필요가 있습니다. 분별지를 추구하면서 그것을 이루는 것이 참으로 중요하지만 동시에 그곳으로부터 더 나아가 다른 차원의 지평에 이르지 않으면 안 되는 것입니다. 까닭인즉 분명합니다. 실재하는 삶은 분별지로 일컬어지는 뚜렷함으로 다 담을 수 없는 더 크고, 더 복잡하고, 더 모호하고, 훨씬 더 유현(幽玄)하기 때문입니다. 따라서 우리는 현실에서 우리 삶의 편의를 위해서는 분별지가 더없이 편리하고 실용적인 앎이며, 그러한 의미에서 그러한 앎은 모든 우리 앎의 비롯됨이고 마침이라고 말할 수 있지만, 삶 자체의 존재론적 의미를 탐구하고 그것이 가진 어떤 문제정황을 인

식하고 거기로부터 벗어나기 위한 고뇌를 하는 자리에서
보면 분별지는 실상 우리의 궁극적인 인식을 차단해 버리
는 장애일 수도 있습니다. 실재를 단순화하여 우리로 하여
금 그 단순화된 실재가 진정한 실재라고 하는 착각을 하
도록 하기 때문입니다.

이렇게 생각해 보면 참 불안한 것은 '이것은 이것, 저것
은 저것'이라고 하는 인식이고, 그러한 인식에 기초한 판단
입니다. 그러나 이러한 언급은 대단히 위험한 것이기도 합
니다. 왜냐하면 우리는 언제나 어떤 하나를 여럿 중에서 선
택하는 것이 '윤리적'이며 '종교적'이라고 이해하고 있기 때
문입니다. 그런데 사실 그렇습니다. 우리는 선과 악 중에서
하나를 택해야지 어물어물하면서 둘을 아울러 지닐 수는
없습니다. 우리는, 특히 신도들은, 하느님에게 속한 것과
인간에게 속한 것이라고 흔히 일컫는 삶의 현실성에 대한
인식에서 전자를 택해야지 후자를 택하는 것은 무엄할 뿐
만 아니라 불경하기 짝이 없는 일입니다. 진정한 범죄란 바
로 그것을 지칭하는 것이기도 합니다. 그래서 우리는 돈독
한 신앙을 가질수록 태도가 선명해야 하고 논리가 단순해

야 하며 판단이 투명해야 합니다. 정말 그래야 합니다.

그러나 여전히 이러한 태도는 불안합니다. 그러한 단순한 명료성은 개념이지 실재가 아니기 때문입니다. 그리고 개념은 삶을 담는 그릇이 아니라 삶을 서술하는 하나의 수단일 뿐입니다. 그러므로 삶은 개념보다 큽니다. 사실 우리가 살면서 가장 곤혹스러운 것은 어쩌면 이것과 저것이 구별되지 않아 몽롱해 겪는 괴로움 때문에 생기는 어려움이기보다 이것과 저것이 머리로는 분명히 구분되는데도 불구하고 실제로는 그것을 나눌 수 없어 겪는 괴로움입니다. 물론 그 괴로움을 사실을 단순화하여 극복할 수도 있습니다. 그러나 그것은 잠시일 뿐 마치 후방에 숨어 있던 게릴라처럼 언젠가는 스스로 해결했다고 믿은 바로 그 해답에 뒤통수를 맞는 경험을 하게 됩니다. 그렇다면 그것은 해결이나 극복이 아니라 실은 잠깐 자기 스스로 자기를 눈가림한 것밖에 되지 않습니다.

그렇다면 우리는 단순한 논리로 신앙을 설명하는 일을 매우 조심하지 않으면 안 될 듯합니다. 뿐만 아니라 우리의 신앙생활을 그러한 단순한 논리에 실어 간단하게 살려는 노력도 한번쯤 되살펴볼 필요가 있습니다. '이것, 저것'이라는 서로 떨어진 개체의 현존으로 세상을 이해하는 단순논리만이 아니라 '중심에 있는 것과 주변에 있는 것'이라든가 '정점에 있는 것과 저변에 있는 것'이라든가 '부분과 전체'라든가 '우연과 필연'이라든가 하는 개념들이 보여주고 있는 온갖 실재의 중첩된 연계에 대하여도 진지하게 관심을 기울이며 그러한 것들을 준거로 하여 신앙도 신앙생활도 다시 서술할 수 있어야 할 듯합니다.

너무 난삽한 말씀을 드린 듯하여 죄송하기 이를 데 없습니다. 제 의도는 다른 것이 아닙니다. 결론부터 말씀드린다면 우리는 자칫 신앙이란 더 이상 고민하지 않는 것이라고 여기는 태도를 가지고 있지 않은가 하는 데 대한 조심스러움을 주장하고 싶은 것입니다. 종교는 모든 고민에서 벗어나 이제는 아무것도 고민하지 않는 삶을 일컫는 것이라든가, 신앙이란 더 이상 문제가 없는 삶이기 때문에 번거로운 고민을 아직 하고 있다면 그것은 구원을 얻은 자의 삶의 자세일 수는 없다고 여긴다든가 하는 것이 정말 건강한 것일까 하는 것을 말씀드리고 싶은 것입니다.

오늘 우리가 듣고 있는 종교의 발언(우리의 맥락에서는 개신교의 발언)은 한결같이 단순문장에다 감탄문이 아니면 명령문일 뿐, 고뇌가 담긴 복합문을 찾아볼 수 없기 때문입니다.

예를 들면 이렇습니다. 이러한 표현이 옳은지 모르겠습니다만 이른바 복음의 선교와 사회정의 구현을 위한 운동을 어느 것은 옳고 어느 것은 그르다고 전제한다든가, 하느님의 일과 인간의 일을 칼로 베듯이 나눈다든가, 정통과 이단, 진보와 보수, 선과 악, 구도(求道)와 기복(祈福)을 그렇게 택일적인 것으로 강조한다든가 종교와 문화, 기독교와 타종교를 마찬가지로 하나를 택하고 다른 것들을 파기해야 할 것으로 여긴다든가 하는 것을 만약 '이것, 저것'을 준거로 하지 않고 '중심과 주변'이라든가 '정점과 저변'이라든가 '부분과 전체'라든가 '우연과 필연'이라든가 하는 새로운 서술범주를 설정하여 이야기할 수 있다면 어떻게 될까 하는 생각을 해보는 것입니다. 그렇게 할 수 있다면 지금보다 훨씬 더 의미 있고 건강한 기독교 문화를 이 세상에 이룰 수 있지 않을까 하는 막연한 기대를 해보는 것입니다. 정말이지 옳은지 그른지 모르지만 저는 '구원'이란 하느님이 이 세상에 오셔서 스스로 당신을 죽이어 이루신 일이라고 기독교에서는 주장하고 있다고 믿고 있는데 그것은 하느님께서 '이것, 저것'의 분별지를 깨트리시며 이루신 신비라고 생각하곤 합니다. 하느님의 하느님다움은 바로 그렇게 '이것, 저것'을 말씀하시면서도 그것을 깨트리고 넘어서시는 모습 속에서 드러나는 듯합니다. 그렇다면 하느님을 따라 살아야 하는 신도들도 그렇게 살아야 하지 않을까 싶습니다. 분별지의 경계를 허무는 일, 저는 그것이 참으로 기막힌 신비라고 믿고 싶은 것입니다.

아무래도 꾸중 들을 많은 말씀을 지껄이고 있는 것 같아 죄송하기 그지없습니다. 저는 신학을 잘 모릅니다. 그런데 이러한 말씀을 직접 드리게 된 것은 제가 겪은 작은 경험에서 말미암은 것입니다. 얼마 전에 어느 신학자께서 학술발표를 하시는 자리에 참석했었습니다. 외국 신학자의 특정한 주제를 논구하신 것인데 자료의 풍부함이나 논리의 정연함이나 개념의 명료성이나 조금도 학문적으로 흠잡을 것이 없는 것이었습니다. 그리고 감동적이기조차 한 것이었습니다. 그런데 여타 '세속적인 학회'에서 이루어지는 학문적인 분위기와 아주 다른 것이 있었습니다. 그것은 다른 것이 아니라 얽히고설킨 고뇌의 진전이 거기 담기지 않았다고 하는 사실입니다. 물론 이것은 제 인상이기 때문에 대단히 설익은 것이기도 합니다. 그렇지만 아무리 논리가 복잡하고 자료가 풍부해도 기본적으로 그 주장은 규범적이었습니다. 그리고 그것을 뒷받침하는 것은 실은 단순한 '이것, 저것'의 에토스였습니다. 따라서 그 발표에 대한 이견의 제시는 이미 '그른 것'으로 전제되어 있는 것이라는 느낌조차 지울 수 없었습니다. 갖은 토론을 다하다가 마침내 욕설까지 내뱉게 되고, 그러다가 술자리에서 겨우 흥분을 가라앉히는 '세속적인 학회'에는 그 나름의 고뇌가 적나라하게 드러나고, 그리고 그러한 경험을 통해 너도나도 넘어서는 '발전'이 있습니다. 그러나 그 자리에는 그러한 것이 별로 없었습니다. 대단히 명쾌한 '해답된 물음'(solved question)만이 차근차근 펼쳐졌고 모두 그러한 에토스에 익숙하신 것 같았습니다.

또 다른 하나의 예를 저는 제 생활 속에서 들 수 있습니다. 시험 때 부정행위를 한 학생에 대한 '이것, 저것'의 논리는 단순합니다. 규칙에 의하여 처벌하면 됩니다. 반대로 용서를 해주고 계속 응시를 하게 하는 것은 그 규칙의 훼손입니다. 그러므로 학생을 용서하는 것은 결과적으로 제가 그 학생과 공범자가 되는 것과 다르지 않습니다. 그런데 그것은 저와 그 학생으로 하여금 새로운 경험을 하게 해줍니다. 그 부정행위에 대한 공범자로서의 무한책임을 공유하면서 우리는 '이것, 저것'의 논리로는 짐작도 하지 못한 새로운 경험을 하게 됩니다. 저는 그 경험을 '예상하지 못한 교육의 가능성'이라고 말하고 싶습니다.

신학과 일반 '세속학문'이 같을 수 없다고 하시면 할 말이 없습니다. 후자의 척도로 전자를 측정한다는 것은 말도 안 된다고 말씀하시면 저는 침묵할 수밖에 없습니다. 더구나 고백의 논리를 인식의 논리로 훼손하지 말라고 하신다면 정말이지 더 이상 아무런 말씀도 드릴 것이 없습니다. 또 부정행위를 용서하는 제 선생으로서의 행위가 악과의 타협이라고 하셔도 드릴 말씀은 없습니다. 그러나 끝내 제가 스스로 지울 수 없는 것은 신학의 논리가 고뇌를 자신 안에 담지 않으면서 너무 단순한 논리로 신비의 현실성마저 무산시키고 있는 것은 아닌가 하는 느낌이었고, 선생의 분명한 논리만이 두드러질 때 교육은 어디에 자리를 잡나 하는 불안이었습니다. 저는 그러한 일이 신학을 통해서 이루어진다면(그럴 까닭이 없겠습니다만), 그리고 교육을 위해 이루어진다면, 그것은 '종교를 위해' 그리고 '교육을 위해' 슬픈 일이라고 생각합니다. 종교를 더 이상 종교이게 하지 않고 교육을 더 이상 교육이게 하지 않는 것과 다를 바 없는 작업이기 때문입니다. 어줍잖은 말씀이지만 저는 지금도 하느님께서 이 세상과 인간과 나라와 가정과 개인을 어떻게 했으면 좋을까 걱정하시면서 속을 태우고 계시고, 우리는 그 하느님께 이러저러한 우리의 뜻을 아뢰고 그것을 몸짓으로 구현하려 애쓰면서 그 하느님의 고뇌에 참여하고 있는 못난, 그러나 늘 그 하느님의 사랑에 감격하는 존재라고 믿고 싶습니다. 그러므로 '이것, 저것'의 논리는 삶의 마지막 자리에서 봉헌하는 '전체와 부분'의 상관관계에서 터득해야 하는 것이어야지 마치 새와 나무를 구분하는 그러한 분별지를 뜻하는 것은 아니라고 생각하고 싶습니다.

저는 제 이러한 조심스럽지 못한 말씀이 '복음적'이라거나 '성서적'인 견해와는 아무런 상관도 없는 제 소박한 생각임을 다시 한번 밝혀드립니다. 그러므로 전혀 무시하시는 것이 좋습니다. 다만 기독교 또는 신학 밖의 세상에서 겪는 어떤 느낌을 감히 전해 드리는 것뿐입니다. 그러나 다시 한번 강조한다면 사물에 대한 분별지 때문에 우리가 거룩한 신비를 해체하는 어리석음에 빠지지는 말아야겠다는 아쉬움이 가시지 않음은 꼭 발언하고 싶었습니다. 그러면서 엉뚱한 상상을 해봅니다. '어떤 신학자가 기운찬 어조로 명쾌한 개념과 논리로 어떤 주장을 투명하게 펴다가 점점 기운이 빠지고 어눌해지면서 나중에는 무슨 말인지 도무지 종잡을 수 없는 말을 겨우 들릴 듯 말 듯 웅얼웅얼거리더니 마침내 이야기를 중단하고 도저히 말을 가지고는 안 되겠어서 몸으로 살러 가겠다고 하면서 고개를 숙이고 기어가듯 밖으로 나아가 길거리에 앉아 있는 거지의 발을 씻어주었다.' 이러한 상상 말입니다.

신학 무용론을 말씀드리는 것이 아닙니다. 그러나 이러한 상상의 즐거움을 저로 하여금 누릴 수 있게 해주시기 바랍니다.*

* 저는 이 글을 쓰면서 내내 불교에서 말하는 vikalpa(分別知)를 염두에 두었습니다. 대상을 분석하여 구별함, 또는 개념작용을 뜻하는 이 말은 또한 망상(妄想)을 뜻하기도 합니다. 그러나 이 불교용어에 준해서 제 글을 쓴 것은 아닙니다. 그저 그러한 생각을 하다 보니 불교에서 말하는 이야기가 떠올랐을 뿐입니다. 그러나 그렇다고 하는 사실은 꼭 말씀드리고 싶어 이곳에 주로 이를 덧붙입니다.

빠른 의식과 늦은 의식:
젊은이와 종교

요즘 젊은이들은 참 다릅니다. 제가 보기에는 젊은이들만이 달라진 것 같지는 않습니다. 종교도 많이 달라졌습니다. 제가 '젊었을 때'에 교회생활을 하던 것을 '다름의 판단기준'으로 삼았을 때 그렇다고 하는 말씀입니다. 젊은이들이나 종교만이겠습니까? 저도 참 많이 달라졌습니다. 아니, 세상이 얼마나 변했는데 어찌 사람과 제도가 달라지지 않을 수 있겠습니까? 그러니 생각해 보면 온통 달라지는 흐름 안에 있으면서 사람이나 제도가 달라지지 않는다면, 그거야말로 문제가 아닐 수 없을 듯합니다.

그런데 참 사람이란 이상한 존재여서 온통 바뀌는 삶을 살아가면서도 무언지 불변하는 것이 있으리라고 생각하고, 그러한 항구여일한 것이야말로 참된 실재이리라고 짐작합니다. 그래서 할 수 있으면 변하지 않는, 달라지지 않는 모습을 유지하려 합니다. 뿐만 아니라 세월이 흘러 세상이 바뀌고 사람들이 다른 모습으로 사는 것이 의식될 때면, 그러한 현상 자체를 커다란 문제로 삼습니다. 흔히 그러한 판단은 달라진 것에 대한 탄식과 연민, 분노와 저주, 당혹과 체념 등으로 채색되곤 합니다. 우리는 실제로 이러한 경험을 하고 있습니다. 그리고 그러한 염려를 어떤 형태로든지 할 수밖에 없다는 필연성도 충분히 이해할 수 있습니다. 정말 걱정되는 일이 한두 가지가 아니기 때문입니다.

그러나 생각해 보면, 역설적인 말씀입니다만, 변하지 않는 것은 한 가지밖에 없는 듯합니다. 그것은 세상은 변한다는 사실 그것 자체입니다. 변한다는 사실은 변하지 않습니다. 그래서 또 다른 측면에서, 변화 자체를 더없는 가치로 여기고 서둘러 변화에 적응하든가 아예 변화를 주도

해야 그것이 삶다운 삶이라고 주장하기도 합니다. 이 또한 그른 판단이 아닙니다. 뒤처지고 쫓아가느라고 허덕이다 보면 삶의 보람이란 이룩할 수 없습니다. 우리는 이러한 사실도 충분히 경험하고 있습니다.

그렇다면 변화 자체에 대한 규범적 판단을 하는 것은 아무 의미도 없습니다. 그것은 당연하고 필연적인 일이기 때문입니다. 그러나 분명한 것은 변화를 조금 뒤따르며 느끼는 '늦은 의식'이 있는가 하면 변화를 조금 앞서며 느끼는 '빠른 의식'이 있다는 사실입니다. 그리고 그 두 의식이 뒤섞여 때로는 뜻밖의 소용돌이를 일으키기도 합니다. 따라서 이 둘이 조화로워야 합니다. 그래야 삶이 변화 속에서, 변화와 더불어 스스로 의연한 보람을 빚을 수 있을 것입니다. 그런데 그렇지 못하면 변화는 변화대로 흘러가면서 그 속에서 우리의 삶은 뒤처지거나 쫓아가느라 구겨지고 찢겨집니다. 그리고 마침내 그 흐름 속에서 우리의 삶이 익사할는지도 모릅니다. 그것은 참 두려운 일입니다.

이러한 일이 있어서는 안 되기 때문에 '늦은 의식'과 '빠른 의식'이 서로 어울려 삶을 이야기하고 어떤 구체적인 삶의 틀을 마련해야 합니다. 그런데 그것이 쉽지 않습니다. 많은 사람들의 발언과 태도를 보면 누구나 이 두 다른 의식의 어느 편에 서 있음을 짐작할 수 있습니다. 그리고 제 개인적인 말씀을 드리면 저는 좀 '빠른 의식'의 편에 서고 싶습니다. 그러나 막상 종교의 현장에서 이러한 '다름'의 승인을 전제한 '빠른 의식'의 어떤 대응이 적절하게 이루어져야 한다는 주장을 실천에 옮기려면 그 일이 그리 수월할 것 같지 않습니다. 대체로 종교들은, 그리고 우리 종교들은, 일반화시켜 조망해 보면 조금 '늦은 의식'을 지니고 있다고 판단되기 때문입니다.

그렇다면 '늦은 의식'이라고 묘사한 쪽에서 지니는 변화, 곧 달라짐에 대한 염려는 어떠한 것인지 짐작을 해보아야 할 듯합니다. 그 염려가 눈에 보이게 드러나는 모습은 여러 가지이겠습니다만 아마 그것을 한데 뭉뚱그려보면 달라진다는 것, 또는 변화한다는 것이 실은 자연스러운 변화가 아니라 일탈이거나 탈선, 또는 아예 타락이라고 언표할 수 있는 그러한 것이라는 판단이라고 할 수 있을 듯합니다. 그런데 이러한 염려는 예사로운 일이 아닙니다.

참으로 귀한 걱정입니다. 왜냐하면, 무릇 변화란 맹목적인 것이 아니라 목표지향적인 것인데 그 '변화의 지향성'이라고 하는 것을 '빠른 의식'이 간과하고 있다고 판단하는 데서 비롯되는 염려이기 때문입니다. 다시 말하면 흔히 간과하기 쉬운 심각한 문제를 변화 자체를 향하여 발언하고 있는 것이기 때문입니다. 앞에서 말씀드린 변화의 당위성에 대한 인식만으로 변화의 문제가 끝날 수 없다는 문제 제기인 것입니다.

더구나 그러한 이른바 '늦은 의식'이 늦은 것으로 묘사될 수밖에 없었던 까닭이 형식이나 양태의 변화를 승인하면서도 그러한 것보다 더 심각한 내용이나 본질의 중요성 때문에 쉽게 그 형식이나 양태를 수용하지 않았기 때문이라고 한다면, 이러한 태도가 제기하는 문제는 결코 소홀히 할 수 없는 의미를 지닙니다. 이를테면 이른바 '빠른 의식'이 어쩌면 승인하고 있을는지도 모르는 "매체가 곧 메시지이다" 하는 선언에 대한 근원적인 회의를 '늦은 의식'은 드러내고 있기 때문입니다. 매체는 매체이지 그것이 곧 메시지일 수 없다고 하는 주장은 곰곰이 성찰하지 않으면 안 될 참으로 중요한 문제입니다.

특별히 종교와 관련하여 생각해 보면 이러한 문제제기의 중요성이 더 두드러집니다. 종교는 대체로 세 가지 모습으로 자신을 현존하게 합니다. 아주 고전적으로 말한다면 '말'과 '몸짓'과 '더불어 사는 삶'이 그것입니다. 그런데 그 모든 것은 실은 인간이 경험한 어떤 '신비'를 드러낸 형식에 불과할 뿐 그 신비 자체일 수는 없습니다. 그러므로 이러한 입장에서는, 예를 들면 일컬어 '새로운 사랑의 형식'이라고 하는 것이 '사랑의 형식'이 아니라 그것 자체가 '사랑'이 되면서 실은 사랑을 상실하는 것은 아닌가 하는 두려움을 지니지 않을 수 없는 것입니다.

그런데 이러한 염려를 충분히 존중해야 함에도 불구하고 우리가 이러한 태도에서 지적할 수 있는 것은 바로 그러한 태도가 어떤 내용을 특정한 틀 안에 유폐시키는 것이기 때문에 역설적으로 오히려 형식에 얽매어 있는 것은 아닌가 하는 점입니다. 달라진 매체는 메시지가 아니지만 기존의 매체는 메시지라고 하는 주장을 하고 있는 셈이기 때문입니다. 이에 반하여 조금 빠른 의식 쪽에서는 매체의 달라짐이 메시지의 소멸이나 상실은 아니라고 주장합니다. 다만 메시지를 담는 그릇이 적합하지 않아 오히려 메시지가 줄줄 새버리기 때문에 그것을 불가불 새 그릇에 담으려 하는 것이라고 역설하고 있는 것입니다. 이러한 두 입장을 곰곰이 관찰해 보면 아무래도 조금 '빠른 의식' 쪽에서 조금 '늦은 의식' 쪽이 지닌 문제를 넉넉히 수용하면서 오늘의 당혹스러움을 풀어가지 않으면 안 될 듯합니다. 논리적 일관성이나 실제적인 현실성이 후자에 더 있기 때문입니다.

그러고 보면 '늦다'든지 '빠르다'든지 하는 표현은 적절하지 못한 듯합니다. 아예 변화에 대한 두 다른 태도라고 하는 편이 훨씬 정당한 듯싶습니다.

그런데 늦든 빠르든 어떠한 변화에도 불구하고 그리스도교라든가 성당이나 교회라든가 하는 제도화된 종교실체를 전제하는 일은 포기할 수 없다고 하는 자리에 선다면 문제는 아주 복잡해집니다. 가뜩이나 종교가 하나가 아니라 여럿이고, 자기 종교 밖에도 구원이 있다고 선언할 뿐만 아니라, 이른바 세속적인 가치들도 그 나름의 해답의 상징체계로 기능하고 있다고 묘사되고 있는 것이 오늘의 정황입니다. 종교는 이제 개인적인 일, 곧 선택 가능한 하나의 삶의 스타일이 되었다고들 말합니다. 따라서 때로는 '빠른 의식'의 자리에서 아예, 그러한 사실을 축으로 하여 세상이 바뀔 터이니까 그리스도교나 성당을 전제하는 일조차 적합성이 없다고 판단하는 그러한 입장에서 변화가 초래하는 당혹스러운 문제를 풀어가자고 하기도 합니다. 그렇게 하면 별로 고뇌할 일은 없습니다. 자유방임이 유일한 해답일 것이기 때문입니다. 그러나 아무리 조금 빠른 의식(이러한 표현을 다시 해서 안됐습니다만) 쪽에 있다 하더라도 종교에서 이러한 전제의 소멸을 주장하는 것은 현실적이지 않은 것 같습니다. 여전히 각 종교는 자신의 교리적 진실을 통한 구원은 포기할 수 없을 것이기 때문입니다.

그러므로 실은 변화에 대한 두 태도의 어느 쪽에 있든지 제도화한 종교의 실체와 연계하여 우리가 어떻게 변화를 승인하고 수용해야 할 것인가 하고 논의하는 것은 적어도 지적 부정직을 상당히 함축하고 있는 것이기도 합니다. 그런 연계가 비현실적인 것이 되고 말 것이 변화의 추세라는 것을 상당히 현실적으로 의식하고 있는 것이 현대의 인식인데도 그 인식을 거스르는 실천을 하기 때문입니다. 하지만 이러한 주장은 다만 논리적일 뿐 실제는 아닙니다. 삶의 현실은 언제나 논리로 수용할 수 있는 것보다는 훨씬 크기 때문입니다.

이렇게 생각하다 보니 문제가 무척 쉬워진 듯합니다. 지금 저희가 생각하고자 하는 것은 이른바 신세대가 종교에 주는 도전은 어떠한 것인가, 제도화된 종교를 떠나는 젊은 친구들을 어떻게 제도, 곧 성당이나 교회에 잡아둘 것인가, 성당이나 교회에 그렇게 무관심한 젊은 친구들을 어떻게 하면 그 공동체와 관계를 맺게 할 것인가 하는 것들인데, 따지고 보면 어려울 것이 하나도 없습니다.

어차피 성당이나 교회도, 그리스도교도, 아니 종교라고 하는 것이 처음부터 하늘 위에 있는 것은 아닙니다. 그것이 초월이라든가 신성이라든가 궁극성이라고 하는 개념으로 묘사할 수밖에 없는 어떤 신비를 품고 있다 할지라도 그것을 경험하는 주체는 인간이고, 그 인간은 지금 여기에 있는 우리들입니다. 종교도 문화 안에 있는 것이지 문화 밖에 있는 것은 아닙니다. 그렇다면 변화한 세상의 삶의 틀을 그대로 살면 됩니다. 산업화되고 도시화되니까 성당도 교회도 그 틀 안에서 현존하고 있습니다. 정보화사회가 되면 또 그렇게 그 틀에 맞게 살면 됩니다. 현실에 알맞게 얼마나 종교들이 나름대로 재빠르게 적응하려 애쓰는지 우리는 모두 피부로 느끼고 있습니다. 또 어느 시대 어느 문화이든 문제가 없던 때는 한번도 없었습니다. 그러므로 문제가 의식되면 그 문제를 가지고 또 씨름하면 됩니다. 어렵게 생각할 것 하나도 없습니다. 제도화된 종교공동체가 젊은이들에게 매력 있는 프로그램을 만들고 그리스도교가 호소력 있는 메시지를 선포하면 됩니다. 그래서 그리스도교가 선택할 만한 종교이고 구원의 현실성이란 예수 그리스도를 통하여 비로소 구체화된다는 것을 경험하게 하면 됩니다. 그 이외의 것은 그야말로 형식이어서 아무래도 좋습니다. 기본적으로 위에 든 두 가지만 충족된다면 필요한 것은 아무것도 없습니다.

그런데 문제는 다른 것이 아닙니다. 바로 그 일을 제대로 하지 못할 만큼 세상이 변했다는 것이 종교의 고민이고, 도무지 어떻게 해야 이 달라진 세상에서 마치 변종처럼 나타난 젊은 친구들에게 이러한 참삶을 경험하고 고백하게 할 수 있을 것인가 하는 것이 아무래도 잘 풀리지 않는다고 하는 것이 종교의 좌절이기도 합니다.

이 문제를 해결할 수 있는 원칙적인 대답은 간단합니다. 젊은 친구들과 함께 사고하고, 함께 묻고, 함께 해답을 추구하고, 함께 살면 됩니다. 문제는 그것이 되지 않기 때문입니다. 아무리 신세대다, X세대다, 신인류다 하고 묘사하지만 그 젊은 친구들은 내 자식들이고 내 아우이지 짐승도 아니고 외계인도 아닙니다. 그런데도 우리는, 마치 미국의 어떤 예쁜 백인소녀가 흑인 친구한테 너도 새빨간 피가 나느냐고 하면서 바늘로 그 친구의 피부를 찔러보았다는 투로, 그렇게 그들에게 접근해 갑니다. 참 기가 막힌 일입니다.

그렇지만 그렇다고 해서 이 마디에서 우리의 문제를 끝낼 수는 없습니다. 달라진 것은 사실이고 그 다름을 충분히 배려하지 않으면 우리의 어떤 증언도 젊은 친구들에게 전달될 수 없을 것입니다. 따라서 그 달라짐을 좀 다듬을 필요가 있습니다. "젊은 친구들은 우리와 다르다"라고 하는 서술 대신에 "우리는 그 젊은 친구들과 다르다"라고 하는 서술로 그들에 대한 우리 자신의 관심의 모습을 정리해야 할 듯합니다. 전자는 인식을 전제한 것이지만 후자는 자기성찰을 중심으로 한 것이라고 말하고 싶기 때문입니다. 그렇다고 해서 이러한 구분이 현실적이냐 하면 그렇지 않습니다. 그 두 다름이 다른 내용을 담을 까닭은 없습니다. 다만 그러한 의도적 경향을 우리 스스로 지녔으면 좋겠다는 바람일 뿐입니다.

그러면 아주 구체적으로 현실적인 문제를 다루어보십시다. 여러 의견들이 이 문제에 관하여 이렇게 저렇게 자상하게 주장을 펴고 있지만 제가 그 이론들을 여기서 장황하게 부연할 필요는 없을 듯합니다. 이미 여러분들께서 다 아시는 일이라 믿기 때문입니다. 다만 저는 제가 표현하고 싶은 방식으로 몇 가지 사실을 '다름의 내용'으로 지적하고 그에 따르는 문제들을 검토해 보기로 하겠습니다.

　첫째, 제가 지적하고 싶은 것은 어른들이 종교나 그리
스도교의 문제를 '절대적인 보편성의 문제'로 여기고 있는
데 반하여, 젊은 친구들은 그것을 단지 '소통의 문제'로 여
기고 있다는 사실입니다. 진리냐 아니냐 하는 문제가 아니
라 도대체 알아들을 수 있는 문제냐 아니냐 하는 것이 그
들의 실제적인 곤혹스러움인 것입니다.

　예를 들어보십시다. 요즘 젊은 친구들은 종교가 오직
하나라고 한다거나 이른바 세속적인 일은 궁극적인 가치
를 지니지 않은 것이라든가 하는 것을 이야기하면 그 이
야기를 '못 알아듣습니다'. 마치 나무를 바위라고 하는 말
을 들을 때처럼 당혹스러워합니다. 그런 판에 나무는 옳고
바위는 그르다고 말하면 아예 그러한 말은 말이 아니게
됩니다. 알아들을 수 없는 말이기 때문입니다. 다시 예를
들면 공기는 보이지 않으니까 없다고 말하면 아무도 알아
듣지 못하는 것과 다르지 않습니다. 알아들을 수 있을 때
비로소 젊은 친구들은 그 발언에 대한 판단을 하기 시작
합니다.

　소통을 위한 노력은 여러 가지로 나타날 수 있습니다.

동일한 언어를 사용하는 일이 무엇보다도 가장 효과적인 첩경입니다. 명사도 동사도 공유해야 하고 문법도 공유해야 합니다. 그러나 그것은 다만 인식의 언어에 한해서 효과적입니다. 우리는 고백의 언어도 발언해야 합니다. 고백은 사물에 대한 정직성이 아니라 자신에 대한 정직성이 그 준거가 되는 언어입니다. 그것만이 아닙니다. 우리는 상상의 언어, 상징의 언어, 시어를 발언할 수 있어야 합니다. 우리는 발성된 언어만으로는 삶을 다 드러낼 수 없습니다. 그러므로 종교도 그러합니다.

둘째, 제가 말씀드리고 싶은 것은 젊은 친구들은 스스로 '의미를 부여하고자' 하지 '주어진 의미를 받아들이려 하지 않는다'는 사실입니다. 요즘 젊은 친구들은 누구나 해석학자입니다. 스스로 인식주체이고 경험주체이기를 원합니다. "그것은 이것이다!"라고 말하는 것은 독단이거나 독선이라고 전제합니다. 그러므로 '가르침을 받는 일'을 가장 경멸합니다. 마찬가지로 영어로 instructor를 제일 싫어합니다. 스스로 찾아 마침내 자기 것으로 삼아야 하는 실천적인 노력을 통해 스스로 부여한 의미의 실재를 기리려 합니다. 그러므로 영어로 enabler를 가장 좋아합니다.

젊은 친구들도 그러한 과정에서 해석의 자의성이 갖는 위험을 모르고 있지 않습니다. 그러나 자의적인 것이라 할지라도 그렇게 이루어진 자기가 일단 이루어져야 비로소 말이 된다고 여깁니다. 그러면서 그 자의성을 견제하는 여과장치로 자기정체감과 실천적 현실 안에서의 타당성을 준거로 확보합니다. 종교가, 성당이나 교회가 이러한 사실을 무시한다면 아무리 진리에 대한 진실하고 성실한 고백을 발언한다 해도 아무런 의미가 없습니다.

셋째, 제가 말씀드리고 싶은 것은 요즘 젊은 친구들은 가치의 문제라든가 윤리적인 문제라고 하는 것이 전통적인 덕목의 준수 여부가 아니라, 곧 '태도의 문제'가 아니라 '행위유형의 문제'라고 이해한다는 점입니다. 다시 말하면 예를 들어 우리는 흔히 도시생활 속에서 '이웃'이 없어졌다고 말하며 개탄을 합니다. 그러나 젊은 친구들은 그 말을 잘 알아듣지 못합니다. 옆집이 이웃이라는 당위성을 이해하지 못합니다. 그러나 직장에서의 삶은 그대로 전통적인 이웃사랑이 실천되는 이른바 '새로운 이웃'입니다.

그러므로 동료와의 직장생활 안에서 이루어지는 일련의 행위유형이 곧 사랑이고 이웃에 대한 관심일 수밖에 없습니다.

따라서 종교생활도 그러한 맥락에서 이해할 수 있는 행위유형의 하나일 뿐이지 그것이 본질적인 가치를 본유적으로 지니는 태도의 문제라고 생각하지 않습니다. 이래저래 종교는, 종교공동체의 생활은, 살아가며 개인이 선택하는 자유로운 삶의 스타일의 하나일 수밖에 없습니다. 그렇게 선택한 삶의 스타일 속에서 스스로 삶의 의미를 빚고, 그 의미를 준거로 하여 살아가는 것이 오늘의 '종교적'인 모습인 것입니다.

이러한 변화가 좋은 쪽으로 바뀌는 것이냐 아니면 나쁜 쪽으로 나아가는 것이냐 하는 판단을 전제하는 일은 아무 의미도 없습니다. 문제는 이러한 상황 속에서 어떻게 종교와 그 공동체가, 그리고 종교적인 '해답'이 젊은 친구들의 관심의 대상이 될 수 있도록 하느냐 하는 것입니다.

저는 이 문제를 해답을 제시하는 투로 다듬을 생각이 없습니다. 저도 조금 '빨리 가는 자리'에 있고 싶기 때문입

니다. 두 가지 에피소드만을 말씀드리고 모두 함께 이야기
하는 자리에 들어서고자 합니다.

첫번째 이야기

인도네시아는 헌법상 종교의 자유가 두 가지로 나뉘어
있습니다. 신교(信敎)의 자유와 선교(宣敎)의 자유가 그것
입니다. 전자는 보장되어 있지만 후자는 그렇지 않습니다.
선교의 자유는 엄격하게 제한되어 있습니다. 그런데 어느
시골에서 저는 조그만 초라한 교회를 발견하고 그 교회에
들어갔던 적이 있습니다. 그 교회에는 교회처럼 초라한 모
습의 깡마른 목사님이 계셨습니다. 그런데 벽에 그 지역의
지도가 그려져 있고 교회가 있는 자리마다 십자가가 붙어
있는데 새로 생긴 연대가 기록되어 있었습니다. 놀라운 것
은 그 교회들 중 다섯 교회가 일년 안에 생긴 것이라는 사
실이었습니다. 그래서 제가 여쭈어보았습니다.

"선교의 자유가 없는데 어떻게 이렇게 교회가 늘어납
니까?"

목사님의 대답은 간단했습니다.

“바로 그 법 때문입니다. 그 법 때문에 저희는 말이 아니라 사랑을 실천하는 길밖에 없습니다. 그래서 그렇게 했더니 교회가 늘더군요.”

두번째 이야기

타일랜드의 한 가톨릭 성당에서 만난 신부님이 이렇게 말씀하셨습니다.

“젊은 사람이 많이 모입니다. 장년이나 노인들은 거의 없습니다. 그러나 젊은 사람들은 나이를 먹으면서 점차 교회를 떠납니다. …젊은 사람이 많아 미래가 없는 교회. 그런 것을 생각해 보신 일이 있으십니까?”

이름 부르는 일

     저는 어렸을 때 『효경(孝經)』을 읽었습니다. 『효경』의 첫머리는 "공자님께서 한가히 계실 적에 그의 제자 증자(曾子)께서 모시고 있었는데 공자님께서 말씀하시기를 삼(參)아 옛날 왕들이(仲尼閒居 曾子侍座 子曰參 先王 有至德要道)…" 하는 문장으로 시작됩니다. 그런데 제가 가지고 읽은 『효경』은 제 선친께서 친히 쓰신 필사본이었는데 삼이라는 증자의 이름 글자가 그 글자를 가릴 만큼의 조그만 종이로 덮여 있었습니다. 위쪽 끝을 풀로 발라 안에 있는 글자를 떠들어 보게 한 것이지만 그냥 놓아두면 삼이라는 글자는 덮이어 보이지 않았습니다. 물론 읽을 때도 그 글자는 삼이라고 발음하여 읽지 않았습니다. 아무개 모(某)자로 발음하게 하여 "자왈 모야 선왕이…"라고 읽었습니다.

이렇게 읽은 까닭은 다른 것이 아닙니다. 공자님께서는 증자가 당신의 제자니까 그의 이름을 부를 수 있지만 우리가 어찌 감히 그분의 높은 제자이신 증자의 이름을 함부로 소리내어 일컬을 수 있겠느냐는 것이 그것입니다. 저는 이 일을 지금도 무척 감동스러운 배움으로 기억하고 있습니다.

대학에서 히브리어 성서를 배울 때 저는 비슷한 감동을 경험한 적이 있습니다. 이스라엘 사람들이 하느님을 일컫는 יהוה 라는 단어가 너무 신성하여 감히 발음하지 못한 오랜 전통 속에서 마침내 그 발음을 잊어버려 이제는 겨우 그것을 아마도 여호와라든가 야훼라고 발언했을 것이라는 추측밖에 할 수 없다는 것, 그리고 실제로 그 글자를 읽을 적에는 어쩌면 아도나이(주님)라는 호칭을 차용했을 거라는 설명을 들으면서 저는 제 어렸을 적 『효경』을 읽던 기억과 감동이 새로웠습니다.

모든 문화가 다 그런 것은 아니지만 귀한 분의 이름을 함부로 입에 담지 않는 것은 어쩌면 인간의 본연적인 의식에 담겨 있는 자연스러운 것인지도 모릅니다. 우리는 부모님의 이름을 함부로 부르지 않습니다. 선생님의 존함도 그러합니다. 이름을 부를 때면 반드시 아무개 선생님이라고 하지 아무개라고 하지 않습니다. 온갖 존칭어미의 활용은 그래서 생긴 듯합니다. 직접적인 호칭을 피해 보려는 의도가 그러한 문화를 형성한 것이라고 짐작됩니다. 따라서 이같은 사실을 미루어보건대 귀한 어른은 할 수 있으면 호칭하지 않으면서 살아가는 것이 가장 좋은 삶의 모습인지도 모릅니다. 자칫 잘못하면 귀한 어른을 호칭하는 과정에서 그 귀한 분께 본의 아니게 무례하고 무엄한 과오를 범할 수도 있기 때문입니다.

그런데 기독교인들을 만날 때마다 저는 그분들이 당신들의 귀한 분 이름을, 곧 하나님을 너무 쉽게 너무 가볍게 너무 사려 없이 부르고 있는 것은 아닌가 하는 의구심을 가질 때가 많습니다. 흔히 기독교인들은 모든 삶을 하나님

의 은총이라고 고백합니다. 옳은 말입니다. 하나님은 절대
적이고 궁극적인 분으로 신도의 삶 속에서 살아 계십니다.
그렇지 않으면 그는 신도일 수 없습니다. 모든 삶의 의미
는 하나님으로부터 비롯되고 모든 삶의 의미는 그렇게 하
나님께 귀일합니다. 그것이 신도의 삶입니다. 그러므로 현
실 속에서 일어나는 작은 일에서부터 커다란 일에 이르기
까지 하나님의 뜻이 없이 이루어지는 일이란 있을 수 없
습니다. 자신의 삶은 하나님의 뜻의 실현이라고 믿는 일이
믿음의 참된 본질이기도 합니다.

그렇다면 그러한 신도의 삶 속에서 발언되는 모든 대
화가 하나님을 일컫는 것으로 시작해서 그렇게 끝난다는
것은 자연스러울 뿐만 아니라 당연한 것이라고 해야 옳습
니다. 그럼에도 불구하고 저는 때로 그러한 어투가 실은
자신을 하나님을 빙자하여 정당화하는 것은 아닌지, 또는
그렇게 함으로써 서로 이웃하여 더불어 살아가는 사람들
에 대한 관심이 따뜻한 체온으로 이어지는 일을 훼손하는
것은 아닌지 하는 생각이 듭니다. 이것은 참되고 돈독한
신앙을 가지지 못한 삐뚤어진 제 편견 때문일 수도 있습

니다. 아마 분명히 그럴 것입니다. 그렇지만 저는 때로 기독교인들이 하나님이라는 호칭을 자신의 일상적인 대화의 머리말과 끝말로 사용하는 것을 보면 그러한 말투 때문에 결과적으로 하나님이 인간의 종이 되시는 것은 아닐까 하는 두려움도 생기고, 그렇게 하나님을 빙자하여 온갖 사물을 설명하고 정당화하면서 그 사물과 관련된 사람들은 아예 거들떠보지도 않는 오만을 흩날리는 것은 아닌가 하는 염려도 생김을 감히 말씀드리고 싶어집니다.

예를 들어보십시다. 제가 아는 어떤 분은 성실하지만 어려운 삶을 살고 계셨습니다. 이를 딱하게 여긴 친구들이 작은 트럭을 한 대 사서 그분에게 주었습니다. 그분은 이 트럭 때문에 이전보다 훨씬 나은 생활을 할 수 있게 되었습니다. 돈독한 기독교 신자인 그분은 모든 사람들에게 "이 차를 하나님께서 마련해 주셨다"고 말했습니다. 이것은 참으로 진정한 신앙고백입니다. 하나님께 대한 그 감격과 감사를 어찌 주변사람들이 짐작이나 할 수 있겠습니까. 기독교 신자라면 당연히 그렇게 고백해야 하고 증언해야 합니다. 하지만 문제는 그분이 정작 그 차를 사준 친구들에게는 직접적인 고마움을 별로 표현하지 않았다는 데 있습니다. 물론 그 친구들도 그분으로부터 언제나 감사하다는 말을 듣고 싶어 한 일도 아니고, 채권자가 채무자 앞에서 행세하듯 그렇게 처신을 한 것도 아닙니다. 그러나 다른 사람들에게 "아무 아무개가 나를 위해서 이렇게 좋은 일을 해주어 내가 좀 펴게 되었네"라고 했다면 아무 일도 없었을 텐데 그렇게 하지 않고 오직 "하나님께서 마련해 주신 것"이라고 하자 그 친구들의 마음이 좀 섭섭해졌고 또 좀 마음이 상했습니다. 그리고 그 일을 알게 된 친구들이나 그분의 언행을 전해 들은 다른 사람들이 그분을 좋지 않게 여기게 되었습니다.

사람관계란 아주 사소한 것에서 삐거덕거릴 수 있는 것임을 우리 모두 다 잘 알고 있습니다. 만약 그분이 "내 친구 아무개와 아무개가 내게 차를 사주었다. 참 고마운 일이다. 나는 그러한 좋은 친구를 주신 하나님께 진심으로 감사한다"라고 할 수 있었다면 사태는 많이 달라졌을 듯합니다. 그러나 그분은 그렇게 하지 않았습니다. 그분의 입장에서 보면 그럴 수밖에 없었습니다. 하나님 이외의 그 누구에게도 진정한 감사를 드릴 수 없었기 때문입니다. 더 직접적으로 표현한다면 그 좋은 친구들은 자신에게 차를 갖게 하시려는 하나님의 뜻을 이루기 위한 하나님의 도구일 뿐이었기 때문입니다. 그 친구들이 아니었다면 하나님은 다른 방법, 다른 사람을 통해서 틀림없이 자신에게 트럭을 마련해 주셨을 거라는 것이 그분의 신앙고백이었습니다.

어찌 보면 이보다 더 진실하고 근원적인 신앙이 없는 듯합니다. 하지만 조금만 달리 보면 이것은 두려운 측면을 가리고 있는 현상이기도 합니다. 이러한 신앙고백에 의하면 하나님은 '트럭을 마련해 주는 분'으로 끝납니다. 게다가 더불어 살아가는 다른 사람들을 내가 나를 희생하여 사랑해야 하는 대상으로 여기는 것이 아니라 나를 위한 하나님의 도구로 여기게 되면서 결과적으로 모든 사람을 수단화하는 데 익숙해집니다.

참 역설적인 것은 삶의 소용돌이 속에서 하나님께 대한 감사가 구체적이고 진실하면 할수록 우리는 자칫 하나님을 내가 필요한 자디잔 일들을 이루어주는 심부름꾼쯤으로 여기게 되고, 내 주변의 모든 사람들은 내 그러한 필요를 충족시켜 주는 도구가 되어버리게 한다는 사실입니다. 이 역설을 벗어나기란 그리 쉽지 않습니다. 소박한 감동을 어떤 논리나 사유가 잠재울 수는 없기 때문입니다. 그렇지만 그 소박한 감동이 뜻밖의 상처를 사람들에게 주게 되고 결과적으로 하나님조차 나의 필요를 충족시켜 주기 위하여 기다리고 있는 그러한 왜소한 존재이게 한다면 이러한 경험은 단단히 되살펴 다듬지 않으면 안 될 심각한 일이 아닐 수 없습니다.

우리는 살아가면서 대단히 지엽적이고 피상적인 일들을 본질적인 일이라 여기고 이에 매달려 괴로워하는 경우가 많습니다. 이러한 때 더 근원적이고 궁극적인 문제를 성찰하고 그 물음에 대한 해답을 찾게 되면 의외로 그 문제가 지극히 지엽적이고 피상적인 것이라는 사실을 발견하고 모든 소용돌이에서 벗어나곤 합니다. 그런데 그렇다고 해서 어떤 문제든 그것을 직면할 때 그 근원적인 것이 무엇인가를 찾게 되면 그러한 삶은 비현실적이게 될 뿐만 아니라

궁극적인 물음에 대한 답변을 사소한 물음들에 대한 답변
으로 활용하면서 정작 근원적인 물음에 대한 진지한 해답
을 추구하거나 누릴 수 없는 경우에 빠지곤 합니다.

제가 느끼는 것은 바로 이같은 사실입니다. 진지하고
돈독한 신도들의 ‘하나님 부르기’가 혹 후자의 경우는 아
닌지 모르겠다는 생각이 드는 것입니다. 하나님께로부터
비롯된 것이라고 말하고, 하나님께서 마련하셨다고 말하
는 것이 진정한 궁극적 차원에서 기능하는 발언이 아니라
사소하고 피상적이고 지엽적인 문제들에 대한 값싼 해결
을 추구하며 이루어지는 대단히 비현실적인 것은 아닌가
하는 염려가 생기는 것입니다. 자기 자신의 최선의 노력,
더불어 사는 이웃들에 대한 진정한 사랑과 감사를 간과한
채 쉽게 껑충 뛰어 하나님의 경지에 들어가 편하고 싶은
감추어진 동기가 드러나지 않은 채 숨어 있는 게으른 삶
의 태도는 아닌가 걱정이 되는 것입니다.

지금 제 이러한 느낌과 염려를 어떻게 말로 잘 다듬어
야 기독교 신도들께 전할 수 있을는지 잘 모르겠는데 제
말씀을 한마디로 줄이면 기독교 신도들이 하나님의 이름

을 너무 쉽고 흔하게, 그래서 값싸게 부르고 있는 것은 아닌가 하는 말로 표현하면 될 것 같은 생각이 듭니다. 다시 말하면 귀한 분 이름을 너무 자주 부르는 것은 아닌지, 그래서 결과적으로 그 이름이 너무 흔해 천해진 것은 아닌지 하는 그런 걱정이 생기는 것입니다.

저는 자라는 어린아이들을 볼 때도 그러한 생각이 듭니다. 어떤 아이는 참으로 부모님께 감사하다는 말을 하면서 모든 자기됨이 부모님의 은덕이라고 말합니다. 참 감동스러운 일입니다. 그런데 어떤 아이는 그러한 말을 틀에 박힌 듯 하지 않으면서도 어떻게 하면 자신이 부모님을 기쁘게 해드릴까 하는 것을 유념하며 자신의 삶을 꾸려나갑니다. 그러다가 참으로 드물게, 참으로 필요할 때, 부모님께 대한 감사를 부끄럽고 수줍게 부모님께만 조용히 아룁니다. 저는 이 후자의 경우가 훨씬 성숙한 아이라고 믿습니다.

어찌 보면 부모님께 대한 감사는 이미 근원적으로 내재해 있는 것이어서 굳이 입 밖으로 내지 않아도 부모님과 나 사이에 당연한 관계로 전제되어 있는 것이기 때문에 그것을 발언하는 것보다 더 현실적인 관계에 있는 이웃들에 대한 감사를 발언하는 것이 필요하다고 여기는 태도에서 그러한 성숙함이 비롯되는 것이라고 해도 좋을지 모르겠습니다.

이렇게 생각을 이끌다 보면 기독교인의 신앙고백도 좀 달라져야 할지 모르겠다는 생각마저 듭니다. "하나님, 이렇게 이렇게 해주셔서 감사합니다" 하는 것도 더없이 진실하고 감동스러운 신앙고백입니다만 "하나님, 저 이렇게 이렇게 살고 있습니다. 이러한 제 삶을 통하여 하나님께서 영광을 받으시고 즐거워하시길 바랍니다. 그러나 마음에 들지 않으시면 꾸짖어주세요"라고 하는 신앙고백을 해야 하지 않을까 하는 느낌이 드는 것입니다. 예를 들어 "하나님께서 내게 트럭을 마련해 주셨다" 하는 증언도 좋고, "하나님께서 내게 좋은 친구들을 통하여 트럭을 마련해 주셨다"는 증언도 좋지만, "나는 친구들의 사랑으로 이렇게 살아가고 있다. 나도 친구들을 위해 열심히 살아가겠다"라는 증언이 가장 좋은 태도가 아닐까 생각됩니다.

그런데 이러한 세 경우 각각의 증언들이 기도로 나타

난다면 첫번째 기도는 사람들 앞에서 하나님의 사랑을 드러내 보이려는 기도인 데 반해, 두번째 기도는 하나님과 사람 앞에 겸손한 기도라 할 수 있고, 끝의 기도는 아무도 들을 수 없이 하나님과 단둘이서만 속삭이는 기도라고 말할 수 있습니다. 그런데 바로 이 마지막 기도에서는 하나님의 이름이 드러나게 불릴 까닭도 없고 필요도 없습니다. 이미 하나님과의 관계가 전제된 상황이기 때문에 만약 할 수 있는 기도가 있다면 "하나님, 저 이렇게 열심히 살 테니 지켜보아 주세요" 하는 것일 터이기 때문입니다. 다시 말하면 친구들에 대한 내 감사와 그것을 실천하는 행동만이 드러날 것이기 때문입니다. 아무래도 저는 이 끝의 기도가 기독교인의 기도여야 할 듯합니다. 적어도 하나님의 이름이 너무 흔해진 '지금 여기'에서는 말입니다.

인류의 종교전통들은 그 문화적 차이에도 불구하고 신을 호칭하는 일을 여간 삼가지 않았습니다. 가만히 생각해 보면 그 까닭을 짐작할 법합니다. 절대적인 존재, 곧 하나님을 모시는 예법은 아무래도 여간 조심스럽지 않으면 안 될 듯합니다. 자칫 우리는 가장 잘 예절을 지킨다고 하면서 엉뚱하게 그분을 훼손하는 일을 아무런 성찰 없이 범하게 되는 경우가 많기 때문입니다. 아득한 우리의 선인들이 이를 절실하게 경험한 것이 틀림없습니다.

당치도 않은 말씀을 드려 죄송합니다. 그저 철없는 말이라 여기시고 웃어주시기 바랍니다.

한국 가톨릭에
드리고 싶은 말씀

한국의 가톨릭은 아주 건강한 듯합니다. 이 땅에서 그 종교의 역사가 순탄한 것만은 아니었습니다. 어려움도 많았고, 과오도 없지 않았습니다. 하지만 자신의 종교 안에서 자기를 추스르는 일에서나 어떻게 이 땅에서 다른 사람들과 함께 있어야 할 것인가 하는 일에서나 변화하는 세월과 삶의 모습들을 직면하는 데서나 지난 세월을 되읽는 일에서나 흔할 수 없는 성숙한 모습을 보여주고 있습니다. 참 귀한 일입니다.

그러나 이어나가야 할 내일을 위해 국외자의 자리에서, 그것도 제가 지닌 사사로운 시각에서 몇 가지 고언을 드릴까 합니다.

하나는 아득한 때로부터 오늘에 이르는 이 땅의 역사와 문화를 가톨릭적 시각에서 읽고 풀어내는 일을 해주시기 바랍니다. 그 일이 비가톨릭 시민들로부터 상당한 공감과 새로운 시각을 지니도록 자극하는 것으로 이루어지기 전에는 아직 가톨릭이 이 땅의 우리 종교라는 주장을 충분히 해낼 수 없을 것이기 때문입니다. 가톨릭 선교 이전의 우리 역사는 암흑과 다르지 않았는데 선교 이후 비로소 이 땅에 빛이 비추어지기 시작하였다는 역사의식으로는 가톨릭이 지니고 있는 자신의 '낯섦'을 떨어낼 수 없을 뿐만 아니라 '성숙한' 우리의 종교라는 승인을 국외자로부터 온전히 얻기 어려우리라 생각합니다.

또 다른 하나는 시성(諡聖)을 하는 일에 대한 소견입니다. 그 일은 아픔으로부터 피어난 영광의 시현(示顯)이라고 할 수도 있고, '신비로운 전범(典範)의 전승'이라고 해도 좋을 일입니다. 가톨릭 안에서 겪는 그 감동을 국외자는 감히 짐작할 수도 없으리라고 생각됩니다. 하지만 끊임없이 이 일을 '사업'으로 지속하는 것은, 그것도 '누구에게나 공평해야 한다'는 까닭 때문에 그렇게 한다는 것은, 자칫 '성인(聖人)의, 양산(量産)'이 낳을 '성인에 대한 불가피한 평가절하'를 유념하실 한계에 이르지 않았나 하는 느낌이 듭니다.

이어 세번째로 말씀드리고 싶은 것이 있습니다. 가톨릭이 자신을 '확장'하는 과정에서 직면하는 이른바 '세속적인 일'들의 처리에서 스스로 주장하는, 예를 들어 정의의 원칙을 얼마나 철저하게 준수하는가, 또는 얼마나 합법적으로 정당하게 수행하고 있는가 하는 것을 여쭙고 싶습니다. 가톨릭의 태도를 살펴보면 국외자의 눈에는 때로 이익집단의 자기방어적인 또는 자기중심적인 잣대가 규범적인 당위적 덕목을 판단하는 준거로 작용하고 있는 것은 아닌가 하는 모호함이 느껴지기도 하기 때문입니다.

다음으로 드리고 싶은 말씀은 가톨릭의 살림살이를 지금보다 더 투명하게 할 수는 없는지 여쭙고 싶습니다. 대체로 밝혀지고 있는 것은 신도수, 성당수, 기본적인 조직, 여타 기관들 및 그들이 하는 일 등입니다. 이에서 더 나아가 재정을 포함한 전체적인 자기 모습을 드러내는 일은 불가능한지 모르겠습니다.

마지막으로 참으로 죄송한 말씀을 드리겠습니다. 미국 가톨릭의 문제로 크게 부각된 바 있고 아직도 잠잠해지지 않고 있는 이른바 성직자의 성추행과 관련된 것입니다. 저는 불행히도 이러한 일로부터 우리의 어떤 종교들도, 따라서 가톨릭도 예외일 수 없다는 불안한 생각을 가지고 있습니다. 공식적인 어떤 자료도 드러나고 있지 않습니다만 '헛소문'의 수준을 넘는 우려가 여러 구석으로부터 나오고 있습니다. 성직자 자신의 의식의 변화, 성직에 대한 인식의 변화, 성직에 대한 새로운 정체성에 대한 신학적이고 교회 구조적인 논의는 유예될 수 없는 급한 일들 중의 하나라고 생각합니다.

사람들은 가톨릭이 지금 이 땅의 어느 종교보다 건강하다고 인식하고 있습니다. 늘 그러기를, 그래서 한국의 종교문화가 참으로 건강하기를 기원합니다.

성직자와 '성폭력'

　　며칠 전에 이른바 '성직자들의 성폭행'
에 관한 기사가 신문에 났습니다. 그 정도가 심각하다는
사실과 이에 대한 적극적인 대처가 절실하다는 주장이 함
께 보도되었습니다.

　　미국에서는 가톨릭 성직자들이 아이들을 성의 노리개
로 '학대'했다는 사실이 드러나면서 작년 한 해 동안 사회
전체에 파문을 일으켰습니다. 신자인 피해자들의 소송이
줄을 이었고, 교회의 패소와 보상이 잇따르면서 어느 교구
에서는 자기네 재산을 처분해도 보상금을 마련하지 못한
경우조차 생겼으며, 급기야 교황청에서도 이 문제를 해결

하기 위해 미국 주교들만을 소집하여 회의를 열기도 했습니다.

이러한 일들은 개신교나 가톨릭에만 있는 현상은 아닌 듯합니다. 저는 학생들과의 면담을 통하여 상당히 우려할 만한 수준에서 성직자들과 신도들 간의 불건전한 관계가 '비정상적인 성관계'의 범주 안에서 이루어지고 있다는 사실, 또 상당한 수준에서 이른바 '성폭력'에 준하는 일들이 성직자와 신도들 간에서 벌어지고 있다는 사실을 확인한 경험이 있습니다. 불교도 예외가 아닙니다.

성직자의 처신이나 신도와 성직자의 관계가 어떠해야 한다는 당위론만을 준거로 한다면 이런 일은 있을 수 없습니다. 그리고 만일 이러한 일이 일어난다 할지라도 그것은 '예외적인 일'이고, 그것도 성직자라고 할 수 없는 '못된' 사람과 신도라고 할 수 없는 '그릇된' 사람 사이의 일이라고 비판해 버리고 맙니다. 다만 사이비한 사람들이 저지른 나쁜 일이므로 사실상 '우리 종교'와 아무런 상관도 없다고 말하는 것입니다.

그러나 당위론만을 가지고 현실을 덮어버리면 그것은

나도 남도 속이는 것입니다. 그러한 자기기만의 사슬에 얽매이기보다 사태를 정확하게 파악하고 이를 위한 이념적이고 제도적이며 직접적이고 현실적인 대책을 서둘러 마련하는 것이 옳은 일입니다. 이를 위해 두 가지 사실을 우리 종교들은 현실적으로 승인해야 하리라고 생각합니다.

첫째, 성직자는 누구보다도 '성의 유혹'에 노출되어 있다는 것을 승인해야 합니다. 많은 경우, 신도들이 지닌 성직자에 대한 신뢰와 기대는 '연정(戀情)의 정서'와 크게 다르지 않습니다. 종교경험이 남녀의 정으로 비유되는 것은 이미 고전적인 일입니다. 그런데 사람의 그러한 정서는 몸을 가진 현실과 떨어질 수 없습니다. 따라서 '성의 유혹'은 그대로 '성직자의 일상적인 현실'일 수 있습니다. 이를 승인해야 합니다.

둘째, 성직자의 '권위'는 현실적으로 신도들에게 '권력'으로 기능한다는 것을 승인해야 합니다. 성직자들은, 비록 종교에 따라 차이는 있지만 절대자나 절대적인 진리를 보여주는 '대리자'들입니다. 그러므로 그들의 '요청'에 대해, 그것이 어떤 것이든, 신도들은 '순종'이나 '봉헌'을 통해 반응합니다. 이러한 구조는 성직자로 하여금 자신의 기능을 '지배체제'를 가능하게 하는 데 사용하도록 합니다. 따라서 성직자들의 성폭행 사례들을 보면 거의 '성착취'라고 해야 좋을 구조적 특성을 갖습니다. 그럼에도 불구하고 피해자들의 책임론이 종교공동체 안에서 큰소리를 갖는 것은 이러한 권력구조를 간과한 데서부터 비롯된 오판이라고 생각됩니다. 이러한 사실을 단단히 유념해야 합니다.

세상이 험하다 보니 차마 눈뜨고 못 볼 참담한 일이 벌어지는구나 하고 개탄할 수도 있지만 그래도 아직은 건강한 종교들이 사회 속에서 각기 자기 몫을 충실히 하고 있습니다. 다만 이러한 일을 겪으면서 당위론만으로 현실을 호도하지 않는다면 괜찮은데 그렇게 하지 않고 '못된 사람의 나쁜 짓' 정도로 다루려는 모습이 뚜렷하여 걱정이 됩니다. 아무쪼록 이러한 일들을 종교들이 각기 자기 자리에서 잘 다스려주시길 간청합니다.

생태사회 안에서의 종교인들의 역할

주어진 주제가 매우 어렵습니다. '생태사회'라는 말이 제게는 익숙하지 않습니다. 여타 사회와 다른 생태사회라는 것이 따로 있는 것인지 아니면 그저 '생태적인 문제가 지극히 중요해진 사회' 또는 '생태계의 위기 속에 있는 사회' 등으로 이해해도 괜찮은 것인지 가늠이 잘 되지 않습니다. 제 무식 탓입니다.

그런데 '생태사회'의 개념을 어떻게 정의하든 늘 논의되는 '생태계의 위기' 문제로 들끓고 있는 오늘의 사회 속에서 종교는 과연 무엇을 어떻게 해야 할 것인가 하는 것에 대한 소견을 피력하라고 말씀하시는 것으로 이해되는

데, 이 또한 제게는 쉽지 않은 과제입니다. 왜냐하면 상당한 수준의 전문가들이 이 주제에 대하여 이미 충분한 말씀들을 하고 계시고, 여기 계신 분들도 모두 종교가 어떤 일을 어떻게 해야 할 것인지 아실 뿐만 아니라 그것을 인식의 차원을 넘어 실천적인 차원에서 몸소 살아가시는 분들인데, 저는 그러한 주제에 대한 다듬어진 의견도 없고 아무런 실천도 하지 않고 있는 사람이기 때문입니다.

그래서 주어진 주제에 대한 다음과 같은 몇 가지 제 소견을 말씀드리고자 합니다. 하지만 이러한 말씀들이 주어진 주제를 반향(反響)할 수 있을지 전혀 자신이 없습니다.

우선 말씀드리고 싶은 것은 주어진 주제에 대한 제 인상입니다. 사시(斜視)를 가지고 보는 편견일는지 모르겠습니다만 이 주제에서 제가 받는 느낌은 이른바 '생태사회'와 '종교'가 자리하고 있는 철저한 이원적인 구조입니다. 만약 생태사회라는 개념이 삶의 현실 전체가 불가피하게 생태적인 위기에 봉착하고 있다는 것을 함축하고 있는 것이라고 한다면 사회를 구성하는 어떤 것도 이 위기적인 상황에서 예외일 수 없을 것임은 분명합니다. 그런데 저는 종교도 사회현상의 한 구성요소라고 이해하고 있습니다. 따라서 저는 종교도 생태적인 위기의 문제를 여타 사회적 삶의 현상과 조금도 다르지 않게 공유하고 있다고 판단합니다.

그런데 제가 잘못 이해하고 있는 것이 분명할 듯합니다만, 주어진 주제는 마치 생태계의 여러 문제는 이른바 '사회'의 문제이고, '종교'는 그 울에서 벗어나 있는 것이어서 그 문제에 대한 해답을 할 수 있는 유일한 것인데, 그때 이 '타자'의 문제를 어떻게 해결해야 할까 하는 것을 탐색해야겠다는 것으로 보입니다.

물론 저는 종교라는 문화가 '물음에 대한 해답'의 상징체계로 인간의 삶 속에서 현존하고 있다는 사실을 부정하지 않습니다. 그리고 그 해답은 일상적으로 '초월'이라든지 '신비'라든지 아예 '신성(神聖)'이라는 개념들로 묘사될 수 있는 독특한 경험으로 축조(築造)된다는 사실도 그대로 승인합니다. 그러므로 생태적인 문제가 야기되는 현실 속에서 종교가 자신의 자리에서 이 문제를 풀어가야겠다고 나서는 것은 지극히 당연하고 또 자연스러운 일입니다.

그러나 그렇다고 해서 그 해답이, 또는 그렇게 묘사될 수 있는 경험이, 사회나 문화를 넘어서는 차원에서 이루어지는 것은 아닙니다. 종교는 삶의 현실 안에 있는 것이고 사회-문화적 정황 안에 있는 현상입니다. 그러므로 당연히 사회 전체를 생태적인 위기의 정황으로 기술하지 않으면 안 된다고 하는 어떤 불가피한 당위 속에서는 종교도 결코 예외일 수 없습니다. 종교도 생태적인 문제에 노출되어 있을 뿐만 아니라 생태적인 질병을 앓고 있으며, 동시에 그렇기 때문에 생태적인 위기를 구조적으로 직면하고 있다고 해야 옳습니다.

그러므로 종교도 모든 사회구성체들이 생태적인 문제를 초래한 당사자라는 사실로부터 배제될 수 없듯이 그렇게 그 당사자의 범주에서 벗어날 수 없거니와 당연히 모든 사회구성체들이 생태적인 문제를 해결하려는 주체라는 사실로부터 예외일 수 없듯이 종교도 그 주체라는 범주에서 벗어날 수 없습니다. 따라서 종교가 생태사회의 문제를 논하면서 자신의 역할을 새삼 탐색하려는 과정에서 주목할 것은 생태적인 문제와 무관한 '정결한 자아'가 그렇지 못한 '부정한 타자'를 만나 그 타자의 문제를 해결하려는 그러한 투로 이 문제를 논의할 수는 없다고 하는 사실입니다. 이제까지 생태계의 문제를 직면하면서 종교가 자신의 '무염(無染)한 자아'만을 주장해 온 것은 아닙니다. 끊임없는 성찰 속에서 자신의 어떤 가르침이 오늘의 문제를 초래한 비극적 원인을 제공했으리라는 '참회'를 선언한 것도 분명한 사실입니다. 그러한 태도는 쉽지 않은 일입니다. 그러나 그리스도교 신학이나 교회의 전통은 그같은 사실을 실천한 바 있습니다. 그러한 자기성찰을 결했다면 지금 이루어지고 있는 생태사회에 대한 깊은 고뇌와 실천적인 대안의 모색은 불가능했을 것입니다.

하지만 여전히 종교는 자신이 해답의 주체라는 사실에 근거하여, 적어도 논리적으로, 자신을 생태사회와 공존하기보다 다만 그 타자와 병존하는 자아, 그래서 물음과 동질적인 차원일 수 없는 해답이라고 하는 이질적인 다른 차원에서 현존한다는 사실을 확인하는 자의식에서 충분히 벗어나 있지 않은 듯합니다. 다시 반복되는 이야기입니다만 자신이 해답의 담지자라는 주장은(대체로 모든 종교는

270

이 문제에 관한 한, 자신이 곧 해답이라고 주장합니다) 자신이 문제의 공범이라는 사실을 애써 드러내지 않으려는 태도를 보여주는 예증입니다.

저는 주어진 주제에서, 다시 말씀드리면 생태사회를 다루는 종교인들의 선언과 실천을 포함한 그들의 태도에서, '타자'에 대한 '자아'의 연민을 발견할 수는 있어도 '자아'에 대한 '자아'의 아픔을 공감할 수는 없다는 안타까움과 아쉬움을 갖습니다. 더 소박하게 말한다면 저는 '의사가 환자를 치유하려는 경탄할 만한 노력'이 아니라 오히려 '환자가 환자를 서로 위로하면서 서로 치유하려는 감동스러운 노력'을 확인했으면 좋겠는데, 그럴 때마다 직면하는 것은 '의사의 질책과 감당하기 힘든 치료와 준수할 수 없는 건강수칙의 강요'입니다.

적절한 비유가 되었는지 모르겠습니다만 종교가 스스로 해답이라고 자신을 주장하면서 생태사회라는 질병현상에 대해서도 스스로 의사이기를 자처할 수는 있는데, 그래도 그때 종교에서 기대되는 것은 '다른 형태의 의사'이어야 하지 않을까 하는 기대입니다. 저는 신학을 전혀 모릅

니다만 '신이 인간이 되시어 인간을 구원하셨다'는 그리스
도교의 주장은 예사롭지 않다고 느껴집니다. 그것은 '해답
의 구조와 속성'을 천명한 것이라고 여겨지기도 하는데,
분명한 것은 그때 해답의 실천주체는 결코 '의사'가 아니
었다는 사실입니다. 그 해답의 주체는 철저하게 '환자'였
습니다. 역설적으로 말한다면 '의사이지만 환자이고 환자
인데 의사'라는 정체성이 비로소 '구원'을 현실화한 것이
아닌가 생각합니다. 그것이 이른바 '인카네이션
(incarnation)의 신비'를 발휘하는 것인지도 모릅니다. 저
는 그러한 신비가 생태사회에서의 종교의 역할이었으면
좋겠다는 막연한 생각을 가지고 있는데, 주제에서는 그러
한 역설적인 신비보다 이원적인 갈등이 첨예화되고 있는
것은 아닌가 하는 느낌을 받습니다.

이제까지 말씀드린 바는 달리 표현한다면 생태사회를
직면한 종교의 자의식, 곧 주체의 자기인식과 관련된 언급
이라고 할 수 있습니다. 그런데 또 하나 말씀드리고 싶은
것은 생태사회라는 현상에 대한 인식의 문제입니다. 생태
사회라고 묘사할 수밖에 없게 된 상황은 매우 심각한 사

태를 일컫는 것입니다. 사실 누가 가르쳐주지 않더라도 지금 우리는 거의 회복 불가능할 정도로 심각한 생태적 질병을 앓고 있다는 것을 알고 있습니다. 그리하여 생태문제는 새로운 묵시록의 내용을 구성하기도 하고 종말적 징후로 읽혀지기도 합니다. 그러므로 이미 생태사회에 대한 발언은 '경고'가 아니라 '낙담과 좌절과 절망' 들입니다.

인간에 대한 이해도 다르지 않습니다. 저는 이른바 사이보그(cyborg)에 대한 많은 관심을 가지고 있습니다. cybernetics와 organism의 복합어인 사이보그의 전형적인 인간상을 우리는 예를 들어 〈600만불의 사나이〉를 통해 확인합니다. 부분적으로 인간이고 부분적으로 기계인 사이보그의 현존은 이미 만화나 영화의 현실이 아닙니다. 다시 말하면 상상의 차원에서 이루어지는 현실이 아닙니다. 이미 사이보그는 픽션도 아닙니다. 그것은 많은 사람이 그렇게 살아가고 있는 현대인의 이름이고 누구나 언젠가 살아갈 개연성이 있는 잠재적 현실입니다. 현대의 생리학과 기계공학이 일구어낸 기막힌 몸의 실재이고, 그렇기 때문에 그것은 동시에 사회적 실재입니다. 조금 더 강조한다면 놀이, 일, 사랑, 출산, 질병, 죽음 등이 사이보그를 준거로 하여 그 패턴이 바뀌고 있을 정도입니다. 사이보그의 출현은 예상이 아니라 현실입니다. 이미 인간은, 무어라 할까요, techno-being(기술-존재)이 되었습니다. 그렇다면 이러한 '새로운' 인간관의 서술이 불가피하다는 맥락에서 자연도 이미 techno-nature(기술-자연)라고 해야 옳고, 역사도 문화도 생명도 모두 techno-history(기술-역사), techno-culture(기술-문화), techno-life(기술-생명)라고 해야 할지 모릅니다.

이것이 만약 우리가 직면한 생태사회의 현실이라고 한다면 그 연계된 두 개의 실재의 분리를 주장하는 것으로 문제의 해답이 가능할 것인가 하는 물음을 묻지 않을 수 없습니다. 많은 경우 생태사회를 염려하는 종교의 발언들은 이 둘의 '분리'만이 문제에 대한 해답을 이루는 첩경이고 당위적인 것이라고 주장하는 듯한 인상을 줍니다. '자연에의 회귀'는 해답을 이루는 매우 중요하고 표징적인 지표입니다. 이른바 '과학적인 첨삭'이 이루어지지 않은 '원상태'에 대한 향수의 강조도 그러합니다. 따라서 '상실'

에의 아쉬움, '훼손'에의 분노로부터의 해답의 모색은 그 규범적 원칙을 찾아내기 시작합니다. 이러한 맥락에서 종국적으로 해답은 '회복'으로 귀착합니다. '되찾음'을 이룩할 때 비로소 해답은 현실화하는 것이라고 주장하는 듯합니다.

그런데 문제는 심각합니다. 그 둘의 분리는 지금 여기에서 현존하는 어떤 존재(being)도, 그러므로 자연(nature)도 역사(history)도 문화(culture)도 생명(life)도 더 이상 지탱하지 못하게 한다는 사실입니다. 사실상 어떤 기술(technique)도 그러한 것과 분리되어 존재한 것은 없습니다. 그런데 마치 인공심장을 달고 살아가는 환자로부터 그 기계를 떼어내도록 하라는 처방을 하는 것과 같은 비현실적인 '환자에 대한 인식'이 때로는 종교가 가지는 생태사회에 대한 인식은 아닌가 하는 불안이 일 때가 있습니다.

종교가 제시하는 해답의 가장 구체적인 상징은 죽음입니다. 죽음은 모든 생명의 처음이기도 합니다. 죽지 않으면 생명은 없습니다. 그러한 상징의 도식을 적용한다면 생태사회가 절망적이라고 판단하는 경우, 지금 여기의 생태사회적 구조와 표상이 모두 철저하게 소멸되는 것만이 그 당해 사회를 살려내는 해답을 초래하는 실제적인 첩경일 수 있습니다. 그렇다면 그 분리는 정당한 '방법'입니다. 하지만 문제는 그 방법의 적용이 오히려 구원받아야 할 당사자의 현존 자체를 부정하는 데 이르게 한다는 사실입니다. 결국 구원해야 할 아무런 대상도 없는 구원론의 선포와 다르지 않은 현실에 직면할 수도 있습니다.

물론 종교가 주장하는 죽음의 상징은 그 의미론에서 결코 존재 자체의 소멸을 의도하는 것은 아닙니다. 앞에서 주장했듯이 그것이 상실과 훼손으로부터의 '회복'을 주장하는 한, 그것은 '새로운 존재로의 변화'를 뜻하는 것입니다. 그렇다면, 예를 들어 기계와 인간의 분리가 초래할 새로운 사태를 '인공심장의 제거'라는 것으로 비유할 수는 없습니다. 그것은 어쩌면 전혀 부적합한 예일지도 모릅니다. 새로운 존재로 다시 태어나는 경험이란 그렇게 실증적으로 구체적인 것이라고 말할 수 없는 신비한 경험에 내장된 어떤 의식이어서 상황적으로 드러나게 마련이기 때문입니다.

하지만 생태사회를 염려하는 종교의 해답의 주장은 그러한 의미론적 해석을 넘어서는 구체적이고 실천적인 차원에서 현실화합니다. 주어진 주제에서 '종교인의 역할'이라는 표제가 시사하는 것은 해답이 실천적으로 수행되기를 바라는 것입니다. 그러므로 그 문제제기는 철저하게 상징성을 배제합니다. 상징적 의미론의 진술은 그 주제가 기대하는 '역할'에는 포함되지 않습니다. 생태사회에서 종교인은 지금 여기에서 무엇을 어떻게 해야 한다는 당위만을 살아야 한다는 요청만이 현실화합니다. 왜라는 물음에 대한 논의는 철저하게 차단될 수밖에 없습니다. 그러한 것을 묻는 것은 불손하고 불온합니다. 마땅한 가치에 대한 회의는 계몽되어야 하거나, 연민의 정으로 안아야 할 것이거나, 아니면 배제되고 저주되어야 할 것이기 때문입니다.

그런데 참으로 역설적이지만 바로 이러한 사실은 그 구체적 실천이 때로 지극히 비현실적이고 낭만적일 수 있음을 보여주기도 합니다. 구체적인 실천은 다양한 선택 가능한 다른 실천들을 의도적으로 배제하는 것과 다르지 않습니다. 따라서 선택은 언제나 과오 가능성을 내장합니다.

무릇 모든 실천은 그러합니다. 그러므로 그 과오 가능성을 간과하거나 부정하는 구체적 실천은 지극히 비현실적이고 낭만적일 수밖에 없습니다. 그 낭만이 때로는 엉뚱한 결과를 초래합니다. 생태사회와 관련하여 '인공심장 떼어내기' 식의 과오는 항존하는 일입니다. 문제는 그럼에도 불구하고 그러한 실천적 구체성을 유보하고는 어떤 해답의 모색도 비현실적이라는 사실에 있습니다. 이것은 참으로 괴로운 역설입니다. 아니면 과오 가능성을 안고 선택을 수행할 수밖에 없다고 하는 것은 모든 구체적인 삶의 서글픈 운명인지도 모릅니다. 구조적으로 과오 가능성을 배제한 실천은 없기 때문입니다.

중요한 것은 실천주체의 태도입니다. 선을 실천한다는 자기정당성에 대한 신뢰와 아울러 실천한 사실의 과오 가능성에 대한 되살핌은 당연한 윤리로 자기정당성의 윤리와 함께 있어야 합니다. 사업적인 차원에서 이루어지는 계획과 실천과 평가의 과정 안에 있는 평가를 말씀드리려는 것이 아닙니다. 자신의 실존 자체의 역설에 대한 승인, 그로부터 비롯되는 실천의 과오 가능성에 대한 새로운 인식의 맥락에서 이루어지는 근원적인 '참회'를 언급하고자 하는 것입니다. 그렇지 않으면 실천주체는 자기 실천을 준거로 한 자기정당화만을 동어반복의 논리로 주장하게 됩니다. 그런데 그것은 다른 것이 아닙니다. 오만입니다. 선행이 정당성과 순수성에 의해서 강조될 때 자칫 간과할 수 있는 것이 바로 그 틈새에서 솟아나 자기도 모르게 자신을 주조하는 오만입니다. 그리스도교가 가장 저어한 것이 바로 휘브리스(hybris, 신과 같이 되려는 오만)였던 것을 기억하고 싶은 것은 이 때문입니다. 아울러 그리스도교가 가장 강조한 것이 메타노이아(metanoia, 회개)였던 것도 바로 이 때문이라고 이해하고 싶습니다. 생태사회에서의 종교인의 역할은 그것이 어떤 것이든 메타노이아를 수반하지 않고는 그 본래적 의도를 실현할 수 없으리라는 생각을 말씀드리고 싶습니다.

끝으로 한 가지만 더 말씀드리고자 합니다. 저는 때로 생태사회에 대한 염려의 발언과 그것이 지닌 문제를 해결하려는 실천이, 또는 환경론이, 새로운 구원론(soteriology)일 수 있을까 하는 생각을 하곤 합니다. 더 적극적으로 말한다면 그것이 기존의 종교들이 불가피하게 '자기 영역'을 제한당하거나 과거의 '영광'을 상실해 가는 현실에서 '대체종교'가 될 수 있을 것인가 하는 생각을 합니다.

'종교'와 '종교들'을 논의하면서 다시 '종교적'인 것을 논의해야 하는 현대에서 생태사회에 대한 물음과 해답은 훌륭하게 '종교적'일 수 있다고 생각합니다. 더구나 생태사회의 문제를 제기함으로써 종교들을 범세계화(globalize)하기도 한 것을 고려하면 더욱 그러합니다. 하지만 때로는 기계와 인간의 공생(共生) 속에서 더 많은 사람들이 자신들의 구원론을 확인한다는 사실을 고려한다면 그 새로운 구원론과의 시샘과 경쟁과 갈등이 생태사회에 대한 종교인의 역할을 논의하게 된 기반인지도 모른다는 매우 불손한 생각도 하게 됩니다.

이런저런 많은 것을 말씀드리고 싶었는데 잘 안 됩니다. 용서해 주시기 바랍니다.

어른이 되지 못하는 문화

물 이야기

　　동강댐을 둘러싼 논쟁이 끊이질 않습
니다. 한쪽에서는 그 일이 자연을 그르친다며 말리고 있
고, 다른 한쪽에서는 그 일을 하지 않으면 살 수 없다고 야
단입니다. 그런데 결말은 같습니다. 산과 더불어 맑은 물
을 고이 지켜야 한다든지 먹고 쓸 물을 저장해야 한다든지
양쪽 모두 물을 아끼려는 뜻에는 다름이 없는 것입니다.

　　동강의 문제는 '작은 예'에 지나지 않습니다. 이제 바야
흐로 물문제는 삶을 위협하는 일이 되었습니다. 마음놓고
마실 물도 없고, 농사에 적합한 자연스러운 물도 없고, 공
장에서 쓸 넉넉한 양의 물도 없습니다. 물은 더러워지고

썩고 메말라가면서 삶을 거칠고 푸석거리게 만듭니다. 참 큰일입니다.

하기야 산업화되고 도시화된 삶의 환경에서 물은 '생산되고 분배되는 자원'이기 때문에 철저히 관리해야 하는 것인데 이를 제대로 하지 못해 생긴 어려움이라 여기기도 합니다. 따라서 과학적인 처방과 효율적인 관리를 통해 해결하면 된다고 주장합니다.

옳은 주장입니다. 그러나 이렇게만 해서 일이 풀릴 것 같지 않습니다. 물에 대한 우리의 태도를 보면 그렇습니다. 우리의 전통적인 문화 속에서 물을 어떻게 대했는지 살펴보면 지금 우리 잘못이 환히 보입니다.

옛날 어른들은 물을 예사로운 것으로 여기지 않았습니다. 물은 신비 자체였습니다. 물은 생명의 근원이고 모든 존재하는 것의 원초의 모습이었습니다. 그러므로 그것은 태초의 순수이기도 하였습니다. 삶의 결이 찢기고 어긋나면 옛 어른들은 물에다 그 아픔을 담고 물로부터 비롯되는 새 삶의 꿈을 가슴속에 간직했습니다. 새벽마다 정화수를 떠놓고 비손하던 '어머니'

의 모습에서 물의 신비를 살아가던 우리의 본디 모습을 봅니다. 그런가 하면 물은 깨끗함이기도 했습니다. 이른바 목욕재계는 몸의 때 씻기가 아니었습니다. 살아가면서 얼룩지고 더러워진 마음을 말갛게 씻어 새 사람이 되는 몸짓이었습니다. 그렇기 때문에 그 정화(淨化)를 위해 물은 감히 더럽혀질 수 없는 순결한 것으로 언제나 있는 것이어야 했습니다. 관개(灌漑)와 저수(貯水)를 게을리 하지 않으면서도 가뭄이 들면 하늘을 향해 잘못을 뉘우치며 나라님이 기우제를 지냈고, 큰물이 넘치면 서둘러 부덕(不德)을 참회했습니다. 그래서 물은 자연만이 아니라 생명이고 신비이고 도덕이고 규범이었습니다.

그런데 우리는 물로부터 그러한 모든 것을 지워버렸습니다. 그리고 남은 것은 더러워진 물, 모자라는 물, 관리해야 하는 물밖에 없습니다. 안타까운 일입니다.

그렇다면 우리는 물에 대한 우리의 근원적인 태도를 되추스를 필요가 있습니다. 물의 신비를 새삼 간직하는 일이 그것입니다. 물을 철철 흘리고 버리는 일은 생명을 상하는 못된 짓이고 물을 더럽히는 일은 스스로 순수를 짓

밟는 짓임을 터득하지 않으면 안 됩니다. 이러한 의식이 되살아날 때 비로소 물을 과학적으로 다루고 효율적으로 관리하는 일도 의미 있는 일이 될 것입니다. 다시 말하거니와 물은 생명이고 그래서 신비입니다. 생명과 신비를 마냥 이렇게 더러워지고 메말라가게 할 수는 없는 일 아닙니까?

치매사회

    고령인구가 늘면서 치매가 관심의 대상이 되고 있습니다. 치매란 정신이 흐려지고 사물을 제대로 분간하지 못하는 상태를 일컫는 것인데, 옛날에는 이러한 증세를 보이는 노인을 망령이 들었다고들 했습니다.

    무어니 무어니 해도 치매의 특징은 기억을 제대로 하지 못하는 것입니다. 밥을 먹었는지 옷을 입었는지도 잘 모릅니다. 자식도 알아보지 못하고 내외간에도 남처럼 만납니다. 분명하고 현철하셔서 만날 때마다 상쾌한 즐거움을 주시곤 하던 어른께서 치매로 저를 몰라보시던 경험은 내내 아픈 상처로 제게 남아 있습니다. 치매는 참 괴로운 현상입니다. 그런데 최근에는 점차 그 원인이 밝혀지면서 곧 치료약을 만들어낼 듯하다니 얼마나 다행한지 모릅니다.

그러나 노인의 치매는 그렇게 고쳐지게 된다니 고마운데, 요즘 저는 무척 불안합니다. 사회가 치매를 앓고 있는 것은 어떻게 치유해야 하나 하는 걱정이 생겼기 때문입니다. 사회도 치매에 걸리나 하고 항변하신다면 할 말은 없습니다. 그러나 분명한 것은 아무래도 지금 우리 사회는 이제까지 우리가 어떻게 견뎌 어떻게 여기까지 이르렀는가 하는 것을 전혀 기억하지 못하는 심한 치매를 앓고 있는 것으로밖에는 달리 설명할 수 없는 일들이 예사로 일어나고 있는 듯합니다.

몇 주 전에 강화도 일대를 순례하면서 새삼 그러한 생각이 들었습니다. 고인돌로부터 비롯하여 특히 고려조 이후 근대 개항기에 이르는 온갖 역사의 흔적이 그 섬에는 하나 가득 참으로 선명하게 남아 있었습니다. 그 자취를 둘러보면서 이 역사를 만약 우리가 지금 뚜렷하게 기억하고 있다면 오늘 우리가 사는 모습이 이렇게 엉망일 수 있을까 하는 생각이 들었습니다. 스스로 부끄러웠고 새삼 우리의 현실이 참담하게 느껴졌습니다.

"한 번 경험을 통해 배우지 못하는 사람은 게으른 사람이고, 두 번 경험을 하면서도 배우지 못하는 사람은 어리석은 사람이다. 세 번 경험을 하면서도 여전히 배우는 것이 없다면 그 사람은 나쁜 사람이다. 그런데 네번째 경험에서도 아무것도 배우지 못하면 그 사람은 사람이 아니다." 제가 어렸을 때 선생님으로부터 들었던 이야기입니다. 그런데 우리는 어떻습니까? 아예 어떤 경험을 했다는 사실을 잊고 있다면 그 사람은 무어라 불러야 좋을지 모르겠는데, 바로 그 사람이 우리들 자신은 아닌지 모르겠습니다. 참 답답합니다.

역사를 읽었으면 좋겠습니다. 마음을 가다듬고 맑은 정신으로 또박또박 역사를 공부했으면 좋겠습니다. 아니, 이렇게 거창하게 말하지 않아도 됩니다. 10년 전의 일을 기억했으면 좋겠습니다. 그것이 너무 길면 작년 일만 기억해도 넉넉합니다. 그것도 짐스러우면 어제 일만 분명하게 기억해도 충분합니다. 그 기억의 내용이 실패여도 좋습니다. 성공이어도 좋습니다. 만약 기억만 할 수 있다면 그 기억만으로도 우리는 오늘 여기에서 어떻게 내가 살아야 하는가 하는 최소한의 원칙만은 마련할 수 있을 것이기 때문입니다.

기억의 상실은 인간의 존엄을 파괴한다고 플라토는 말했습니다. 옳은 말입니다. 사회가 치매현상을 드러내는 것은 그 사회의 존엄이 황폐하게 되고 있음을 뜻합니다. 우리 사회를 이렇게 둘 수는 없습니다. 우리 모두가 지난 일을 되기억하면서 이 슬픈 치매의 징후에서 우리 사회가 어서 벗어나기를 빌어야 하겠습니다.

어른이 되지 못하는 문화

　　　　캐나다에서 열린 국제학술대회에 다녀왔습니다. 오랜만에 많은 외국인 학자들과 담소를 나누었고 서로 관심을 가지고 있던 주제들에 대한 진지한 토론을 할 수 있어 무척 즐거웠습니다. 그런데 어느 날 점심시간에 미국인 인류학 교수가 한 말은 제게 상당한 충격이었습니다. 그는 다음과 같은 이야기를 했습니다. "요즘 나는 대단히 흥미로운 연구주제를 하나 찾아냈다. 물론 늘 내가 해온 비교문화학의 문제인데 다른 것이 아니라 한국의 젊은이들에 관한 것이다. 나는 많은 한국의 유학생들을 알고 있다. 그런데 대체로 그들은 고향의 부모로부터 학비를 받아 이곳에서 공부를 하고 있다. 거의 90%가 그렇다. 그런데 한국 이외의 다른 나라 유학생들은 한국 유학생들보다 고국에서 돈을 갖다 쓰는 비율이 훨씬 낮다. 물론 여러 가지 상황을 그대로 비교할 수는 없지만 미국의 젊은 이들은 정반대로 거의 90%가 스스로 학비를 마련하여 공부하고 있다. 내가 관심을 가지는 것은 한국의 경우 언제부터 젊은이들이 자기 자신을 스스로 책임지는 어른이 되는가 하는 문제이다.”

저는 이 이야기를 들으며 마음이 착잡했습니다. 우리 젊은이들은 과연 언제 어른이 되는가?

그의 이야기는 별로 틀린 것이 없습니다. 개인에 따라 편차가 많겠지만 최근 우리 해외유학생들은 거의 부모의 도움을 받고 있습니다. 고등학교를 졸업하고 대학을 졸업했는데도 여전히 부모의 도움을 받으며 살아가고 있는 것입니다. 하기야 외국유학이라는 것이 쉬운 일이 아닙니다. 분야에 따라서는 장학금도 없고 노동을 하려 해도 기회가 제한되어 있을 뿐만 아니라 법적인 제약이 따르기도 합니다. 어차피 부모의 도움을 받는 것은 불가피한 것이라는 사정도 충분히 이해할 수 있습니다.

그러나 이러한 지적에서 발견하는 것은 우리 사회가 어른을 만드는 계기를 가지고 있지 않다는 사실입니다. 물론 고등학교를 졸업하면 법적인 어른이 됩니다. 그러나 그들이 정말 어른일까요? 우리 사회는 그러한 젊은이들을 어른으로 여기지 않습니다. 대학을 다니거나 졸업을 해도 사정은 달라지지 않습니다. 남자의 경우에는 병역을 마치지 못하면 사회에서 제구실을 제대로 하지 못합니다. 취직도 결혼도 사실상 제약을 받습니다. 그러므로 군에서 제대하고 취직을 하기까지 아직 어른이 아닙니다. 우리 사회의 경우 생리적인 나이가 아무리 많아도 사회적인 어른이 되려면 참 많은 고비를 넘지 않으면 안 됩니다.

하지만 더 중요한 것은 어른을 만들지 않으려는 어른의 횡포가 심각한 문제를 야기한다는 사실입니다. 언제부터 이 모양이 되었는지 모르지만 우리의 부모들은 자식들이 아무리 자라고 나이를 먹어도 자기 품에서 풀어놓지 않습니다. 사사건건 자식이 자기의 뜻대로 움직이기를 바랄 뿐만 아니라 그렇게 철저히 간섭을 합니다. 대학입시장에 부모가 따라가는 것은 어느 틈에 일상적인 일이 되어 버렸습니다. 어이없는 일이지만 이제는 대학원입시에도 따라오는 어머니가 있습니다. 직장 취업시험현장에서 커피를 끓여가지고 자식을 기다리고 있는 어머니를 보는 일이 드물지 않다고 하니 도대체 자식들을 어디까지, 그리고 언제까지 따라다녀야 우리의 부모들은 마음을 놓을는지 참으로 암담합니다. 결혼도 그렇습니다. 부모의 간섭 때문에 결혼에 고민해야 하는 남녀를 주인공으로 하는 텔레비전 드라마는 우리 안방에서 어쩌면 영원히 사라지지 않을지도 모릅니다. 그만큼 그것은 우리 삶의 절실한 현실을 이루고 있는 것입니다. 결혼을 하고 나서도 다르지 않습니다. 부모는 집을 사주어야 하고, 김치를 담가주어야 하며, 자식을 키워주어야 합니다.

어른이 없습니다. 우리의 부모들은 이상하게도 자식을 어른으로 만들지 않으려고 합니다. 자식들도 그렇습니다. 부모 그늘에서 안주할 뿐 스스로 자기 세계를 이룩하려는 적극성을 보이지 않습니다. 그런데 그렇게 자란 자식이 어느덧 나이를 먹어 부모가 됩니다. 세상은 점점 어른 아닌 부모와 어른 아닌 자식들만의 모듬살이가 됩니다. 유치하고 철없는 세상이 되는 것입니다. 얼마 전만 해도 공중목욕탕에서 풍덩거리며 수영을 하는 것은 버릇없이 자란 아이들의 못된 짓이었습니다. 그런데 이제는 공중목욕탕에서 자식에게 수영을 가르치는 아버지를 만납니다. 기가 막힌 일입니다. 사회문제를 일으키며 우리 경제를 주름잡히게 한 대기업들의 문제는 들여다보면 이른바 2세들의 경영이 빚은 한심한 구조를 보여줍니다. 정치계에서는 '아들'이 초점이 되어 논란을 빚습니다. 그 아들의 아버지도 문제이지만 아들을 치고 대드는 것도 유치하기는 마찬가지입니다.

어른은 스스로 서서 자기의 삶을 책임지는 주체를 일컫는 말입니다. 그러나 이러한 어른이 없습니다. 있는 것은 이미 있는 어른의 그늘에서 노랗게 키만 껑충한 가녀린 콩나물 같은 자식들입니다. 많이 컸다고 부모는 만족을 하고, 꽤 헌칠하게 자랐다고 스스로 만족을 할는지 몰라도, 그 몰골로 세상을 살아간다는 것은 참 딱한 일입니다. 따가운 햇빛도, 몰아치는 바람도 견딜 까닭이 없습니다. 그러나 세상은 그렇습니다. 모질고 황량하고 거칩니다. 거기에 씨를 뿌려야 하고, 김을 매야 하고, 꽃을 피워야 하고, 결실을 거두어야 하는 것이 삶입니다. 그러한 일을 하기 위하여 우리는 자라고 성숙하는 것입니다. 그러나 끝내 부모의 품속에서 노랗게 자란 아이들이 그 일을 감당할 수는 없습니다.

옛날 어른들의 말씀이 새삼 떠오릅니다. 봉숭아는 여름을 보내고 꽃이 지면 씨방이 단단한 껍질로 굳어집니다. 그러다가 그 껍질이 바짝 마르면 탁 터지면서 씨들이 멀리 또 가까이 튀어나갑니다. 그때 봉숭아는 이렇게 말한다고 합니다. "가장 멀리 튀어나간 씨가 진짜 내 자식이다."

자식사랑이라는 구실로 자식들을 자기 소유물로 만들어 자기 그늘에만 두려는 어버이는 사실은 자기가 성숙하지 못함을 그렇게 가리고 있는 것이나 다르지 않습니다. 그것은 자식을 제대로 크지도 못하면서 나이만 먹는 분재(盆栽)처럼 만드는 일입니다. 자기가 보기에는 아름답고 탐스러울는지 몰라도 분재는 철저하게 잘못 큰 식물(植物)입니다. 자식을 그렇게 만들 수는 없습니다.

어른의 부재는 불안합니다. 그러한 유치한 사회는 그만큼 살기가 곤혹스럽습니다. 책임주체가 없기 때문입니다. 이 가을, 하늘이 높은데, 그 투명한 하늘 아래에서 한번쯤 어버이도 자식들도 참으로 자기가 얼마나 성숙했는가를 단단히 가늠해 보았으면 좋겠습니다.

어른 만드는 문화가 새삼 절실합니다.

늙은이들

한 여자가 북쪽을 향해 걷고 있었다. 한 남자가 남쪽을 향해 걷고 있었다. 빈 들판에서 둘이 만났다. 남자가 물었다.

"어디서부터 오니?"

여자가 말했다.

"남쪽으로부터 오는 길이야. 너는 어디에서 오니?"

남자가 말했다.

"북쪽으로부터 오는 길이야. 혼자 오니?"

"그래." 여자가 말했다.

"그럼 우리 결혼하자." 남자가 말했다.

"그래. 내가 네 아내가 될게." 여자가 말했다.

둘은 불을 피우고 함께 잤다. 이것은 이제까지 없던 처음 일이
다. 해가 뜨면 둘은 둘이 되어 사냥도 하고 음식도 만들었다. 둘은
각기 완전했다. 그러나 각기 서로 상대방의 한쪽이었다. 해가 지
고 어두워지면 둘은 하나가 되었다. 신은 남자와 여자를 만들지
않았다. 사람을 만들었을 뿐이다. 그런데 사람은 낮에는 둘이고
밤에는 하나다.

—오스트레일리아 원주민 문칸족의 사람창조 신화에서

이 신화를 처음 읽었을 때 참 산뜻했습니다. 아주 발상
이 달랐습니다. 태초에 신이 남자와 여자를 만들었다는 이
야기, 남자로부터 여자를 만들었다는 이야기, 여자가 남자
를 유혹했다는 이야기, 남자와 여자가 한 몸이었는데 갈라
져 제 짝을 찾는 것이 사랑이라는 이야기, 여자가 된 짐승
과 신의 아들이 결혼했다는 이야기, 양성구유(兩性具有)의
상징 등등에 익숙해 있는 저에게 이것은 전혀 '다른' 이야
기였습니다. 낮에는 둘, 밤에는 하나라는 인간관도 그렇거
니와 둘이 하나되는 것이 아니라 본래 하나가 둘로 살아
가는 것이라는 묘사가 전혀 예상할 수 없었던 것이었기

때문입니다.

이 이야기를 몇몇 친구들에게 해주었습니다. 반응이 제각기 달랐습니다.

"야, 그것 언제 적 이야기냐? 아득한 신화가 아니라 백인들이 원주민들에게 일부일처제 이데올로기를 심어주기 위해 꾸며서 한 이야기 아냐?"

그래도 이 반응은 점잖고 제법 현학적입니다. 같은 반응을 전혀 다르게 하는 친구도 있었습니다.

"우리 신화가 아니어서 다행이다!"

이쯤은 아직 괜찮습니다. 저의를 읽을 수 없는 것은 아니지만 그래도 염치는 있다고 판단되기 때문입니다.

"역시 신화는 신화군. 아득한 옛날이야기임에 틀림없어. 요즘은 어떤지 아니? '낮에는 홀로, 밤에는 둘'이 현실이야. 남자도 여자도 끝내 혼자이지. 인간이 그런 것 아니겠니?"

이것은 심각한 자조(自嘲)입니다. 정직하기는 한데 잔뜩 고뇌에 빠진 채 딱합니다. 아이엠에프 덕인지 구조조정 탓인지는 몰라도 너무 무기력하고 안타깝습니다.

이 말을 듣던 다른 친구가 나섰습니다.

"웃기고 있네. (저는 이 표현만 들으면 소름이 돋습니다. 저는 이 생리적 반응을 벗어나려 몹시 애쓰는데 되지 않습니다. '너 나로 하여금 왜 실소를 금할 수 없게 하니?'라고 하는 이 말의 의미론이 왜 구토를 일으키는지 저는 언젠가 단단히 진찰을 받을 작정입니다.) 저렇게 세상을 모르니까 밤낮 하고 사는 꼴이 저 모양이지. '낮에도 하나, 밤에도 하나'가 모던한 모럴이야."

옆에 있던 친구가 거들어주어 그 친구의 언명이 분명해졌습니다.

"낮에 하나되는 하나, 밤에 하나되는 하나가 따로 있는 거라고 해야지 무슨 말이 그리 모호해?"

농담들이었습니다. 그저 순진하게 시시덕거리는 자리였고, 어떤 발언도 어느 누구에게나 부담이 없는 그런 모임이었습니다. 사실을 말하자면 신화가 말하는 그대로 '낮에는 둘, 밤에는 하나'를 글자 그대로 사는 친구들이었습니다.

그러나 좀 쓸쓸했습니다. 공연히 쓸데없는 이야기를

꺼냈구나 하는 후회도 일었습니다. 왜 그런지 그러한 농담을 하고 있는 친구들의 모습이 참 아파 보였습니다. 어쩔 수 없이 스스로 지탱해 왔던 준거가 속절없이 유실되어 가는 현실을 살아갈 수밖에 없는 노년의 무력한 분노를 읽을 수 있었기 때문일까요? 아니면 스스로 퇴거할 줄 모르고 아직도 자신들이 자신들의 삶을 준거로 하여 세상을 향해 일갈할 수 있으리라고 착각하는 추한 노욕을 보았기 때문일까요?

저는 그 신화를 마저 이야기하기로 했습니다.

두 남녀는 살아가면서 새도, 짐승도, 도마뱀도 새끼를 낳는 것을 보았다. 그래서 남자가 여자한테 말했다.

"내가 진흙으로 사람을 만들 테니 네가 키워주겠니?"

"그래, 그렇게 할게. 하지만 먼저 네가 만든 그 작은 진흙 사람을 내 뱃속에 넣어줘야 해."

여자가 기꺼이 대답했다.

이렇게 해서 첫번째 아이가 태어났다. 둘은 셋이 되었고, 하나는 둘이 되었다. 그런데 그 아이는 머리카락이 하나도 없었다.

“이것은 사람이 아니야. 내가 머리를 만들어야지.”

그렇게 말하고 남자는 숲에 들어가 풀을 베어다 머리에 심었다. 여자는 정성껏 그 풀을 빗질하면서 잘 자라게 하였다. 그 아이가 젊은이가 되자 둘이 된 하나와 셋이 된 둘은 함께 사냥을 나갔다.

“행복하지 않니?” 저는 그렇게 말했습니다. 그렇지만 아무도 반응이 없었습니다.

전문가

　　산업사회에 들어서면서 드러난 가장 특징적인 인간상은 전문가의 출현입니다. 농경사회와 비교해 보면 그렇다고 하는 사실이 아주 뚜렷해집니다. 이른바 자급자족의 시대가 요청하던 총체적 만능인(萬能人)이 사라지면서 특정한 일에 특정한 지식을 가진 특정한 기능인이 그 사회를 잘 살아가는 전형적인 인간상을 이룬 것입니다.

　　인간상의 이러한 변화는 정보화사회에 들어서면서도 별로 달라지지 않은 듯합니다. 물론 지식이나 기능의 개념이 상당히 변화한 것은 틀림없습니다. 고전적인 학문영역의 구분은 더 이상 적절하지 않다는 판단을 받은 지 오래입니다. 이른바 학제간(學際間) 연구의 필요는 이제 당위적 요청이 되었고, 그러한 사실로부터 비롯되는 지적 영역에 대한 새로운 범주짓기 또한 당연한 것으로 판단하고 있습니다. 자연히 '제도적으로 생산된 전문가'라는 인간상에 대한 많은 문제들을 지적하는 발언도 무성합니다. 어쩌면 요즘 일컫는 '신지식인'이라고 하는 어휘도 그러한 사정을 반영하고 있는 것이라 여겨집니다. 제도교육과 그곳에서 이루어진 전통적인 지식인에 대한 강한 회의와 불신, 냉소와 거절을 담고 있는 것이기 때문입니다.

그렇지만 '전문직'이라든가 '전문가'라고 하는 것을 기득권을 가진 이른바 '구체제의 특권을 누리려는 배타적인 것'으로 여기지 않고, '만능인'과 대비되는 구체적이고 직접적인 기능이라든가 그것을 수행하는 인간으로 소박하게 이해한다면 여전히 우리의 오늘 사회도 철저하게 전문직 종사자들로 이루어지고 있다고 말해도 좋을 듯합니다. 전문직에 종사하는 전문가는 여전히 바람직한 인간상으로 제자리를 차지하고 있는 것입니다. 단순반복노동에 종사하는 사람들의 일조차 전문적인 기능으로 이해되고 있는 것이 그러한 사정을 잘 반영해 주고 있습니다.

그러고 보면 오늘을 사는 우리들은 누구나 전문가로 살아야 합니다. 그렇지 못하면 살아남지 못합니다. 스스로 다른 사람에게 나만이 줄 수 있는 어떤 것을 가지지 못할 때 나는 다른 사람으로부터 받을 수 있는 아무것도 기대할 수 없습니다. 그러므로 전문가가 된다는 것은 내가 다른 사람에게 기여할 수 있는 사람이 되는 것이고, 비로소 공동체를 구성하는 뚜렷한 성원(成員)이 되는 것입니다. 또한 그것은 스스로 자신을 존귀하게 하는 덕목을 갖추는 일이기도 합니다. 인간은 그때 비로소 자기 존재의 근거를 확보하는 자존심 있는 인간일 수 있기 때문입니다.

그러나 전문가가 되기 위해서는 몇 가지 요청되는 일이 있습니다. 전문가 또는 전문직 종사자는 우선 자기 전문영역에 대한 충분한 앎을 늘 담고 있어야 합니다. 자기가 하는 일에 모르는 것이 있다면 이미 그는 전문가가 아닙니다. 그러므로 자기가 해야 하는 일에 모르는 것이 없어야 할 뿐만 아니라 더 적극적으로 말한다면 자기가 자신의 전문영역에서 모르는 것이 과연 무엇인가 하는 것도 알아야 합니다.

그러나 다만 앎을 담고 있는 것으로 전문가가 되는 것은 아닙니다. 그 앎은 현실적으로 실천되어야 합니다. 따라서 이러한 사실과 연결하여 다음으로 지적할 수 있는 것은 언제 어디서 어떻게 무엇을 물어도, 또는 어떤 상황에 직면하더라도, 만약 그것이 자기 전문영역에 속한 일이라면 그것에 대하여 거침없이 답변하고 지체없이 해결할 수 있도록 스스로 준비되어 있지 않으면 아니 된다는 사실입니다. 전문가는 자기 일의 어떤 정황에도 대처할 수 있도록 경각심을 가지고 늘 깨어 있어야 하고 그것을 실천하지 않으면 안 됩니다. 현실적인 실천의 장에서 전문가는 비로소 자신의 존재를 평가받습니다.

따라서 마지막으로 지적할 수 있는 것은 전문가는 그 어느 누구에게도, 또 그 어떤 무엇에게도, 자신의 문제나 실패의 책임을 전가할 수 없다는 사실입니다. 어떤 구실로도, 어떤 변명으로도 전문가의 전문적 영역에 대한 책임은 면제되지 않습니다. 전문가는 자기 일에 고독하게 그리고 무한하게 책임을 져야 하는 사람입니다.

그러나 불행히도 우리는 이렇듯 모든 개개인들이 전문가로 살아야 하는 시대와 사회 안에 있으면서도 전문가다운 사람을 만나기가 참 힘듭니다. 전문적인 지식을 마치 스스로 쟁취하여 독점한 사유물(私有物)로 여기고 그것으로 온갖 행패를 자행하는 모습을 늘 만나기 때문입니다. 전문가집단의 이익집단화는 심각한 사회문제임을 우리는 익히 알고 있습니다. 그러한 전문가는 개인이거나 집단이거나 공동체를 해체시키는 암적인 존재입니다.

전문가가 된다는 것은 특권을 가진 별다른 사람이 된다는 것과는 아무런 상관이 없습니다. 산업사회 초기에는 그럴 수 있었습니다. 그러나 지금은 전문가가 된다는 것은 자기가 사회성원이 될 수 있는 준비를 갖추었다는 것 이상의 어떤 의미도 없습니다. 겨우 사람이 되었다는 것인데 그것을 특권으로 여긴다면 참 딱한 일입니다.

앎과 실천과 책임을 덕목으로 하는 전문가상(像)이 어서 뚜렷하게 자리잡아 '엉덩이에 뿔이 난' 전문가들의 횡포가 속히 잠재워졌으면 좋겠습니다.

눈물을 거두어가는 사회,
눈물을 만드는 사회

사람은 누구나 웁니다. 울지 않는 사람은 없습니다. 태어나면서부터 우리는 우리의 삶을 울음으로부터 시작합니다. 삶의 마지막도 다르지 않습니다. 비록 죽는 사람은 울지 못할지 몰라도 많은 사람들을 울리며 우리의 삶을 마감합니다.

우리는 우리의 이러한 울음에 대한 많은 설명을 할 수 있습니다. 생리적인 설명도 가능하고 의학적인 설명도 가능합니다. 또 심리적인 설명도 가능합니다. 우리는 아파서 울기도 하고, 슬퍼서 울기도 합니다. 즐거워 눈물을 흘리기도 하고 감격해서 걷잡을 수 없이 눈물을 흘리기도 합니다. 어쩌면 눈물은 사람의 사람다움을 가장 잘 드러내주는 현상일지도 모릅니다. 삶의 고비들은 대체로 눈물과 연결되어 있기 때문입니다. 그러므로 운다는 것, 눈물을 흘린다는 것은 지극히 자연스러운 삶의 모습입니다. 그러기에 가장 행복한 삶의 모습은 스스로 울면서도 웃는, 웃으면서도 우는 모습입니다.

그런데 때로 울음이 강요되는 경우가 있습니다. 자기 자신이 울고 싶어 우는 것이 아니라 울 수밖에 없는 막다른 골목에 밀려 울음을 터뜨리지 않을 수 없는 그러한 울음이 있습니다.

서로 얽히어 더불어 살아가는 삶의 자리는 늘 서로 부닥치고 꼬이는 일들이 많습니다. 그래서 사람들은 그러한 일이 삶을 어둡게 채색하지 않게 하기 위하여 우리가 바라는 이상들을 마련하고 그것을 이루며 살아가고자 합니다. 자유가 그러하고 평등이 그러합니다. 정의가 그러하고 평화가 그러합니다. 그런데 아무리 잘하려 해도 그러한 이상들이 자연스럽게 풀리지 않습니다. 그래서 사람들은 많은 고통을 겪습니다. 그러나 사람들은 대체로 이러한 사람살이를 잘 견딥니다. 고통 자체를 부정하기보다 고통의 의미를 스스로 창조하며 살아가기 때문입니다. 그것이 성숙한 삶의 모습입니다.

그러나 그러한 태도로도 도저히 견디어낼 수 없는 일들이 생기면 눈물이 쏟아집니다. 이를테면 제도나 권력이나 어떤 이념에 의하여 억울함을 당하고 짓눌림을 당하고 사람으로 여김을 받지 못하면 분하고 원통한 눈물을 흘리지 않을 수 없습니다. 그런데 이러한 눈물은 강요된 눈물이어서 울면 울수록 아픔이 깊어지고 원한이 사무칩니다. 그러다 마침내 그 눈물조차 마르고 주먹이 쥐어지면서 눈에 핏발이 서고 이를 악물게 되면 그 사람의 삶은 물론이고 이렇게 저렇게 그와 관계를 맺고 있는 모든 사람의 삶이 무너지고 부서집니다. 이것은 비극입니다. 사람살이가 이래서는 안 됩니다. 아무리 우는 일이 자연스러운 사람다움의 표현이라 할지라도 이렇게 비참한 강요된 울음은 없어야 합니다. 사람을 이렇게 울리는 일은 참으로 악한 일입니다.

그러나 울음이 없는 사회가 가장 좋은 삶의 자리는 아

닙니다. 울음이 자연스러움이듯이 우리는 가끔 울며 살아야 합니다. 사람은 참 이상스러운 일이지만 즐거움의 절정에서 눈물을 흘립니다. 그러나 이러한 눈물은 강요된 것이 아닐 뿐만 아니라 울음이 터지는 어느 객관적인 조건이 있는 것도 아닙니다. 아무리 남 보기에 비천하고 보잘것없는 삶이라 할지라도 스스로 자신의 삶을 긍정적으로 받아들이고 의미와 보람으로 채색하면서 만족할 때 자기도 모르게 소리 없이 울게 되는 그러한 울음, 우리는 그러한 울음을 울을 수 있어야 합니다. 그러한 울음을 아직 울어보지 않았다면 우리는 한참 더 자라야 할 유치한 사람일는지도 모릅니다.

뿐만 아니라 다른 사람이 나를 사랑한다는 사실이 내 마음속 깊은 데서부터 저리게 확인될 때에도 우리는 또한 눈물을 흘립니다. 그것은 고마움과 감격의 절정에서 흘리는 눈물입니다. 아무런 조건 없이 사람으로 받아들여지고 인정을 받을 때, 사람으로 태어나서 이보다 행복한 경우란 없습니다.

이러한 눈물들이 많으면 우리네 살림살이가 따뜻해집

니다. 우리 모두 외롭지 않습니다. 사는 것이 뿌듯하고 풍성해집니다. 삶의 맛이 나는 것입니다.

그런데 이밖에도 또 하나의 다른 울음이 있습니다. 사람살이는 완전하지 않습니다. 그래서 나도 모르게 또는 의도적으로 우리는 잘못을 범하고 많은 사람들에게 상처를 입히곤 합니다. 그러나 사람의 귀한 점은 이러한 잘못을 스스로 뉘우칠 수 있다는 사실입니다. 그래서 우리는 참 잘못했다는 아픔 때문에 가슴이 찢어지는 경험을 합니다. 그럴 때면 눈물이 솟구칩니다. 자기가 한 일이 부끄럽고 창피해서 감출 길 없는 못남을 스스로 탄식하며 슬퍼할 때도 있습니다. 그럴 때면 쏟아지는 눈물을 어쩔 수 없습니다. 뉘우침의 절정에서 사람들은 이처럼 눈물을 흘립니다.

이러한 눈물이 많아지면 사회가 투명해집니다. 많은 사람들의 상처가 치유됩니다. 억울하고 분한 울음들이 줄어듭니다. 어차피 불완전한 것이 사람살이인데 그렇다면 그 불완전을 조금이라도 메우고 완전을 지향하도록 하는 것은 바로 이러한 참회의 눈물입니다. 참회의 눈물, 뉘우침의 눈물은 완전하고 행복한 삶을 위해 필요한 가장 처음 있어야 할 눈물입니다. 이 눈물은 마치 새로운 생명의 처음 울음처럼 그렇게 새로운 공동체와 나 자신의 탄생을 위한 첫 울음이어야 합니다. 그러므로 우리는 이러한 눈물을 흘려야 합니다.

세상이 불안하고 뒤숭숭한 것은 강요된 울음들이 많은 까닭입니다. 아니, 바꾸어 말해도 좋습니다. 강요된 울음들이 많아지면 세상이 편하지 않습니다. 당연히 감격과 감사의 눈물이 많은 사회는 행복한 공동체입니다. 그런데 불안한 사회가 저절로 행복한 사회로 옮겨가는 것은 아닙니다. 지금 여기에서 우리가 참회의 눈물을 흘리지 않는 한 그러한 변화를 바라는 것은 어리석은 꿈입니다.

사람은 울며 살아갑니다. 그러나 아픈 울음도 있고 즐거운 울음도 있습니다. 그 두 울음 중의 어느 것을 우리 사회의 울음으로 선택하고 살아가느냐 하는 것은 전적으로 우리 자신들의 결단에 달린 일입니다. 우리가 뉘우침의 눈물을 흘린다면 우리는 즐거운 울음을 울며 살 수 있을 것이지만 그 눈물을 흘리지 않는다면 우리는 아픈 울음을 울며 마침내 그 울음조차 끝나는 자리에서 스스로 나와

공동체를 온통 깨뜨리고 말 것입니다. 그러나 우리가 그토
록 어리석은 사람들은 아닙니다. 그렇게 믿고 싶습니다.

전쟁과 전장

햇볕이 따스해졌습니다. 아직 봄은 아니어도 봄볕이 완연합니다. '만물이 되살아나는 계절'이 바야흐로 열리고 있습니다. 참 좋습니다.

그런데 우울하고 답답합니다. 이라크에서 전쟁이 일고 있습니다. 예견했던 일이고, 예정했던 일이기도 합니다. 그래서 일어나지 않기를 구체적인 몸짓들로 염원했던 일이기도 한데, 그렇게 되지 않았습니다. 가슴이 아픕니다. 세상이 커다란 하나가 되었다 하고, 그렇기 때문에 이제는 지구 위 어디 있든지 누구나 서로 끊어진 삶을 살 수 없게 되었다지만 그런 말들이 얼마나 비현실적인 수사(修辭)들

316

인가 하는 것을 이렇게 절감할 수가 없습니다. 우리는 전쟁의 소식만 들으며 살아가지만 포탄 아래에서 죽어가는 삶이 지평선 너머에 엄연하게 있다는 사실, 이것은 아무래도 '희극'이라고 해야 겨우 묘사할 수 있는 '비극'인지도 모릅니다.

우리가 겪은 '전장(戰場)'의 상흔이 아물 무렵, 저는 외국에 있으면서 갑자기 그 '전쟁'을 그때 우리 아닌 다른 사람들이 어떻게 다루었는가 하는 것이 궁금해졌습니다. 대학 도서관에서 신문철을 뒤져 '한국전쟁의 발발'을 보도한 기사들을 살펴보았습니다. 그러면서 어떻게도 묘사할 수 없는 내 절박한 비극이 '흥미로운 사건'으로 다루어져 있다는 사실 때문에 허옇게 아팠던 생각이 납니다. 그런데 오늘 우리는 전쟁을 스포츠중계하듯 하고 있습니다. 불가피하기는 하지만 괴롭습니다.

알 수 없는 일입니다. 우리는 이른바 '전쟁'을 말합니다. 전쟁을 설명하는 현란한 서술을 접합니다. 전쟁은 한번도 설명되지 않은 적이 없습니다. 인류사에 담겼던 어떤 전쟁도 그 까닭이나 불가피성을 갖추지 못했던 전쟁은 한번도 없었을 듯합니다. 그렇기 때문에 전쟁은 언제나 정당화될 수 있었습니다. 정당하지 않은 전쟁은 아예 없다고 해야 옳습니다. 전쟁은 이러합니다. 모든 전쟁은 옳은 전쟁입니다. 설명될 수 있기 때문입니다.

뿐만 아니라 전쟁은 승패로 갈라져 귀결이 됩니다. 그리고 승리는 정의나 진리가 가져다준 선물이 됩니다. 승리는 전쟁을 설명하는 마지막 실증입니다. 패배는 아예 어떤 주장도 하지 못합니다. 전쟁은 이처럼 승리할 수도 패배할 수도 있는데 승리는 모든 것의 얻음이고 패배는 이와 정반대입니다.

그렇기 때문에 전쟁은 무수한 영웅을 낳습니다. 그리고 그들은 사람의 격을 넘어서는 자리에 올라가고, 그를 본받는 일이 삶의 규범으로 기능하기조차 합니다. 이러한 정당화, 승리, 영웅 들을 통하여 전쟁은 마침내 '기려야 할 것'으로 역사 속에, 그리고 살아 있는 사람들의 의식 속에 자리잡습니다.

그러나 '전장'은 다릅니다. 전장은 설명이 기능할 수 없는, 그 이전의, 살육의 장입니다. 까닭을 설명하고 현실을 정당화하기에는 너무 절박한, 아니 그런 것이 차마 들어설 수도 없는, 공포와 증오와 살의가 살아 날뛰는 현장입니다.

전장은 승리도 패배도 배태하지 않습니다. 비록 전쟁이 끝난다 할지라도 남는 것은 처절한 파멸뿐입니다. 그것이 전장의 실상입니다. 영웅을 운위하는 것은 사치입니다. 그것은 전장이 낳은 것이 아니라 전쟁이 만들어낸 '설명'에 포함된 삽화 같은 것일 뿐입니다. 그래서 전장의 경험, 전장의 현실은 전쟁을 기리지 못합니다. 그것은 자기기만임을 알기 때문입니다. 전장은 전쟁을 기억하기조차 두려워합니다.

그런데 또 전쟁입니다. 그리고 어느 틈에 우리는 '전쟁'을 설명하는 일에 바쁩니다. 그 바쁨 속에서 '전장'의 소식은 아무 데도 없습니다. 어차피 막지 못한 전쟁이라면 이제 우리가 해야 할 일은 전장을 보여주는 일입니다. 그 처절한 현실을 정서적으로라도 함께하는 일입니다.

봄인데, 참으로 나약하고 슬픈 일이지만, 기도하고 싶어집니다.

주문의 음송

공동체의 파열음이 무척 요란합니다. 얼마 전까지만 해도 우리 사회의 분열을 일컫는 준거는 '가진 자와 없는 자'라는 갈등구조거나 이른바 동서를 가르는 지역간의 갈등구조였습니다. 그런데 이제는 그렇게 '소박'하지 않습니다. 좌와 우, 진보와 보수, 세대와 세대가 선명하게 지칭되고 묘사되는가 하면 성차 또한 예외가 아닙니다. 이에 더하여 남과 북이 그 분할의 어느 장에서는 밀접하게 연계되기도 합니다. 가히 총체적 분열이라고 할 만합니다.

그렇다고 말할 수밖에 없는 것은 이러한 갈등이 일지

않는 영역이 없기 때문입니다. 정치, 경제, 문화, 언론, 교육, 종교, 심지어 과학의 영역에서조차 그러한 충돌이 그치지 않습니다. 저는 지역의 이해(利害)를 논의하기 위해 모인 주민들의 작은 토론회에서 전문가가 아닌 필부필부(匹夫匹婦)의 발언 속에 좌와 우, 보수와 진보라는 어휘가 담기는 것을 보기도 했습니다.

분열의 소이연(所以然)은 분명합니다. 까닭 없이 갈라질 이는 없습니다. 이를테면 사람들은 각기 정치란 어떤 것이며, 따라서 어떤 정치가 구현되어야 하고, 그러한 정치는 어떤 것을 지향해야 하리라는 데 대한 주장을 합니다. 마땅한 일입니다. 따라서 그러한 주장들이 다양하게 펼쳐지는 것도 당연합니다. 나아가 사안에 대한 우선순위의 설정이 입장에 따라 다를 수 있고, 사항의 강조 또한 다를 수 있습니다. 세대간에 사물에 대한 인식차가 있을 수 있다는 것도 자연스러운 일입니다.

하지만 특정한 주장에 공감하는 집단이 유형무형간에 형성되고, 그러한 자기들의 공감적 내용이 집단의 이념적 지표가 되면 사태는 단순한 '다름의 자리'에서 서로 '어긋

나는 자리'로 옮겨집니다. 그런데 하나의 공동체가 이렇게 되면 이러한 갈등은 더 직접적으로 경험됩니다. 어떤 사실에 대한 발언을 하면 어느 틈에 자기도 모르게 그 발언주체는 갈라진 어느 편에 속해 버립니다. 논의의 지속적인 전개가 가능한 질책이나 공감이 아니라 논의 자체의 정부(正否)에 대한 명확한 판단에 의한 수용과 거절이 현실화합니다. 그러다 보면 점차 누가 무엇을 발언했는가 하는 것은 그리 중요하지 않게 됩니다. 발언한 그가 어느 편인가 하는 데 대한 관심이 그의 발언내용보다 우선할 뿐만 아니라 그 판단이 그 내용을 규정합니다. 그래서 어느 쪽으로든 기울기를 스스로 거부하는 사람들은 설자리가 없습니다. 그저 침묵할 수밖에 없는데, 그것조차 용납되지 않습니다. 그러한 태도는 부정직하고 무책임하며 기회주의적인 것이라는 '정죄(定罪)'가 쏟아집니다.

이러한 사태 속에서 가장 심각한 것은 주장의 교조화(敎條化) 현상입니다. 좌와 우, 진보와 보수가 주장하는 내용은 당연히 다릅니다. 또 그래야 합니다. 그런데 주장이 주장 자체의 정당성을 유지하기 위해 자신을 절대적인 것으로 축조하게 되면 내용의 다름은 그리 중요한 것이 되지 않습니다. 자신의 주장이 어떻게 지탱해 나아가느냐 하는 것이 가장 긴박한 과제가 됩니다. 내용은 뒷전으로 물러가고 태도만이 전면으로 등장합니다. 인식은 사라지고 그 자리를 신념이 차지합니다. 그것이 주장의 교조화 현상입니다. 인식을 위하여 어떤 사물에 다가가기 전에 이미 자신의 주장을 준거로 한 사물에 대한 일정한 규범적 판단이 인식을 위한 틀로 전제되는 것입니다. 사물을 '두루 살피려는' 자연스러운 인식의 태도는 '보고 싶은 것만을 보는' 교조적인 권위에 의하여 철저하게 배제됩니다. 따라서 새로운 사실의 발견보다 이미 인식한 내용의 지속적인 강조가 중요한 과제가 됩니다. 주장하는 내용을 서술하는 문법을 살펴보면 그렇다고 하는 것을 분명하게 적시할 수 있습니다.

이념적 교조주의의 기본적인 서술문법은 동어반복입니다. 책상이 무어냐고 물으면 책상은 책상이라고 답합니다. 다시 책상이 책상이라는 답을 되물어도 대답은 마찬가지입니다. 책상은 책상이니까 책상이라고 하는 대답이 이어질 뿐입니다. 신념의 언어가 가지는 논리는 그러합니다. 동어반복의 논리를 통한 사물에의 접근은 그 사물에 대한 인식지평을 더 확장하지 않습니다. 다만 기존의 인식에 대한 확신을 강화할 뿐입니다.

하지만 주장의 교조화도 그 불가피성을 승인할 수 있습니다. 어차피 공동체는 '힘의 실체'간의 유기적인 관계 속에서 그 현존을 유지합니다. 따라서 어떤 주장의 구체화를 위해서는 '자기정당성의 확인(self-attestation)'과 '자신(自信, self-credence)의 누증'을 현실화하지 않으면 힘의 실체일 수 없습니다. 그러한 힘의 실체이지 못하면 아무런 역할도 수행할 수 없습니다. 동어반복의 논리는 그것을 유지하는 기본적인 문법입니다. 그러므로 그 논리의 불가피성조차 승인할 수 있습니다. 그러한 경과를 거쳐 일정한 주장은 자신을 정통(orthodoxy)으로 선언하는 데 이릅니다. 이 자리에 이르러 비로소 그 주장은 정당성과 신뢰성을 확보합니다. 제약받지 않아도 좋은 힘의 발휘를 누리게 됩니다.

그런데 사태의 진전은 이에서 머물지 않습니다. 정통

의 출현은 이단의 양산(量産)과 함께 합니다. 정통은 다름과 비타협적이게 되고, 누구에게나 자신에게 순응할 것을 요청합니다. 모든 어휘는 군사적인 은유로 바뀝니다. 싸움, 전진, 깃발, 피, 최후의 승리 등의 어휘가 발언에 담기는 것입니다. 마침내 더 이상 그 주장은 교조주의에 머물지 않습니다. 교조주의가 함축하는 상대적 평가 자체를 아예 제거하지 않으면 안 됩니다. 스스로 절대적인 자리에서 홀로 있어야 합니다. 그렇기 때문에 교조주의(dogmatism)가 스스로 근본주의(fundamentalism)로 바뀌는 것은 필연적인 숙명입니다. 이에 이르면 그 주장은 스스로 '구세주'의 출현을 선포하고 '종말론적 비전'을 시사합니다. '경전'을 반포하고 '순교자'를 선양합니다. 그리고 우리는 새로운 '종교의 출현'을 목도하게 됩니다.

우리의 공동체가 어느 지경에 이르렀는지 확실하게 진단할 능력은 없습니다. 그러나 분명한 것은 갈등하는 어느 편도 주장하는 내용의 선명성보다 자기와 한편이라는 태도의 선명성을 선호하고 있다는 사실입니다. 점차 그 발언의 논리가 동어반복의 논리를 좇고 있고, 등장하는 어휘가 군사적이게 (비인간적이게) 되어간다는 사실도 분명합니다. 그렇다면 어쩌면 우리의 진정한 문제는 실은 좌우나 진보-보수의 갈등이 아니라 상이한 근본주의간의 쟁투가 아닌가 하는 짐작을 해볼 뿐입니다. 그런데 이것은 무척 암울한 진단입니다.

종교문화에서 보면 가장 편리한 '구원의 수단'으로 선택되는 것이 주문(呪文)의 음송(吟誦)입니다. 그런데 종교사는 그것이 얼마나 비극적인 것인가 하는 것을 보여주고 있습니다. 그것은 진정한 구원과는 아무런 상관도 없는 '편리한 환상'에의 몰입입니다. 그러므로 그것이 현실성을 지닐 까닭이 없습니다. 주문의 음송은 자기최면, 자기기만이기 때문입니다. 그런데 모든 근본주의는 삶의 공동체를 철저하게 외면한 채 스스로 그렇게 주문을 음송하면서 종교사로부터 사라졌습니다.

오늘 우리의 현실이, 그 파열음이, 근본주의자들의 주문의 음송이지 않았으면 좋겠습니다.

‘운동’이라는 것

누구나 돈이 없으면 살 수 없습니다. 돈이 있으면 무엇이든 할 수 있고 돈이 없으면 아무것도 할 수 없습니다. 돈은 참 좋은 것입니다. 하지만 돈을 버는 일은 쉽지 않습니다. 피땀도 흘리고 때로는 자존심도 상해 가며 겨우 쥘 수 있는 것이 돈입니다. 그래서 사람들은 돈을 아낍니다. 돈을 헤프게 쓰는 사람들이 없지 않지만 그러한 사람들은 공돈을 벌었든지 아니면 철이 나지 않은 사람들입니다. 대체로 여느 사람들은 돈 귀한 줄도 알고 돈 아낄 줄도 압니다.

그런데 돈이란 그렇게 끌어안고 있다 해서 좋은 것만

327

은 아닙니다. 돈은 모으기 위한 것이 아니라 쓰기 위한 것입니다. 그러므로 잘 버는 것도 중요하지만 더 중요한 것은 잘 쓰는 일입니다. 하기야 먹고살기에도 빠듯한 판에 돈을 잘 써야 한다는 것은 사뭇 비현실적인 언급일 수 있습니다. 하지만 그럴 경우에도 지혜롭게 돈을 써야 한다는 원칙이 결코 무의미할 수는 없습니다. 그런데 돈 씀씀이의 잘잘못을 판단하는 기준은 어디에다 무엇을 위해 그 돈을 쓰느냐 하는 것입니다. 우리는 우선 자기와 자기 가족이 먹고살기 위해 돈을 씁니다. 당연한 일입니다. 돈을 버는 까닭도 그러합니다. 그러므로 집안살림을 꾸리지 못하면 무능력하고 무책임한 사람이 됩니다.

그러나 그렇게만 사는 것은 짐승 같은 삶이기도 합니다. 물론 사람도 몸으로만 따지면 짐승입니다. 그러나 개나 돼지는 아닙니다. 꿈도 있고, 염치도 있고, 희생할 줄도 아는 '영혼'을 지닌 존재입니다. 그렇다면 사람은 자기 가족만을 위한 것 이상의 어떤 것을 위해 돈을 모으고 쓸 수 있어야 합니다. 자기가 조금 손해보더라도 '나 아닌 다른 사람을 위해' 돈을 쓸 줄 알아야 비로소 사람입니다.

사람살이는 한결같지 않습니다. 넉넉한 사람도 있지만 이러저러한 이유 때문에 아무리 노력해도 잘 안 되는 사람도 있습니다. 질병이나 재해로 고통 당하는 사람도 한둘이 아닙니다. 그렇다면 그런 사람들은 아랑곳없이 내가 벌었으니 나와 내 피붙이만 위해 내 돈 쓰며 살겠다는 것은 부끄러운 삶입니다. 사람값을 못하는 모습이기 때문입니다.

재산 모아 자식에게 주는 것 탓할 사람 없습니다. 하지만 자식이 아주 못나 제구실을 못한다면 할 수 없지만 어지간하거든 제구실 못하는 조건 속에서 허덕이는 이웃을 위해 그 돈 좀 떼어주는 것, 참 괜찮은 일입니다. 애써 모은 아까운 돈이지만 그럴수록 그 보람은 더 흐뭇할 것입니다.

유산을 기증하는 일, 그리 비장하고 그리 드높은 어려운 일 아닙니다. 자식이 영 불안하면 다른 사람 위해 쓰지 말고 자식 위해 아주 현명하게 사용해야 합니다. 그러나 그렇지 않다면 자식들에게 "너희들을 믿기 때문에 너희보다 어려운 여건 속에서 사는 이웃들 도와주고자 한다"고 분명히 말하고, 또 동의를 받아, 즐겁게 돈을 그렇게 쓰면 됩니다. 유산 기증하는 일은 다른 것이 아닙니다. 사람 노릇하자는 것입니다. 그 이상도 이하도 아닙니다. 대단하게 훌륭한 일도 아니고. 대단하게 어려운 일도 아닙니다. 그저 평범한 우리네가 하는 일입니다. 얼마 전에 유산을 자식에게 물려주지 않는 '운동'을 하는 분을 뵈었습니다. 그분의 말씀을 들으면서 이 세상에는 참 훌륭한 분들이 많구나 하는 생각을 했습니다. 한데 어쩐지 그 일을 '운동'으로 하시는 모습이나 논리가 좀 부담스러웠습니다. 그 일이 거의 비장한 결단을 해야 이루어지는 것 같은 무거운 인상도 받았고, 또한 그 일을 당장 그 자리에서 실천하겠다는 서약을 하지 않으면 부도덕한 사람이 되고 마는 편하지 않은 인상도 받았습니다.

그런 운동들이 '작위적'이지 않았으면 좋겠는데 무릇 '운동'이란 것이 흔히 그럴 수 있어 좀 걱정이 됩니다. '운동'은 순교자를 양산하는 일이 아닙니다. 여느 삶이 따뜻해지도록 하는 소박한 일입니다.

자살

자살 소식이 끊이지 않습니다. 살고 싶은 욕심보다 더한 것이 없는데 자기 목숨을 끊는다는 것은 변고(變故)입니다. 한데 그 일이 너무 잦습니다.

하지만 생각해 보면 사정이야 어떻든 사는 것이 얼마나 아프고 괴로웠으면 자기가 자기를 죽이겠습니까? 흔히 "죽을 결심마저 했다면 살아 무엇을 못하겠느냐"면서 죽은 사람을 꾸짖기도 합니다. 그러나 죽기로 작정한 '독한 마음'으로도 견디지 못할 아픔이나 고통이 없지 않습니다. 그래서 죽은 사람은 "네가 내 자리에 있어봐!" 하고 말하면서 우리의 '한가한 관심'을 섭섭해할지도 모릅니다.

자신을 되살펴보면 죽고 싶다는 생각을 한번도 하지 않은 사람은 거의 없을 듯합니다. 삶은 때로 견딜 수 없을 만큼 우리의 숨통을 막곤 합니다. 그 고통이 심하면 심할수록 우리는 자기도 모르게 아예 그 질식을 고이 받아들이는 것이 그 곤경으로부터 숨통을 트는 일이라고 생각합니다. 그래서 자살을 합니다. 콱 죽어버리면 나를 옥죄던 고통이 그 순간 싹 가시고, 환한 삶이 펼쳐질 거라는 새 희망에 들뜨기 때문입니다.

여기에 함정이 있습니다. 죽어버리면 그의 문제는 분명히 끝납니다. 하지만 그 자신도 끝납니다. 자신이 바라는 '문제없는 삶'이 펼쳐지지 않습니다. 삶의 주체도 사라졌기 때문입니다. 그러므로 죽어 문제를 풀겠다는 생각은 착각이고 자기기만입니다. 자살보다 멍청한 일은 없습니다. 따라서 '죽어버리겠다'는 사람에게 "네 문제가 무어 그리 대단해서 죽니? 너보다 더한 아픔을 가진 사람도 멀쩡하게 살아가는데!" 하고 말해야 도움이 안 됩니다. 오히려 "네 마음 알아. 하지만 자기를 속이지는 마!" 하고 말하는 것이 더 나을지도 모릅니다.

하지만 자살이 죽는 사람 탓만은 아닙니다. 요즘 하필이면 자살이 빈발한다는 것은 그렇게 죽도록 하는 사회-역사적 분위기가 있다는 것을 보여주는 것이기도 합니다. 그런데 그것은 다른 것이 아닙니다. 약속도 관행도 법도 종교도 제 기능을 다하지 못하는 공동체의 풍토, 곧 믿을 것이 하나도 없는 사회가 그것입니다. 그 속에서 솟는 것은 문제를 풀기 위해서는 '죽든지' '죽여야' 하는 것이라는 '반도덕(反道德)'뿐입니다.

그렇다면 우리는 누구도 자살의 현실로부터 자유로울 수 없습니다. 결국 죽는 사람 옆에 '아무도 없었다'는 것이 자살의 실상인데 우리는 분명히 그 옆에 있었습니다. "엄마, 살고 싶어!"라는 외침 옆에 우리는 있었습니다.

그러나 그 엄마에게는, 그 아이에게는, 옆에 아무도 없었습니다. 자살이 우리 모두에게 참으로 부끄러운 비극인 것은 그 실상이 이렇기 때문입니다.

그렇다면 그들을 질책하는 것이 우리가 할 일은 아닙니다. 우리는 그들 옆에 있어야 합니다. 그렇게 있어주지

못한 자신에게 무서운 질책을 해야 합니다. 그때 비로소
우리 공동체는 자살로 숨통을 트는 반도덕의 슬픈 그늘을
벗어날 듯싶습니다.

잃어버린 언어들

중국의 『십팔사략(十八史略)』에 다음과 같은 기록이 나옵니다. "은나라에 7년간 가뭄이 들었는데 신하가 견디다 못해 왕에게 인신공희(人身供犧)를 건의하였습니다. 그러자 탕(湯)왕은 '하늘에 빌려는 대상이 백성인데 어찌 사람을 죽여 제사를 지낼 수 있겠는가' 하고 말하고는 '내가 희생이 되어야 옳다'고 하면서 스스로 목욕재계를 하고, 흰 띠를 몸에 두르고, 상림(桑林)의 들에 나아가 하늘을 향해 여섯 가지 자신의 잘못(六事自責)을 용서해 주시길 빌었습니다. 스스로 자신을 살핀 여섯 가지 일이란 다음과 같습니다. 다스림이 마디를 이어 제대로 되어가고 있는가? 백성들이 일을 하고 먹고살려 해도 일할 자리가 없는 것은 아닌가? 내 궁궐이 너무 높고 화려하지는 않는가? 하릴없는 사람들이(여인들이) 날뛰고 있지는(치맛바람을 흩날리고 있지는) 않는가?(또는 내 시종이 너무 많지는 않는가?) 뇌물이 성행하고 있지는 않는가? 남을 헐뜯는 사람들(아첨하는 사람들)이 들끓지는 않는가?" 그런데 그 책에는 왕이 육사자책하는 이 기도가 끝나기도 전에 비가 쏟아져 내렸다고 기록하고 있습니다.

현대적인 상황으로 이를 되살핀다면 우리는 이 이야기를 통해 사회의 문제가 어디에 있는지 짐작할 수 있습니다. 문제에 처한 사회란 다른 것이 아닙니다. 혼란스러운 정치, 출구가 없는 막힌 경제, 소외계층을 간과하는 있는 자들의 자기탐닉, 자존심도 기능적인 능력도 고려하지 않는 천박한 시민의식, 수단방법을 가리지 않고 인간을 사고 파는 동물적인 가치관, 긍정적인 신뢰의 붕괴 등이 팽배한 사회가 그러합니다.

그런데 불행하게도 오늘 우리의 정황도 이러한 묘사에서 조금도 비켜서지 못하고 있습니다. '가뭄'을 필연적인

결과로 승인할 수밖에 없는 비극적인 상황 속에 있는 듯
합니다. 두려운 일입니다. 더구나 우리의 현실 어느 구석
에서도 하늘을 향해 육사자책하는 모습은 찾아볼 수 없습
니다.

앞의 기록에서 보면 잘되든 못되든 사회 또는 국가의
삶에 대한 책임주체는 왕이었습니다. 하지만 지금 우리는
왕정을 살고 있지 않습니다. 우리는 시민사회의 일원입니
다. 그렇다면 결국 오늘의 정황에 대한 책임주체는 시민
한 사람 한 사람일 수밖에 없습니다. 적어도 논리적으로
우리는 그렇다고 하는 것을 주장할 수 있습니다. 그것이
민주주의의 원칙이고 민주사회의 규범이기도 합니다.

하지만 실제는 논리보다 더 복잡하고 불투명합니다.
논리로 실제의 현실을 지워버릴 수는 없습니다. 현실은 논
리보다 크기 때문입니다. 모두 동일한 양의 투표권을 행사
한다 하더라도 책임이 그렇게 균일하게 배분되는 것은 아
닙니다. 실제 삶의 현실에서 보면 권력을 가진 사람, 재물
이 있는 사람, 지식을 지닌 사람, 건강한 사람이 자연스럽
게 더 많은 책임을 질 수밖에 없습니다. 물론 그 있고 없음

의 한계를 긋는 일은 쉽지 않습니다. 상황에 따라 있는 자도 될 수 있고 없는 자도 될 수 있습니다. 생애 과정에서 그러한 분계선을 넘나들 수도 있습니다. 그 기준은 기계적일 수도 없고, 누구에 의해서 그어지는 자의적(恣意的)인 것일 수도 없습니다.

그런데 분명한 사실이 있습니다. 인간은 스스로 가치나 의미에 대한 판단을 할 수 있는 존재입니다. 적어도 인간은 '사색'할 수 있기 때문입니다. 따라서 자신의 삶의 정황에서 어떤 모습으로 어떻게 살아가야 옳은 것인지 판단할 수 있는 능력이 있습니다. 최근 많은 윤리학자들의 주장에 의하면 인간은 거의 '본능적으로 윤리적인' 존재입니다. 본능이 윤리와 상반하는 것이라는 기존의 주장에 대한 심각한 회의를 하고 있는 것입니다.

그렇다면 중요한 것은 누가 책임주체냐 하는 것을 결정하는 이른바 '객관적인 준거'가 아닙니다. 그 기준은 양화(量化)되거나 수치화(數值化)될 수 있는 것이 아닙니다. 오히려 더 현실적으로 말한다면 개개인의 자의식이 결정하는 것이라고 해야 옳을 그러한 것입니다. 그렇지 않다면 있고 없는 것과는 아무런 상관 없이 스스로 도덕적인 감성을 지니고 모든 것을 자기 책임으로 돌리며 겸허하게 또 성실하게 다른 사람들을 위해 헌신하는 사람들의 삶을 설명할 수 없습니다. 아울러 있고 가진 것이 넉넉하면서도 아무런 책임의식 없이 자신만의 안위를 위해 동물적으로 살아가는 사람들의 태도도 설명할 수 없습니다.

그러므로 모든 시민 개개인이 잘못된 사회에 대한 책임주체라는 말은 옳지만 충분하지 않습니다. 가진 사람, 있는 사람이 그렇지 않은 사람과 달리 우선적으로 그리고 더 많은 책무를 지닌 책임주체라는 말도 옳지만 역시 충분한 주장일 수는 없습니다. 책임주체는 스스로 책임주체라고 인식하는 자의식을 지닌 사람들이기 때문입니다.

결국 우리가 혼돈스럽고 절망스러운 사회와 부닥치게 되는 것은 균배된 시민의 권리가 확보되지 못한 탓도 아니고, 우선하고 많은 책임을 짊어져야 하는 사람들이 그것을 감당하고 있지 않기 때문만도 아닙니다. 그러한 요인들이 중요한 것이기도 하겠지만 문제의 핵심은 구성원 각자가 자기와 공동체의 삶에 대한 책임주체로서의 자의식을 지니고 있는가 없는가 하는 것입니다. 앞서 예를 든 탕왕의 경우를 다시 상기한다면 우리는 모두가 탕왕이어야 하는 것이지 왕만이 도덕적 정당성이나 이념을 독점한 것이 아니라는 사실을 유념할 필요가 있는 것입니다.

그렇다면 우리가 직면하는 현실적인 문제는 다른 것이 아닙니다. '본능적으로 윤리적인 존재'인 인간이 왜 그러한 존재로서의 자의식을 상실하게 되는지, 그것을 되찾는 길은 어떤 것인지, 그것을 모색하지 않으면 안 됩니다.

저는 오늘 우리 사회의 문제를 직면하면서 우리가 잃어버리고 있는 몇 개의 언어를 통해 우리의 모습을 살펴보고자 합니다. 하나는 자존심(自尊心)이라는 말이고, 또 하나는 염치(廉恥)라는 말이며, 또 다른 하나는 희생(犧牲)이라는 말이고, 또 다른 하나는 신비(神秘)라는 말입니다.

자존심이란 스스로 자신을 귀하게 여기는 마음입니다. 공연히 우쭐거리는 교만을 뜻하는 것이 아닙니다. 자기가 누구인지, 자기의 존재의미가 무엇인지, 자기의 삶의 목적은 무엇이며 이를 위한 현실적인 수단을 어떻게 확보해야 하는지 아는 마음이 자기를 귀하게 여기는 마음입니다. 그러한 사람은 자신을 헐값에 팔지 못합니다. 자기를 수단화하는 구조나 현실을 견디지 못합니다. 당연히 그러한 사람은 다른 사람도 자기와 같이 그렇게 자존심 있는 인간이라는 사실을 승인합니다. 그래서 그러한 사람은 자존심을 가진다는 것이 인간의 삶에서 우선하는 덕목이라는 사실을 늘 간직합니다. 자존심이 없는 인간은 스스로 서지도 못합니다. 의존적이거나 아니면 끊임없이 남의 탓을 하며 삽니다. 유치하고 미성숙합니다. 사물을 제대로 분간하지 못합니다. 인간은 마땅히 스스로 자기를 아낄 줄 알아야 합니다. 시시한 존재로 살아갈 수는 없습니다. 자존심이 있어야 합니다.

그런데 우리는 그러한 언어를 잃어가고 있습니다. 자존심이라는 말이 남아 있기는 한데 어느 틈에 부정적인 맥락에서만 쓰여집니다. 자존심을 버리라는 말이 고마운 충고로 활용되고 있을 뿐, 그것은 배타적이고 오만한 인성을 지칭하는 말이 되어버리고 말았습니다. 저는 자존심 없는 인간의 행위양태가 결국 오늘 우리의 문제를 낳는 근본적인 원인의 하나라고 생각합니다. 가장 긍정적인 의미에서의 자존심이라는 말이 하루빨리 일상의 언어 안으로 되돌아왔으면 좋겠습니다.

염치란 부끄러움을 아는 마음을 일컫습니다. 그런데 그것은 스스로 깨끗하고 맑지 못하면 있을 수 없는 마음입니다. 다시 말하면 그것은 삶을 살되 어떤 준거를 가지고 늘 자신을 되살피는 삶에서 비로소 우러나는 마음입니다. 더럽고 깨끗한 것을 분간할 줄 모르면 떳떳함도 부끄러움도 구분할 줄 모릅니다. 부끄러움을 아는 사람은 가릴 것은 가리고 드러낼 것은 드러낼 줄 압니다. 경계 없이, 준거 없이 삶을 살지 않습니다. 자기가 지켜야 할 선이 분명하고, 그것을 넘지 않으려고 애씁니다. 텀벙거리거나 거드럭거리지 않습니다. 자기 한계를 알기 때문입니다. 그것을 넘어서는 것이 얼마나 위험하고, 다른 사람을 훼손하는 것이며, 나아가 자신을 또한 파괴하는 행위인 줄을 압니다. 부끄러운 것을 가리고 서둘러 그것을 고치려 합니다. 그러므로 겸손할 수밖에 없습니다. 모자라는 것이 많다고 느끼기 때문입니다. 그래서 부지런히 배우고 노력하고 최선을 다합니다. 그렇게 하지 못하면 부끄럽기 때문입니다.

그런데 이제 염치라는 말은 부도덕한 말이 되고 말았습니다. 가릴 것 없이 다 드러내야 떳떳하고 정직하다는 새로운 '도덕'에 의해 염치는 위선적이고 부정직한 생활태도로 지탄을 받고 있습니다. '잘못해도 떳떳해야 한다'는 도덕이 염치를 밀어낸 지 이미 오래입니다. 사람들은 벗는 것은 용기이고, 그것은 아름다움을 드러내고, 아름다움은 순수고, 그것은 교환가치가 매우 크다는 투의 누드 철학을 어디서나 어느 때나 활용하고 있습니다. 부끄러움은 성격적 결함이라고 진단합니다. 저는 그러한 진단 자체가 얼마나 병적인가 하는 것을 우리 모두가 알았으면 좋겠습니다. '염치없는 인간'이라는 꾸중보다 더 무서운 것이 없었던 문화는 반드시 되살려야 합니다.

희생은 설명할 필요도 없습니다. 그것은 남을 위해 자신을 버리는 일입니다. 목숨을 버리는 일로부터 시간과 돈과 노력과 마음에 이르기까지 우리는 더불어 살아가는 한 남을 위해 그 모든 것을 버릴 수 있는 마음가짐을 가져야 합니다. 그것이 더불어 사는 삶을 위해 당연한 삶의 태도입니다. 물론 우리는 정의와 평등의 덕목을 간과하지 못합니다. 그것을 구현하는 것이야말로 인류의 지극한 이념적 지향이기도 합니다. 그리고 그것은 온갖 제도로 법률로 차근차근하게 축조됩니다. 그리고 당연히 우리는 그것을 규범적으로 실천할 수 있어야 합니다. 그러나 그렇다고 해서 그 모든 틀을 뛰어넘는 희생이 없어도 되는 것은 아닙니다. 오히려 정의와 평등의 덕목은 언제나 어떤 이들의 희생과 봉사에 의하여 비로소 이루어지는 것이었습니다. 공생의 이념은 희생에 의하여 완성됩니다. 희생 없는 사랑도, 우정도, 화목도, 행복도 실은 없습니다. 모든 좋은 일에는 언제나 그 좋음을 위해 자기의 아픔을 견디는 어떤 존재들이 있습니다. 삶은 그러합니다.

그런데 우리 오늘의 현실에서 희생을 말하는 것은 반동적인 사람이 되는 것과 다르지 않습니다. 그것은 착취구조의 정당화 이념이라고 매도를 당합니다. 심지어 가정에서 부모의 희생을 이야기하는 것조차 낡고 병든 의식의 발현으로 정죄되고 있습니다. 바야흐로 우리 사회에서 희생은 '더러운 단어'의 첫자리를 차지하고 있습니다. 희생을 하는 사람도 없고, 희생을 기리는 사람도 없습니다. 있다면 정치적 정당화를 위한 수단으로 활용되는 희생이 있을 뿐입니다. 희생이 복권되지 않는다면 그 사회는 희망이 없습니다. 일상 속의 작은 희생들을 기리고 감격하지 못한다면 그 사회는 사람이 사는 사회일 수 없습니다. 희생은 일상의 당연한 삶의 모습이지 엄청난 사건이 아닙니다. 살아가는 것은 서로 남을 위해 자신을 떼어주며 사는 것입니다. 이 상식이 거절당하는 사회의 깊은 질병이 곧 우리의 오늘의 문제입니다. 두려운 일입니다.

신비는 종교적 언어입니다. 그것은 존재의 헤아릴 수 없는 의미를 일컫는 언어입니다. 종교들이 어느 때보다 융성하고 있는 우리의 현실을 알면서 신비라는 언어의 소멸을 이야기한다는 것은 옳지 않을 수도 있습니다. 하지만 신비는 종교의 전유물이 아닙니다. 인간의 현실적인 삶 속에서 누구나 누리는 삶의 정서입니다. 어느 의미에서 보면 오히려 종교는 신비를 우리의 언어에서 소멸시키는 주역이라고 해도 좋을지 모릅니다. 신비를 이른바 '축복'을 위한 수단으로 전락시켰기 때문입니다. 신비는 온갖 존재하는 것에 대한 외경의 염(念)을 지니는 정서를 이르는 말입니다. 하늘과 대지와 바람과 풀과 꽃, 그리고 밤과 낮, 봄과 겨울, 한 그루 나무와 한 알의 열매, 그리고 생명의 탄생과 죽음 등 이 모든 실재하는 것에 대한 경건한 태도, 그렇게 할 수밖에 없는 다하지 않는 깊은 의미의 분출, 이것을 고백하는 언어가 곧 신비입니다. 부부간의 만남이 신비로 수용될 때, 자식과의 만남, 직장 동료와의 만남이 신비로 고백될 때, 그 관계들은 갑자기 감히 함부로 할 수 없는 지엄한 것이 됩니다. 그 신비 앞에서 할 수 있는 일이란 그 존재들과 맺어진 관계의 신비를 위해 내가 겸허해지고, 책임있는 주체가 되고, 내가 할 수 있는 최선의 삶을 살아가야 한다는 의무를 다하는 일입니다.

그런데 우리에게는 그 신비가 사라져가고 있습니다. 모든 만남은 유기적이기보다 무기적입니다. 인간도 자연도 놀라운 찬탄 속에서 만나지 않습니다. 옷깃을 여며야 할 것 같은 긴장도 없습니다. 모든 것은 자기를 위한 수단적인 가치밖에 지니지 않습니다. 사랑도 신비스러운 감동 없이 이루어집니다. 결국 사랑일 수 없는 것을 사랑이라고 말합니다. 낳은 생명조차 스스로 버립니다. 생명의 신비를 이야기하는 것은 과학적 무지를 고백하는 것이라고 웃습니다. 감격과 감동, 외경과 경탄이 메마른 사회가 옳고 바른 것을 주장한다 해서 그것이 인간을 위한 것일 수 있을지, 참으로 그럴 수 있을 것인지, 알 수 없습니다. 우리의 현실이 그러합니다. 신비의 빛이 보이지 않으면 세상은 내내 암흑일 뿐일 것입니다.

우리 현실의 막막함은 매우 심각합니다. 하지만 길이 없으란 법은 없습니다. 인간은 절망적인 미로 속에 갇히면서도 어떻게 해서든 출구를 모색하고, 마침내 그 길을 헤쳐나오는 존재입니다. 그것이 인간의 자존심이고 신비입니다. 그러므로 희망은 언제나 있습니다.

저는 다만 한 가지만을 지금 이 자리에서 주장하고 싶습니다. 다른 것이 아닙니다. 우리, 우리의 생각을 다시 생각해 보자는 것이 그것입니다. 그것이 우선하는 우리 희망의 실현이라고 주장하고 싶은 것입니다.

인간은 생각하는 존재입니다. 우리는 누구나 어떻게 살든, 앞에서 예거한 몇몇 언어의 상실조차, 실은 생각의 결과입니다. 그러나 '생각해 보면' 생각도 단순하지 않습니다. 깊은 생각이 있는가 하면 얕은 생각도 있습니다. 넓은 생각이 있는가 하면 좁은 생각도 있습니다. 공연한 생각이 있는가 하면 진지하고 마땅한 생각이 있습니다. 그런데 그 생각의 결이나 질에 따라 삶이 결정됩니다. 그렇다면 생각처럼 중요한 것은 없습니다.

그런데 우리는 모두 생각하는 존재라는 사실을 알고 있고, 생각한다는 것은 아주 당연한 것이기 때문에 생각 자체에 대해서는 별로 생각을 하지 않습니다. 바로 여기에 우리가 피해야 하는 함정이 있습니다. 우리는 내가 생각한다는 사실을 생각하는 것도 중요하지만 더 나아가 내 생각 자체를 되생각하는 태도가 더 중요합니다. 생각 자체에 대한 성찰이라고 할 수도 있을 듯합니다. 왜냐하면 앞서 지적한 바와 같이 생각이라고 해서 모든 생각이 한결같은 것일 수 없기 때문입니다.

더 직접적으로 말씀드린다면 내가 지금 생각하는 것이 과연 생각다운 생각인가 하는 물음을 물어야 하는 것입니다. 일을 되살피는 것도 중요합니다. 행동을 되살펴보는 것도 중요합니다. 그러나 그 이전에 일과 행동을 생각하고 되살피는 그 생각 자체가 제대로 된 것인지 아닌지 살펴보는 일이 이제는, 오늘과 같이 혼란스럽고 불안한 현실 속에서는, 반드시 이루어지지 않으면 안 되리라 생각합니다.

인류사를 살펴보면 세상이 가장 어둡고 절망적일 때 모든 종교들이 출현했습니다. 그리고 그 가르침은 어찌 보면 현실적인 것과는 아무런 관계도 없는 매우 관념적이고 비현실적인 것들이었습니다. 그래서 사람들은 각박한 현실 속에서 근원적인 이야기를 하면 "공자님 이야기하고 있네" 하면서 힐난합니다. 하지만 그러한 절망적인 순간이야말로 공자님 말씀을 들어야 할 순간입니다. 우리의 일상을 총체적으로 되살펴야 하기 때문입니다. 그렇게 하려면 현실을 투과하여 그 바닥에 이르러 처음부터 되시작하지 않으면 안 됩니다. 공자님 가르침의 자리는 바로 거기입니다. 생각을 다시 생각하자는 것은 바로 이러한 맥락에서 주장하고 싶은 것입니다.

분명히 오늘 우리의 현실은 예사롭지 않습니다. 무척

염려가 되고 불안합니다. 이를 극복하기 위한 구체적인 실천적 강령을 마련하는 일은 모든 개개인이 자기 자리에서 스스로 할 일입니다. 또 자리 따라, 때 따라, 다른 방법들과 내용들이 마련될 수 있을 것입니다. 그러나 어떤 것이 마련되더라도 감히 말씀드릴 수 있는 것은 이제 근원을 묻는 일에서부터 출발해야 할 것이라는 사실입니다. 그리고 그것을 '생각의 되생각'이라는 언어로 정리해 보았습니다.

그러한 되생각으로부터 자존심, 염치, 희생, 신비라는 용어들이 오염이 가신 냇물에 물고기들이 되돌아오듯이 우리 일상의 언어 속에서 다시 호흡하기 시작했으면 좋겠습니다.

우리는 그렇게 해야 할 책무를 지닌 책임주체들입니다.